Grâce et dénuement

ALICE FERNEY

Grâce et dénuement

Présentation,
notes, chronologie et dossier
par Marie-Pierre Dupleix

ÉTONNANTS CLASSIQUES

GF Flammarion

Dans la même collection

ANDRÉE CHEDID, *L'Enfant des manèges et autres nouvelles*
ÉRIC HOLDER, *Mademoiselle Chambon*
JULES ROMAINS, *L'Enfant de bonne volonté*
ANNIE SAUMONT, *Aldo, mon ami et autres nouvelles*
HENRI TROYAT, *Aliocha*
Viou

ISBN : 2-08-072197-6
ISSN : 1269-8822

Sommaire

Grâce et dénuement

DR

Alice Ferney

ALICE FERNEY, L'ÉCRITURE EXALTÉE

Mariée, mère de trois enfants, Alice Ferney enseigne l'économie à l'université d'Orléans. Née en 1961 le même jour que Voltaire, le 21 novembre, elle a choisi son pseudonyme en mémoire du philosophe, lequel passa la fin de sa vie à Ferney, en Suisse.

Outre *Grâce et dénuement*, publié en 1997 et récompensé par le prix « Culture et bibliothèque pour tous », Alice Ferney est l'auteur du *Ventre de la fée* (1993), de *L'Élégance des veuves* (1995), de *La Conversation amoureuse* (2000) et de *Dans la guerre* (2003) [1]. Sa vie est tissée de quatre fils : la relation amoureuse, la maternité, la transmission du savoir et l'écriture solitaire, qui forment la trame de chacun de ses récits.

Quand on l'interroge sur sa vocation d'écrivain, Alice Ferney raconte que le désir puis la nécessité d'écrire l'ont habitée très tôt. Elle essaie d'écrire un premier livre à l'âge de sept ans ! Plus tard, l'acte de création littéraire rythme sa vie, qu'elle organise autour de l'écriture. Il résulte d'un long travail de collecte de documents ; celle-ci peut s'étendre sur plusieurs années. Elle donne naissance à des idées, consignées dans des carnets où sont aussi notées des phrases lues et recopiées avec le plaisir de se découvrir une parentèle chez un

1. Voir bibliographie, p. 220.

autre écrivain, et celui d'apprendre, en partant à la découverte d'un univers inconnu. *Grâce et dénuement* est ainsi le fruit de la compilation d'ouvrages consacrés à la vie des Gitans, de coupures de presse et de témoignages sur les bibliothèques de rue[1]. Vient ensuite le processus d'écriture, pour lequel Alice Ferney souligne l'importance de la musicalité de la phrase, et qu'elle conçoit comme le transfert sur la page des voix des personnages inventés : « C'est toujours difficile de se mettre dans la tête d'un autre, un vrai exercice. Mais je les [les personnages] écoute et parfois il se produit un phénomène quasi paranormal : ils parlent en moi. Ainsi, pour la scène finale avec Angéline [dans *Grâce et dénuement*], je ne faisais que transcrire. » Pour Alice Ferney, la parole entendue est sans conteste ce qui offre le meilleur aperçu de l'autre, de sa vie. À cet égard, elle indique l'importance qu'a eue pour elle le livre de Pierre Bourdieu, *La Misère du monde* (1993), dans lequel le sociologue reproduit les entretiens de son équipe avec des représentants de toutes les couches sociales de la population.

Obstination, confiance dans l'œuvre qui se construit, goût de la lenteur et de la liberté caractérisent Alice Ferney, ainsi que la jubilation, quand l'aboutissement du travail sonne juste : « L'écriture exalte ma vie ! », indique-t-elle.

1. Résultat d'une lente maturation, *Grâce et dénuement* s'est longtemps intitulé « La Boue ».

GRÂCE ET DÉNUEMENT AU SEIN D'UNE FAMILLE DE GITANS

L'organisation du camp

Grâce et dénuement raconte une rencontre improbable : celle d'une famille de Gitans menant une existence précaire sur une friche de la banlieue parisienne et d'une bibliothécaire, Esther, qui a décidé d'y introduire les livres et d'initier des enfants que l'école n'accueille pas à la magie de la lecture.

Les personnages du camp sont des nomades en voie de sédentarisation : quand elle était jeune, Angéline vivait « dans l'Est » ; mariée, elle stationnait avec sa famille « à la campagne », et son rêve de jeune femme demeurait la grande ville : « Rien que dire le nom, j'en tremblais comme un jeune bouleau », indique-t-elle (p. 154). De la capitale elle connaît finalement les abords, le squat d'un hôtel désaffecté, puis le havre momentané d'un vieux potager qu'une institutrice à la retraite lui laisse occuper avec les siens. À la fin du roman, victimes d'une procédure d'expulsion, ceux-ci partent s'installer « plus loin, vers le sud » (p. 203). La vie d'Angéline n'aura-t-elle été que désillusion ? Pas totalement. Elle aura aimé et donné naissance à une lignée dont l'auteur met en évidence le destin paradoxal : ils reçoivent peu de la société frileuse qu'ils côtoient et donnent beaucoup à la vie – les enfants sont la richesse du clan.

Selon un schéma traditionnel, celui-ci est régi par l'« ancêtre », ici la « vieille Angéline », qui cependant n'est âgée que de cinquante-sept ans. Elle vit entourée de ses fils, qui, à l'exception de l'aîné, Angelo, sont mariés et ont agrandi la famille de leurs progénitures : Simon et Héléna sont les parents d'Hana et de Priscilla ; Lulu, dit « Moustique », et Misia d'Anita, de Sandro et bientôt de Djumbo ; Joseph et Milena de Carla et de Michaël ; et Antonio et Nadia de Mélanie.

Aux morts de Sandro et d'Angéline succèdent, à la fin du roman, les naissances qui réjouissent le clan et symbolisent l'équilibre précieux préservé par la vie.

Les valeurs des Gitans

La tribu d'Angéline est organisée autour de valeurs que le roman nous permet d'appréhender : la vie collective sous l'autorité du patriarche ; une forme de liberté ; la célébration de la puissance vitale incarnée par les enfants – « Ils avaient la liberté, le feu et le tempérament » (p. 138).

Dans le campement, les êtres ne sont jamais seuls : toute la vie se déroule sous le regard des autres. Par la force des choses, ils vivent – pour une grande partie de leurs activités –, en dehors des caravanes ; l'intimité est impossible dès lors que parents et enfants partagent un lieu unique et la vie y est épuisante. La promiscuité est pesante : vécus en commun, les menus bonheurs et malheurs du quotidien sont rendus discrets, et les drames intimes sont hurlés, ou supportés dans une stupeur effrayante pour les autres membres de la famille.

Au centre de la vie du camp, il y a le feu, entretenu par la vieille Angéline au moyen de matériaux impropres à la combustion, et qui répandent une fumée malodorante. Tout autant que le foyer, Angéline représente le cœur, mais aussi la voix, de sa tribu. C'est accroupie près du feu qu'elle regarde évoluer les siens et commente leur vie avec indulgence et respect. Ses fils et leurs femmes, qu'elle appelle « ses filles », viennent aussi y recevoir ses confidences et ses déclarations. C'est là enfin qu'elle convoque « l'esprit » Ysoris, son ange gardien, qui matérialise le destin collectif à travers la prédiction qu'il donne à la naissance des enfants du clan.

Le mode de vie des Gitans est déterminé par une forme de liberté dont ils s'enorgueillissent, même si elle se conjugue avec misère et souffrance. En l'absence d'obligations sociales, les hommes, plus que les femmes, apparaissent en effet comme démunis. S'il leur faut de l'argent, ils « fricotent », volent au besoin, pour ne pas mendier ni accepter des travaux que leur fierté refuse, mais cela ne suffit pas à absorber leur énergie ; le désir d'amour les taraude, d'autant plus qu'ils n'ont aucune intimité ; ils passent les heures vides à parler ; l'un d'eux, Simon, se montre violent, en proie à des crises de folie destructrice.

Les femmes, elles, gèrent l'intendance, s'occupent des tâches vitales : la nourriture, le linge ; elles sont chargées de l'éducation des enfants : à elles de transmettre un savoir – telle Nadia qui charme les enfants avec ses chants –, ou d'administrer les corrections lors des disputes occasionnées par l'inaction. Prématurément vieillies, le corps abîmé par des conditions de vie difficiles, souvent tourmentées par les entreprises de leurs époux, elles demeurent gaies et frivoles.

Dans ce dénuement extrême, les enfants sont la grâce. Ils grandissent entourés des soins maternels mais privés de ce qui doit favoriser leur développement : les jouets, les livres, l'école. Ainsi Esther tente-t-elle de convaincre la directrice d'un établissement scolaire d'accueillir Anita. Mais, au contact des autres enfants, la fillette découvre la haine et le mépris. Seuls son désir d'apprendre et sa détermination viendront à bout des réticences des sédentaires comme de sa propre famille : d'autres enfants du clan seront, comme elle, scolarisés.

Une confrontation difficile avec les institutions sociales

La société française s'occupe du sort de la frange nomade de sa population en recourant notamment à des lois qui obligent les communes à l'accueillir pour un temps donné ou à satisfaire sa volonté de sédentarisation (voir dossier, p. 209). Or, ce que le roman nous montre, c'est une confrontation délicate des Gitans avec les institutions sociales : les personnages du camp se conforment difficilement aux règles et usages qui régissent la société (Djumbo ne sera pas déclaré sur les registres d'état civil) et, parallèlement, ils subissent l'hostilité des institutions (l'hôpital, l'école, la mairie, la police). Seuls quelques personnages, en qui s'incarne la Providence, échappent à cette constante de l'incompréhension : ce sont des jeunes – tel l'interne de la maternité – ou des femmes – telle la vieille institutrice propriétaire du terrain occupé : « elle s'était dépouillée de la convoitise, de tout ce qui était vain et mesquin. La terre du potager pouvait abriter des Gitans » (p. 136).

ESTHER ET LA BIBLIOTHÈQUE MAGIQUE

Esther ou la vitalité fervente

Infirmière avant de devenir bibliothécaire, Esther est une femme de quarante ans, mère de trois jeunes garçons, pleine d'une « vitalité fervente », qui aime Colette, cette sauvageonne devenue femme de lettres rebelle. Elle est « la grâce » (p. 106), celle-là même qu'elle décèle chez les Gitans. Il lui faut d'abord apprivoiser Angéline, la grand-mère, avant d'être autorisée à communiquer son amour des livres aux enfants. Elle peut ensuite s'adresser à eux et aux mères, dans un premier temps hostiles à une parole étrangère puis « fières de [...] voir [leurs enfants] heureux avec des livres » (p. 92). Pour les hommes du clan, elle demeure la « gadjé », celle qui n'est pas des leurs.

Au fil des saisons et à mesure de son intégration parmi les Gitans, Esther lit dehors, puis dans sa voiture où les enfants prennent place, et enfin dans la caravane où les mères l'invitent à boire le café, symbole d'une complicité acquise.

Outre la lecture, elle inculque aux enfants le respect de soi et des autres ; elle les incite à préférer la communication et l'échange à la violence. Quant aux adultes, à la fin du roman, lorsqu'elle a gagné leur confiance, elle les invite à exprimer des souhaits concernant l'avenir, pour mettre en branle une énergie fondatrice et lutter contre le fatalisme qui s'empare d'eux.

Son personnage évolue au contact d'Angéline et des siens : la « thèse » qu'elle exprime au début du récit – « je crois que la vie a besoin des livres [...], je crois que la vie ne suffit pas » –, subit une légère modification après la mort d'Angéline : Esther indique qu'il « arrivait [aux mots] d'entraîner les rêves, mais [qu']ils ne suffisaient pas [...], la douleur qu'on portait en soi se renouvelait indéfiniment » (p. 204). Son chemin intérieur s'effectue à l'inverse de celui des enfants. Mais elle a mis en œuvre son projet : au fur et à mesure de la narration, elle est de moins en moins le sujet du verbe « lire », laissant ce plaisir à une enfant ou aux mères.

La bibliothèque d'Esther

Convaincue par l'utilité des œuvres de fiction dans le développement de l'enfant, Esther semble partager les thèses que Bruno Bettelheim a exposées au sujet des contes dans sa *Psychanalyse des contes de fées* (1976) : chaque récit contient un fragment de ce que vivent les individus, des épreuves que les enfants ont ou auront à affronter, formulées sous la forme distanciée qui permet de les éprouver de façon fantasmatique et de s'y préparer. Et, de fait, Esther lit essentiellement des contes et des fables aux enfants. Parmi la trentaine de citations insérées dans le roman, quinze appartiennent aux textes d'Andersen et de Perrault, trois aux fables de La Fontaine et les autres sont issues de livres pour la jeunesse, porteurs d'une dimension nettement symbolique, tel *Le Petit Prince* de Saint-Exupéry. On peut examiner plus précisément le rôle des citations dans l'histoire mais aussi dans la narration.

Elles viennent tout d'abord rythmer la narration (dans le chapitre VI de la première partie, quatre contes d'Andersen scandent l'intégration progressive d'Esther parmi les Gitans), permettent le passage d'une scène à une autre (dans le chapitre I de la deuxième partie, la citation de la fin d'un conte termine la scène de lecture et introduit l'échange entre Esther et Angéline), résument à elles seules tout un épisode de lecture, suggérant ainsi une accélération du rythme du récit ou encore des ellipses dans la narration…

Ensuite, elles font écho aux situations que vivent les personnages, dans la mesure où il est possible d'établir des liens entre le déroulement de leur histoire et les récits que raconte Esther, d'interpréter le premier à la lumière des seconds. Un extrait du *Voyage de Babar*, où le mauvais traitement infligé aux voyageurs suscite la colère du héros inaugure ainsi le cycle des lectures tandis que la fable du *Savetier et du Financier* le clôt : les paroles du sage, qui connaît la valeur du chant et de la gaieté, confrontées au souci de celui qui laisse l'argent régir sa vie, apparaissent comme l'ultime message d'Esther adressé aux enfants avant leur départ. De la même manière, la citation de *Croc-Blanc* qu'Esther lit seule dans la voiture en attendant le groupe devenu le «cortège noir» après l'enterrement de Sandro, fonctionne comme une métaphore de la situation des Gitans – « Les hommes cheminèrent sans parler à travers le monde des grands gels… » (p. 124) – et de celle d'Esther – « Une grande peur l'envahit. La terrible peur de l'inconnu » (p. 124). Il n'est pas non plus innocent qu'Esther lise la fable *Le Loup et l'Agneau* au moment même où Michaël tue un poussin – les rapports de force dans la fiction et dans la réalité sont les mêmes. Pour la jeune femme, il s'agit bien, à travers ces contes, de transmettre un patrimoine culturel aux enfants, mais aussi de leur apprendre à réfléchir, à fourbir leurs armes pour affronter la vie : la lecture de *La Barbe bleue* est ainsi suivie d'une scène de débat où les enfants se prononcent sur la moralité à tirer du conte. Les livres apportés par Esther les conduisent à s'interroger sur les pouvoirs de la fiction – lors de la lecture du *Rossignol*, la bibliothécaire et Sandro s'entendent pour conférer au conte le pouvoir de rivaliser avec la vie (« [L'oiseau] de l'empereur n'est pas plus vrai et tu y crois, dit Sandro. Tu as raison, dit Esther, et pourtant il est devenu réel », p. 66). On est ici témoin d'un progrès dans l'adhésion au mode fictionnel qui est la source du plaisir du lecteur : en effet, lors de la première séance de lecture, les enfants « rirent tout en étant gênés de rire d'une chose sans réalité » (p. 47). Avec *La Petite Marchande d'allumettes*, la narration souligne l'évolution des enfants, capables d'identification et de réflexion : « et quand il ne resta plus qu'une seule allumette, Mélanie pleura. Pleure pas ! disaient les autres, c'est qu'une histoire ! Ils avaient changé. Vous êtes de vieux lettrés bien réalistes ! dit Esther » (p. 167)… Ils deviennent sensibles, comme elle, à la beauté enfermée dans les pages : les livres leur indiquent aussi ce qui peut colorer le gris de l'existence.

LA STRUCTURE ORIGINALE DU ROMAN

Livre gigogne, le roman donne à voir ce dont il parle : la puissance des œuvres de fiction sur l'imaginaire. Y évoluent des individus confrontés à l'adversité, qui prend des formes diverses. Comme dans les contes, ils rencontrent des adjuvants, figures protectrices, et des opposants. La narration se déroule de façon classique ; hormis une analepse (retour en arrière) au chapitre v de la première partie, le récit est chronologique et s'étend sur un an et demi (plus un épilogue).

Ce qui contribue à la tonalité lyrique du récit, c'est l'empathie du narrateur. Alice Ferney ne décrit pas l'univers des Gitans de façon clinique, mais choisit de familiariser le lecteur avec eux par l'intermédiaire d'un narrateur omniscient qui, sans crier gare, cède souvent la place à la voix intérieure d'un personnage : Esther ou Angéline, mais aussi les autres personnages, avec chaque fois la même intensité, comme dans le monologue intérieur de Lulu, lors de la naissance de son fils. C'est aussi de cette façon que nous vivons les derniers instants de la propriétaire du potager. De la même manière, dans le chapitre i de la deuxième partie (p. 61-62, l. 132-168), nous lisons le monologue intérieur d'Angéline, comme l'indiquent les nombreuses marques du discours indirect libre, utilisé pour rapporter les pensées d'un personnage sans interrompre le récit, ni alourdir le texte par les verbes introducteurs nécessaires ; mais les propos sont aussi assumés par le narrateur, dans une ambivalence fréquente chez Alice Ferney – en témoignent la juxtaposition des marques de l'oralité et celles d'une écriture littéraire (métonymie, métaphore, rythmes ternaires). Les passages de récit laissent entendre la voix des personnages. Point de guillemets ici : il n'y a pas de rupture entre le récit et le flux du discours intérieur d'un personnage ; il n'y en a pas non plus entre ce discours ou ce récit et les dialogues. L'effet de réel est saisissant, comme le sentiment qu'a le lecteur de se confondre, pour un instant, avec l'un ou l'autre des protagonistes…

Grâce et dénuement

Considérez votre nature d'hommes :
Vous n'avez pas été créés pour vivre
comme des brutes,
Mais pour chercher à acquérir vertu
et connaissances.

Paroles d'Ulysse à ses compagnons,
DANTE, *La Divine Comédie,*
« L'Enfer », chant XXVI.

Première partie

I

Rares sont les Gitans qui acceptent d'être tenus pour pauvres, et nombreux pourtant ceux qui le sont. Ainsi en allait-il des fils de la vieille Angéline. Ils ne possédaient que leur caravane et leur sang. Mais c'était un sang jeune qui flambait sous la peau, un flux pourpre de vitalité qui avait séduit des femmes et engendré sans compter. Aussi, comme leur mère qui avait connu le temps des chevaux et des roulottes, ils auraient craché par terre à l'idée d'être plaints.

Le camp stationnait à l'est de la ville, circulant au gré des expulsions dans cette périphérie qui dissout les enchantements. Les décharges et les terrains vagues perçaient un paysage de pavillons et de logements sociaux. On avait oublié depuis longtemps ce qu'avait pu être ce coin de pays en matière de beauté : une immensité sous le blé. Les dernières terres agricoles avaient disparu avec les plans d'urbanisation prioritaire. Le ciel, même lorsque le temps était sombre, était ici l'unique forme de la limpidité. Son clair-obscur écrasait les habitations endommagées. Seules les écoles, à l'heure de la sortie des classes, animaient ce désert qui ne connaissait rien de la convivialité ordinaire des villages. Personne hormis leurs habitants n'aurait su distinguer les rues les unes des autres. Elles portaient des noms de fleurs, comme si le fonctionnaire qui les avait baptisées avait voulu donner au lieu la poésie qui manquait (ou comme si les grands hommes de la nation ne se pouvaient fourvoyer [1] dans ces développements urbains avortés).

Au coin de la rue des Iris et de la rue des Lilas, un ancien potager restait inconstructible. L'institutrice retraitée qui en était la propriétaire refusait de le vendre à la commune. La terre, pleine de fondrières [2], était incrustée de verres cassés, de morceaux de pneus et de bouts de ferraille. Des portières de voitures démolies servaient de pont sur les grandes flaques qu'apportait la pluie. Une poubelle municipale scellée sur un socle de ciment débordait. Un pommier finissait de mourir dans le sol pelé, couvert de détritus et d'un peu de bois pourri.

La fin de l'été ressembla cette année-là à une fin d'automne. L'hôtel désaffecté que squattaient les Gitans dans la campagne avait été muré sous leurs yeux. Chassée par la police et les huissiers, la tribu d'Angéline vint occuper le potager au début de septembre. C'était une propriété privée mais rien ne l'indiquait et ils avaient l'habitude de stationner là où on l'interdit. Un vent de bord de mer soulevait les cheveux longs des belles-filles d'Angéline. Elles serraient des cardigans râpés sur leur poitrine. Les enfants couraient autour d'elles. De temps en temps, l'une ou l'autre en attrapait un, le talochait [3] et le relâchait en vociférant, qu'il se tienne un peu tranquille ou qu'il aille aider son père, c'était trop fatigant de les avoir à courir dans les jambes. Ils s'éclipsaient en poussant des cris stridents. Ils avaient des corps secs comme des triques [4], et

1. *Ne se pouvaient fourvoyer* : ne pouvaient se trouver compromis, se perdre.
2. *Fondrières* : trous du sol accidenté.
3. *Le talochait* : le giflait.
4. *Secs comme des triques* : l'expression signifie « très maigres » ; une trique, au sens propre, désigne une matraque, un gros bâton.

lorsqu'ils grimpaient au pommier ils étaient prestes et agiles. Apportez-moi du petit bois ! leur criait Angéline. Elle était joyeuse, et plus que les autres, comme si, l'âge gagnant, elle avait fini par comprendre que la joie se fabrique au-dedans. Les enfants étaient entraînés par cette gaieté, leurs petites mains grises rapportaient des branchettes et des brindilles. Angéline riait. Oui les enfants étaient le premier bonheur. À cette pensée, elle cherchait des yeux ses fils. Ils faisaient rouler les camions en évitant les ornières. Où on met la mère ? hurlait l'aîné à ses frères.

Peu après, une flambée réchauffa le vent, ils s'assirent ensemble près du feu, rongèrent des croûtons de pain et du lard en regardant cavaler les nuages. Les enfants se donnaient des coups de pied pour jouer. Comme d'habitude Misia pleurait dans les bras de son mari. Ma Miss ! lui soufflait-il, tu vas voir on va être bien… Je sais, disait-elle à voix basse, et l'on aurait cru qu'elle ne doutait pas du contraire. Il la caressait. Elle pleurait plus vivement parce qu'il la caressait. Elle était enceinte et proche de son terme. Ses chevilles rouges et enflées semblaient celles d'une vieille clocharde. C'est la fatigue du voyage, dit Angéline en regardant ces jambes jeunes et lassées, tu te coucheras tôt ma fille. La jeune femme ne répondit pas, elle s'était arrêtée de pleurer. L'enfant en elle s'était mis à bouger.

II

Ils étaient des Gitans français qui n'avaient pas quitté le sol de ce pays depuis quatre cents ans. Mais ils ne possédaient pas les papiers qui d'ordinaire disent que l'on existe : un carnet de voyage signalait leur vie nomade. Elle n'était cependant qu'un souvenir de la vieille. Les lois et les règles modernes avaient compliqué le passage d'une ville à une autre et ils s'étaient sédentarisés[1], comme la plupart des Gitans. L'ouverture économique amenait sur les marchés des produits moins chers qu'il ne leur en coûtait de les réaliser eux-mêmes. C'est ainsi que les femmes avaient perdu la vannerie. Ils étaient en dehors. On nous croit disparus, disait souvent Angéline, sans vouloir parler du grand holocauste[2]. Mais on est bien là, Dieu ! Et elle riait en essuyant ses mains sur ses hanches.

La vieille n'avait pas encore soixante ans. Mais, si la vérité est bonne à dire, elle portait bien son surnom. Son visage était fendu de rides si profondes et nombreuses qu'on aurait dit une maladie de peau. À la regarder de près, on avait mal à sa place. Elle ne souffrait pourtant de rien et les ans difficiles, qui l'avaient précocement vieillie, ne l'avaient pas tuée. Elle en concevait un orgueil sympathique. Elle était en vie, envers et contre le monde et le froid, elle avait un furieux désir de continuer à voir ce spectacle de la terre, du vent, du feu sous les nuages, des nuages même, et des nouveaux venus qu'elle avait engendrés dans cette bourrasque.

Des cinq fils qu'elle avait portés, quatre s'étaient mariés avant de fêter leurs vingt ans. La nature nous y conduit tout droit sans qu'on y voie rien. Angéline l'avait pensé chaque fois qu'étaient venus vers elle la fille élue et le fils aveugle de l'amour qu'il donnait. Personne n'aurait séparé deux Gitans qui se veulent. Son aîné était seul à faire exception qui, au fur et à mesure que tardait une promise, avait jugé, à l'aune de[3] ses quatre belles-sœurs,

1. *Ils s'étaient sédentarisés* : ils s'étaient fixés dans un lieu déterminé ; ils avaient abandonné leur vie nomade.
2. *Holocauste* : extermination par les nazis dont ont été victimes les Tsiganes, comme les Juifs.
3. *À l'aune de* : au regard de, en considérant.

que les femmes n'en valaient pas la peine : Angelo était le célibataire. Tu n'as personne à rouspéter ! lui disaient ses frères. Il répondait : L'amour c'est pas se rouspéter. Et pour l'amour ! lui chantait tout bas le plus jeune, comment tu feras ? Fiche-moi la paix Lulu, disait Angelo qui ne trouvait pas ça drôle. Oui, arrêtez donc de l'ennuyer ! criaient les femmes. C'était une tribu : personne n'était jamais seul et chacun se mêlait des autres.

Aucun des fils n'avait quitté la mère. Nul n'aurait songé sans déshonneur à l'abandonner. Angelo son aîné lui tenait lieu d'homme pour les travaux difficiles et ils partageaient la même caravane. Les autres garçons lui avaient – au sens propre – ramené leurs épouses. Angéline, à chacune, disait ma fille. Mais elle avait ses préférences. C'était avec Nadia, la femme d'Antonio le cadet, qu'elle sentait le plus de bonheur. Pourquoi ? Elle n'aurait pas su le dire. Nadia avait été la dernière bru [1], c'était avec beaucoup de silence et de sourires qu'elle s'était glissée au cœur du clan. Puis Mélanie était née et Antonio, d'être père, était devenu sérieux (elle voulait dire fidèle). Oui, pensait Angéline, Nadia avait eu la patience d'attendre que ce garçon grandisse. Étaient-ce des raisons suffisantes ? On n'a pas besoin de raisons, se disait Angéline. Sa personne entière avait aimé Nadia à la première minute où de loin elle l'avait aperçue. Qu'on le veuille ou non, on ne pouvait rien à cela. L'animal en nous guette et flaire ce qui arrive à lui, disait Angéline. Nadia, elle avait senti que c'était le bonheur, seulement à la voir marcher si menue au bras d'Antonio, avec un joli fichu noué autour des cheveux, et une manière apaisée de se tenir. Elle avait l'air douce. Et c'était avec elle aujourd'hui qu'Angéline parlait le plus volontiers du passé, de la vie d'autrefois sur les routes, de son défunt mari qui n'avait pas de santé, ou même de ses parents et

1. *Bru* : belle-fille.

des chevaux qu'elle n'aimait pas, mais sans l'avouer au père pour ne pas lui faire de peine. Une fille de Gitan qui a peur des chevaux, criait-elle, ça n'existe pas ! J'étais la seule qui le murmurait, disait-elle à sa belle-fille avec fierté. Nadia écoutait jusqu'au bout sans l'interrompre. Peu de femmes réussissaient à se taire aussi longtemps, Angéline le savait bien. Elle-même ne se montrait pas aussi attentive. Chez nous les femmes crient sans arrêt, disait Angéline à Héléna, la seconde de ses belles-filles, tu es une vraie Gitane. Mais pour cette fois ce n'était pas un compliment.

Les manières d'Héléna avec Simon ne plaisaient pas à Angéline. C'était un ménage qui tournait mal et elle croyait que rien de bon ne sort jamais des époux qui se chamaillent. Ça fait des enfants malheureux et les enfants malheureux ça fait des adultes mauvais, disait-elle à son Simon, lequel attendait que sa mère en eût terminé, mais ne l'écoutait pas. Ce bon à rien, disait Héléna à propos de son mari, en parlant assez bas pour qu'il n'entendît rien. Il la frappait parfois rudement, mais pour rien au monde elle n'en aurait parlé. Angéline n'aimait pas entendre critiquer ses fils. Tu l'as choisi ma fille ! Tu l'as choisi, tu le gardes, disait-elle à Héléna sans prétendre discuter davantage. Mais Héléna était insolente. Elle était la seule à répondre à sa belle-mère. Les trois autres belles-filles la regardaient avec effroi. Dieu sait que j'ai choisi Simon, mais Dieu sait que je me suis bien trompée, et Dieu se demande si je vais le garder… répondait-elle en rougissant sous le regard arrêté de la vieille. Laisse le Dieu tranquille ! criait la vieille en colère. Alors comme les autres, la jeune femme se taisait. Qu'Angéline eût à ce point un empire sur ses enfants, voilà ce qui agaçait le plus Héléna. Mais elle n'avait jamais pris le temps de trouver la raison de cette domination, pour la dénouer, au lieu de quoi elle tirait dessus sans réfléchir. Elle pressentait que les mœurs changent plus que le fond des âmes : je ne suis pas ligotée à ce mari, se murmurait-elle en urinant accroupie dans l'herbe. Puis, toute légère à cette idée, elle partait rejoindre Misia et Milena qui étaient toujours fourrées ensemble à boire du café, quand elles en avaient.

Pendant ce temps les hommes fricotaient[1], de petites affaires qui les occupaient longtemps et mollement. Ils étaient restés comme sont les enfants, vivant de peu, jouant avec rien, ne calculant pas, inconséquents et sans souci de l'avenir. Et d'ailleurs chaque fois qu'Angéline les regardait de loin s'affairer, ou discuter, il lui semblait les voir jouer et se bagarrer comme lorsqu'ils étaient petits. Elle n'avait rien oublié du temps des langes qui leur manquaient. Les selles gelaient dans le tissu autour des petites fesses brûlées. Le père pleurait de vraies larmes sur la vie trop dure de sa famille. Il en était mort. Angéline disait : Mort de voler pour manger. (Il s'était fait prendre et punir au sang, dans un appentis[2] où il avait gelé autant que la terre sous lui.) Aussi bien, Angéline avait continué seule, à l'est où la couleur du temps et le vert des forêts sont plus tristes qu'en nulle autre place. Mais quand ils étaient encore époux qui se couchaient le soir ensemble, elle l'aimait. Elle avait tant de pitié qu'elle se détournait pour ne pas voir nu ce corps sans chair, son mari à la peau de linceul[3]. Elle était si vivante qu'il lui semblait déjà mort, l'entraînant avec lui, la privant de donner ce qui en elle bouillait de se transmettre et de se renouveler. Elle aurait voulu des étreintes, la douceur des caresses et des enfants, avoir toujours un nouveau-né à bercer ou une poussée de chair au-dedans d'elle. Mais lui n'avait même plus la force, celle des bêtes, de la santé, du printemps, et de l'amour. Il s'abattait dans le sommeil comme un arbre

1. *Fricotaient* : se livraient à de petits trafics.
2. *Appentis* : hangar, remise.
3. *Linceul* : drap dans lequel on ensevelit les morts.

sous la cognée, et elle dans le noir s'allongeait enfin contre lui. On devrait rester couchés, Oh ! pensait-elle, l'amour, la chair, étaient les seules choses douces qu'ils possédaient, et voilà qu'on les leur avait prises. Sa peau était un velours chaud et elle était une belle femme, elle le savait bien, grâce à quoi tout de même elle avait connu l'allégresse, le ravissement, et maintenant le mari que chaque journée tarissait[1], elle ne voulait pas y penser, elle continuait de l'aimer. Elle sentait le corps à côté d'elle comme un fil, sa main n'avait pas de surface à caresser, et lorsqu'elle s'acharnait à le faire quand même, elle sentait tous les os. Les os eux-mêmes lui paraissaient minces. Comment ça tient debout tout ça ? se demandait-elle en rêvassant au bord de son sommeil. (Et le matin elle voyait que ça ne tenait pas.) Quelle misère, quelle misère ! elle se le répétait en effleurant le visage endormi, un visage qui n'était plus qu'un nez autour duquel le reste avait fondu. Puis elle rentrait sa tête sous le bras de son mari et restait ainsi toute la nuit coincée dans son odeur. Elle écoutait bruire l'ombre du dehors, si proche que sa fraîcheur les enveloppait tous. Les garçons avaient des respirations régulières et se serraient les uns contre les autres pour se tenir plus chaud. La beauté de ce qu'elle avait accompli était dans cet écheveau de chairs enfantines qu'elle écoutait prendre son air glacé de nuit. Elle aurait dû ne jamais s'arrêter de faire des enfants. Elle était une louve protectrice et nourricière. Elle aurait pu lécher ses fils, et parfois elle ne pouvait s'empêcher de les mordiller (et ils se mettaient à pleurer, les idiots). Celui qui aurait touché un seul des cinq petits qui dormaient là, elle l'aurait égorgé sur ses genoux en supportant de regarder sans fin s'écouler le sang. Vingt ans s'étaient passés depuis ces nuits-là. Maintenant elle s'étonnait de ce qui lui paraissait avoir été du bonheur. Elle disait : Dans ma

1. *Tarissait* : épuisait ; le mot est employé au sens propre.

jeunesse il y avait rien, on avait même pas un lit pour dormir, ça me souvient. Mais, je sais pas comment, ça manquait pas. On était tous ensemble avec rien, juste à devoir se trouver à manger. Maintenant on a plus et ça fait plus mal. Comment c'est fait ? Tout de travers ! répondait Misia. Et cela finissait la conversation. Angéline n'aimait pas déplorer la vie.

Elle aimait ces jours d'aujourd'hui, dans ce vieux corps enflé, pleine de temps et de mémoire, ayant fini d'élever ses fils mais voyant grandir ses petits-enfants, et tout ce monde-là se gardant autour d'elle. Je vous regarde pousser et je demande rien d'autre au bon Dieu. Es-tu vieille grand-mère ? demandait Anita, la plus âgée des petites-filles. Oh oui ! disait Angéline, j'ai déjà vécu beaucoup de jours. Tu vas bientôt mourir alors, disait Anita. La vieille secouait la tête. Non, disait-elle, sûrement pas. La fillette semblait rassurée. À l'évidence Angéline ne pouvait vivre que longtemps : elle le voulait. La vie était sa cathédrale et les garçons étaient des flèches vers Dieu et le ciel. Tiens-toi droit ! disait-elle à Angelo. Et le garçon se redressait aussitôt. J'ai la fierté de mes fils, lui murmurait-elle pour s'expliquer.

Angéline avait trois secrets : elle savait ce qu'elle voulait, elle avait compris ce qui était possible (c'est-à-dire que tout ne l'est pas) et aussi ce qui se tait avec profit. Cela faisait beaucoup de sagesse. Elle débusquait[1] les âmes tapies derrière la chair. Les minuscules traces et plissures qu'elles dessinent sur la peau, à force de mouvements répétés, d'expressions et d'humeurs, Angéline ne les manquait jamais. Elle avait perçu, dans l'instant de la rencontre, que Nadia était douce et Héléna révoltée. Elle savait également ce qu'on ne disait pas : que Milena était bête et Misia insatisfaite. Que Simon était brutal et peut-être même fou, que Lulu était un taureau et

1. *Débusquait* : devinait.

Antonio un papillon volage. Elle connaissait chacun de ses fils sans jamais ni en parler ni leur parler. À Joseph, que tous appelaient Moustique car c'était le plus gigantesque des frères, elle avait seulement osé dire : Es-tu certain de vouloir épouser Milena ? (Milena était bête velue noire et rapide comme une mouche.) Et lorsque le garçon avait répondu qu'il en était sûr, elle avait acquiescé sans discuter davantage. Elle n'avait pas essayé de lui faire comprendre pourquoi elle avait posé cette question. S'il avait voulu le savoir, il aurait demandé. Elle avait fait le mariage. C'était le troisième. Simon et Héléna, Lulu et Misia, Moustique et Milena, Antonio et Nadia. Et son Angelo solitaire. Elle les couvait de son regard jaune, ses enfants qui avaient pris femme et se multipliaient, les comptait dans ses prières, Sainte Marie, mère de Dieu, protégez toute ma famille, et faites que le Simon soit doux et bon. (Car Dieu nous donnant à tous un fardeau, le Simon était brutal et fou).

III

« Le petit éléphant volant », ce fut son prénom. Le dernier-né de Misia s'appela Djumbo. Parce que sa mère n'avait pas d'idée et que son père lui trouvait de grandes oreilles. Djumbo naquit le premier sur ce nouveau territoire, mais pas plus que les autres n'y reçut sa place.

Le voyage en camion, le travail pour s'installer et l'anxiété naturelle de la mère dans ce grand remuement s'étaient confondus avec le terme[1]. Le lendemain de leur arrivée au potager, dans une aube fraîche et mouillée de banlieue, Misia et Lulu partirent pour l'hôpital. Ils se perdirent dans le dessin inconnu des rues toutes sem-

1. *Le terme* : ici, la date prévue de l'accouchement.

blables qu'ils découvraient ce matin-là. Et il devait y avoir un dieu des mères et des enfants, puisqu'ils finirent par s'y retrouver dans le plan qu'ils consultaient.

Tout d'abord on les renvoya. La grossesse s'était passée ailleurs, la future mère n'était pas inscrite à la maternité. Mais l'homme qui ne portait pas son enfant souffrait plus que la mère qui le mettait au monde. Il laissa se crever la boule d'amour et d'impuissance qui s'était faite en lui. De Misia blanche et ronde, et même plus que blanche, si blême et silencieuse, personne ne se préoccupait : Lulu devint fou. Il hurla de toute sa juste colère. Le bruit qu'il fit réussit à convaincre. Un interne[1] se mit à crier lui aussi, après ce cirque et cette honte, pour qu'enfin vienne une sage-femme. La conscience médicale acheva de faire ce qui était dû : on voyait les cheveux de l'enfant.

À Lulu qui ne faisait pas assez propre, on demanda d'attendre dehors. Il était dans la salle d'attente, échauffé encore par ses cris, hirsute[2] car il ne se peignait jamais, enfin soulagé de voir partir sa femme. L'hôtesse d'accueil le regardait sans sympathie. Il pensa qu'il se foutait bien de cette gadjé[3] puisqu'on emmenait Misia. La chemise à carreaux qu'il portait depuis plusieurs jours était sortie de son pantalon. Il respira son aisselle, elle sentait. De cela aussi il se moquait. Misia aimait son odeur qui n'était ni âcre ni mauvaise et Misia seule comptait en ce moment, le reste était égal. Il ne protesta pas et demeura debout, ignorant que d'autres pères connaissaient plus d'égards.

1. *Interne* : étudiant en médecine qui effectue les dernières années de sa formation à l'hôpital.
2. *Hirsute* : ébouriffé.
3. *Gadjé* : employé ici comme féminin de « gadjo », nom par lequel les Gitans désignent ceux qui ne le sont pas (dans le roman, on trouve aussi « gadjó » et « gadjô », pour désigner Esther). « Gadjé » est également le pluriel de « gadjo ».

Derrière la sage-femme, Misia était si pâle, que dans la lumière directe du couloir qui lui sembla ne jamais finir, son visage était translucide. Un faisceau de veinules vertes convergeaient sous la peau vers ses yeux que la douleur avait gonflés. Elle se dévêtit et s'allongea seule, attendit un long moment que quelqu'un vînt. Elle avait la patience et l'élan pour accueillir l'enfant, découvrir son visage à l'instant où la douleur cesserait. Toutes ses frayeurs l'avaient quittée. C'est sans doute l'attente des choses, plus que les choses elles-mêmes, qui inquiète (et peut-être sera-t-il aisé de mourir). Misia aurait pu le sentir, c'est possible, dans l'émotion de se sentir au creux d'elle-même le lieu d'un orage, labourée, dominée par la chair et le sang qui se ruent vers le jour, et finalement vidée à la fois de la chair, de l'orage, et du sang. Elle aurait pu savoir que s'abandonner à la chair n'est pas perdre. Cependant elle était à ce moment non pas une pensée mais une sensation. Elle n'était qu'un réseau de muscles et de nerfs autour d'une matrice ouverte. Elle était une poussée et une respiration, un grand rythme haletant qui libérait la vie. La mort était loin, par-delà tant de promesses que Misia l'oublia. Elle se souvint des récits d'Angéline, comment on peut mettre trois fils au monde dans les champs sans l'aide de personne. Enfanter, disait la vieille, c'est la plus belle affaire des femmes, leur gloire et leur bonheur. Misia entendait les gémissements et les soupirs d'une femme que l'on encourageait dans la salle voisine. Puis le braillement suffoqué du nouveau-né. Misia en eut une bouffée d'envie. Elle sentait le sien très bas, elle savait qu'il avait fini de descendre. Elle se mit à pousser en même temps que son ventre semblait se déchirer et devenait tout dur. À côté le nouveau-né hurlait encore. Misia se redressa sur ses coudes. Elle était portée par l'émotion de ce cri inimitable (puisqu'on a fini en une fois de vivre l'éclatement des poumons, la première clarté, le froid de la terre et la séparation).

Une infirmière passa sans s'arrêter, qui croyait les Françaises plus méritantes et fragiles que les immigrées. Elles accouchent accroupies sans l'aide de personne, dit-elle à sa jeune collègue de garde préoccupée de la bohémienne qui venait d'arriver. Mais il n'y avait pas d'admiration dans sa voix. Le visage de la jeune femme révéla une gêne, elle découvrait la honte qu'inspire quelquefois la vilenie[1] d'un autre. Si l'enfant est trop gros la mère risque d'être abîmée, dit-elle. Et elle s'en alla auprès de Misia.

Pendant ce temps la vie portait Djumbo vers la terre et les hommes et sa mère. Ses poumons s'ouvrirent sur un cri formidable qui fit rire le jeune interne. C'était un petit homme qui s'émerveillait. Il avait tiré le bébé avec des mains habiles. Misia avait senti la souplesse et la précaution de son geste. Misia garda sur la poitrine son bébé gluant et recroquevillé. Elle pleura sur le nourrisson, d'émotion et de fatigue, de Lulu qui manquait, de l'immédiate gentillesse d'un homme qui avait pris l'enfant comme un trésor fragile. Un hoquet de reconnaissance la fit vomir. L'infirmière approchait à chaque toux un récipient de métal en forme de flageolet. Misia cracha et toussa en tenant le nouveau-né contre elle. Le jeune homme était embarrassé. Vous allez très bien, lui assura-t-il, je vais vous garder ici un moment avec votre fils. Elle secoua la tête comme une muette. Il sembla désolé, prenant pour tristesse ce qui était gratitude et soulagement. Il la crut mère célibataire. Lulu attendait encore à l'accueil.

1. *La vilenie* : le caractère vil, mesquin.

IV

Ensuite ils avaient fait comme font les autres. Mais l'employé de l'état civil n'avait rien inscrit dans son registre quand le père était venu dire, avec ce bonheur silencieux qui apaisait son visage, Djumbo est né ce jour à telle heure, il est mon fils et celui de Misia. Djumbo ce n'était pas un prénom, il n'y avait pas de saint Djumbo, et on ne pouvait pas enregistrer cette déclaration. Cherchez autre chose ! disait l'employé. Le père était reparti, et comme l'avait dit Angéline, ça n'avait pas empêché Djumbo d'être un superbe enfant qui faisait plus de quatre kilos. Ils n'allaient pas se battre pour un registre, pensait-elle, la mère et l'enfant se portaient bien, Dieu est bon. La chair de Misia aurait été déchirée si le jeune médecin ne l'avait coupée puis recousue en lui expliquant que c'était mieux pour elle. Parce qu'elle n'avait pas la Sécurité sociale, elle était rentrée chez elle le lendemain de la naissance, toute recousue qu'elle était, avec ses yeux noirs entourés de noir qui lui donnaient un air de morte. Personne ne s'en était troublé, elles étaient toutes passées par là. Les belles-sœurs lui faisaient sa lessive. Elles s'occupaient aussi d'Anita et de Sandro. On leur disait : Ta mère doit se reposer, et Anita s'était mise à pleurer parce que sa mère avait l'air si fatiguée. Je veux pas qu'elle mourt ! disait la petite fille. Mais non elle va pas mourir ! s'était écriée Milena, elle est solide comme une truie ta mère ! Mais la petite fille n'en avait rien cru avant de voir sa mère sourire, et même un soir, rire dans les draps avec le nourrisson.

Misia avait vingt-deux ans, elle s'était mariée à quinze, elle avait eu Anita à seize et Sandro à dix-sept. C'était la plus belle des quatre brus d'Angéline et la seule pour laquelle la vieille avait compris qu'un homme si jeune oubliât déjà sa liberté. Des cheveux noirs en bandeau autour d'un visage mince dont l'ossature saillait au menton et aux tempes lui donnaient un air de madone, accentué encore par sa mélancolie. Elle possédait le plus beau buste dont un mari puisse rêver, une rondeur vaste et blanche qui tendait le tissu des blouses et lui faisait la taille fine. Pas un regard d'homme ne manquait de s'y poser (elle s'était habituée et au regard et à la convoitise). Alors, quand Misia avait un bébé, ses beaux-frères la regardaient donner le sein, transpercés par cette blancheur immense, qui devait sentir le lait, le nouveau-né et la peau douce.

C'étaient des hommes qui regardaient beaucoup les femmes. Leur désir les occupait d'autant plus qu'ils n'étaient pas tranquilles pour l'assouvir. Les caravanes étaient petites et ils avaient toujours leurs enfants. Après ses deux grossesses Misia s'était montrée plus réservée. On aurait dit qu'elle avait oublié comment Lulu savait l'emporter vers le plaisir, l'y faire choir et l'y épier. Il serrait dans ses paumes le visage clos de sa femme. Elle gémissait. C'était l'entendre qui était bon, pensait il avant de tomber aussi dans ce tourbillon. Maintenant elle se servait des enfants comme prétexte pour dormir aussitôt couchée. Tu vas les réveiller, ils vont nous voir, disait-elle, et Lulu se tournait de côté. De temps en temps il objectait : Avant tu t'en moquais. Et Misia répondait : Oui mais ils ont grandi. Quelquefois Lulu s'énervait : Moi je peux plus si j'ai pas le droit de te toucher ! T'es ma femme ou t'es pas ma femme ? Alors elle cédait. C'est ainsi qu'ils avaient fait Djumbo, sans le vouloir. Car après Sandro elle avait dit : Je ne veux plus être enceinte, et il avait bien compris que cela voulait dire : Tu vas me laisser un peu, et il s'était demandé comment il pourrait faire avec cette belle femme et son envie d'elle. Est-ce que ça ne pouvait pas mettre un homme hors de lui que sa propre femme le refusât bel et bien ? Et il regardait toutes les femmes avec colère. D'ailleurs les quatre belles-sœurs, sans se le dire, procédaient de la même manière. Au point que les frères entre eux se désolaient : rien de tel que les enfants pour calmer l'ardeur des femmes. Cependant ils ne s'attardaient pas sur ce sujet. Converser des affaires intimes de son ménage n'était pas une coutume de la tribu. Ils se contentaient maintenant de regarder Misia nourrir Djumbo, assise sur une des chaises en plastique qui restaient dehors. Elle prenait le frais, à sa façon, rêveuse et triste, et de temps en temps, d'un mouvement souple et expérimenté, elle changeait de sein le nourrisson avec un air las qui leur semblait plein de langueur érotique. Les hommes, Misia voyait bien leur manège mais ne les regardait pas, ils étaient puérils et elle avait assez de Lulu qui était une force de la nature.

Pour Djumbo, ils firent aussi ce que les autres ne font pas : ils convoquèrent les esprits. Le soir du retour de l'enfant et de la mère, Lulu activa un gros feu, et ordonna une table et des chaises. C'était la table ronde en pommier qu'Angéline avait gardée de ses parents. Au centre ils avaient posé un verre entouré d'un cercle de petits papiers sur lesquels étaient écrites les vingt-six lettres de l'alphabet, Misia les avait calligraphiées[1] avec difficulté et les tremblements de sa main trop appliquée faisaient une manière de dentelle. L'esprit qui conversait avec Angéline s'appelait Ysoris. C'était un esprit du bien, son ange gardien, disait-elle. Ce petit Djumbo, demandait-elle, est-ce que c'est du bien pour lui et pour nous? Car la vie tombait, comme une sentence cruelle ou clémente, et la vieille l'accueillait avec des cris et des prières. La nuit entoura lentement les silhouettes recueillies au-dessus de la table. Angéline ne savait pas lire, Nadia répétait ce qui s'écrivait. Ysoris possédait ses propres mots. Lumière. Soleil. Amour. Chance. Cela ressemblait telle-

1. *Calligraphiées* : écrites avec soin.

ment à ce que pensait Angéline que ses fils la soupçonnaient de pousser elle-même le verre. Mais puisqu'elle ne connaissait pas l'écriture c'était peut-être que l'esprit parlait à travers leur mère. Misia était émue. Assise sur les genoux de Lulu, elle essuya ses yeux qui débordaient. Tiens va le chercher ton fils ! lui dit-il, tu pleures tellement que tu l'entends même plus appeler pour son dîner. Elle donna le sein en couvrant de baisers Djumbo qui était sa promesse. Laissez tomber ! disait Simon de temps en temps, c'est que du vent. Mais les autres n'écoutaient pas. Les femmes commençaient le Notre-Père. *Amaro dad Devla, kon san o tcheri.* Et Simon rigolait, Notre Père, qu'est-ce que tu fous aux cieux ? répétait-il dans la langue de son père, son visage mordoré[1] luisant de feu et de lune.

La vie reprit son cours précaire[2]. La police vint au potager à deux reprises ; le camp des Gitans occupait une propriété privée. Mais ce n'était qu'intimidation, car la vieille institutrice, alertée par la mairie et les pétitions déjà nombreuses, refusait de porter plainte (cela rendait illégale toute démarche d'expulsion). Le spectacle ravissait les enfants : les sirènes hurlantes et les lumières clignotantes, les matraques et les revolvers accrochés aux ceintures, v'là encore les gendarmes ! criaient-ils alors. Angéline restait assise, les pieds au bord du feu, le menton dans les genoux, sans prêter un regard à ces manœuvres.

L'automne épuisa Lulu et Misia. Le nourrisson pleurait la nuit. Les mots de sa mère, les grognements du père, l'enchevêtrement des respirations, des soupirs, des toux, des mouvements, troublaient les sommeils. Lulu fut nerveux. Il cherchait querelle à ses frères. Il s'en trouvait toujours un pour répondre. Les belles-sœurs parfois prenaient parti pour leurs époux, surtout Milena qui croyait

1. *Mordoré* : d'un brun chaud.
2. *Précaire* : incertain, instable, dont l'avenir n'est pas assuré.

que forcément quelqu'un a raison et un autre tort. (Elle parlait en relevant les lèvres, une implantation de cheveux très basse et ses sourcils épais lui donnaient un aspect préhistorique.) Viens ! la suppliait son mari. Nadia apaisait les disputes en chantant avant le coucher. Les femmes écoutaient, assises avec les enfants dans leurs jambes. Ils reniflaient, elles leur essuyaient le nez avec le bas de leur jupe. Les hommes restaient debout à tirer sur des bouts de cigarettes si petits qu'ils étaient presque à fumer leurs doigts sales. Ma fillette tsigane, allume un feu pour moi, chantait Nadia, ni petit, ni grand, je caresse ton âme, ma fillette tsigane. Le battement des cœurs se calait sur le rythme tranquille du chant. La voix montait dans la nuit avec les étincelles du feu. Nadia restait debout, ses poignets de fillette ballant devant sa jupe, son visage blanc déformé par l'effort. Les vibrations entraient en eux, les remuaient de la peau jusqu'au cœur, ils sentaient ces choses à quoi ils n'avaient pas le temps d'ordinaire de songer : voilà qu'ils étaient à tressaillir dans l'émotion du sentiment de vivre. Ils partaient se coucher avec de la beauté dans l'âme. Que se passerait-il s'il n'y avait pas la musique ? se demandait Angéline en défaisant son lit. Elle se couchait après avoir étreint sa belle-fille. Tu as la voix du Dieu, disait-elle à Nadia, une voix qui donne l'envie d'être bon. Et Nadia rangeait sa voix. Encore ! encore ! réclamaient les enfants. Mais il fallait bien s'arrêter et les mettre au lit, sans quoi ensuite ils étaient fatigués, pleurnichaient pour un oui ou un non. D'ailleurs Anita et Sandro s'endormaient au hasard des heures et des lieux.

Misia restait calme, elle avait cette manière torpide[1] de traverser le jour et la nuit, avec l'enfant qui à intervalles réguliers l'appelait pour la téter. Elle arborait le

1. *Cette manière torpide* : cette façon somnolente, pleine de torpeur.

velouté de ses seins comme un collier, et cette neige rappelait à Lulu celle des cuisses qui jamais ne voyaient la lumière. À ce moment il la désirait avec une force insupportable. On aurait dit, pensait-il, qu'il n'y avait que ça dans la vie, aller se perdre dans sa femme, l'entendre gémir, la respirer, haleter dans le creux de son épaule. Il vivait dans sa tête chacun des gestes qu'il aimait avec elle, en même temps qu'il la regardait de loin, appuyé à son camion. Non, pensait-il, il n'y avait rien de mieux, et pourtant il fallait ne pas en parler, faire mine que tout le reste était plus important. La certitude de cette constante tricherie le calmait, comme s'il avait dénoué à la fois son être et le monde. Une bouffée d'amour pour sa femme le prenait. Par un de ces tours de force que les hommes réussissent parfois grâce aux femmes, il transmuait[1] son désir en tendresse. Il venait derrière Misia l'embrasser dans le cou. Même l'enfant qui occupait la mère et lui dérobait l'amante, il le caressait, ému par ce paquet rougeaud qui était de lui. Son fils. Cela finissait par énerver les autres. Moi aussi on me tétera! avait dit Anita, sensible à l'étrange sensation de bien-être qui se dégageait de la mère et de l'enfant. Les yeux de Nadia se mettaient à briller. Elle se retenait de pleurer parce qu'elle ne pouvait plus avoir d'enfants. Et Héléna le soir s'était mise à murmurer : Fais-moi un petit mon vilain toutou, se collant à Simon. Elle avait un visage soudain plus tendre, recomposé par le désir, comme si – on aurait pu le croire – l'envie la rendait à l'amour de son homme (elle avait pourtant bien cessé de l'aimer). Il avait fourré sa main sous les chemises de sa femme, en riant, comme si cette chienne qui osait lui répondre et le juger lui demandait une folie de plus.

Oui, la vitalité s'était enfermée en eux. Partout ils trouvaient leurs marques. Le ravitaillement sans argent,

1. *Transmuait* : convertissait, changeait.

l'eau potable qu'il fallait chercher à la pompe, les sources occasionnelles de revenu, les tournées des hommes dans la banlieue, tout cela eût semblé à d'autres une existence impossible et tout cela assurait un rythme à leur vie. Ils se levaient tard, certains jours à plus de midi, parce qu'ils veillaient puis s'endormaient difficilement. Dans la lumière du matin les rideaux des caravanes étaient tirés et pas un bruit ne venait du camp. Peu avant le déjeuner les femmes aéraient la literie, repliaient les lits et faisaient la cuisine. On entendait leur bavardage pendant que les enfants jouaient dehors. Les hommes s'attardaient à prendre le café. La vieille jetait dans le feu tout ce qu'elle trouvait. Autour de cette fumée la journée s'étirait jusqu'au soir.

Mais ils offrirent un matériau à la peur, la haine et la compassion : les autres ne comprenaient pas la vie des Gitans. Les plaintes et les demandes d'expulsion se suivirent sans discontinuer. Le maire et le préfet se renvoyaient les responsabilités. On réinventa des manières de compter : la commune dépassait-elle le seuil des cinq mille habitants (ce qui obligeait à créer une aire d'accueil) ? Et quand bien même cela serait, combien de temps pouvait-on demeurer sur une aire d'accueil ? Dans ce jeu d'intérêts électoraux, d'irrespect et de honte, de lâcheté et de vertu, une assistante sociale fut envoyée. Il y avait là des enfants non scolarisés, des familles sans moyens d'existence, le terrain était un bourbier sans infrastructure. Angéline restait assise, le menton dans les genoux qu'elle ne levait que pour cracher dans le feu. Venue trop tôt le matin, l'assistante sociale trouva porte close. Elle revint un après-midi, parla à la vieille immobile (qui ne prononça pas un mot), aperçut les silhouettes des parents qui observaient derrière leurs vitres. Elle rendit compte à la mairie. Les Gitans, disait-elle, c'est très spécial, c'est autre chose.

Une femme pourtant venait chaque semaine. Elle connaissait les Gitans depuis près d'une année sans avoir vaincu leur sauvagerie. C'était la responsable d'une bibliothèque. Elle pensait que les livres sont nécessaires comme le gîte et le couvert. Elle s'appelait Esther Duvaux.

V

Esther Duvaux avait été infirmière pendant dix ans avant de devenir bibliothécaire. L'accompagnement des mourants, par lequel elle avait fini sa première carrière, avait donné la mesure de son courage et de sa douceur. Cette expérience ne l'avait pas endurcie, un rien lui tirait des yeux une rivière : elle avait le don des larmes. Pourtant cette tonalité primordiale[1] s'accompagnait chez elle d'une vitalité fervente. Elle mettait en œuvre ce que d'autres eussent jugé utopique[2]. Si jamais gadjé pouvait gagner la confiance de la vieille (ce dont il est possible de douter), elle était celle-là.

Elle n'était pas venue vers les Gitans par pitié. Elle était venue avec un projet. On aurait dit que c'était elle qui avait besoin d'eux. Angéline l'avait deviné. Sacrée fille ! avait-elle pensé, tu n'as pas peur de venir me parler. Mais elle n'avait rien dit. Elle avait écouté la jeune femme se recommander de cousins d'Angéline qui habitaient une banlieue voisine. La vieille hochait la tête : Oui elle les connaissait. Esther expliquait en quoi consistait son idée : elle lirait des histoires aux enfants qui ne disposaient pas de livres chez eux. La vieille faisait la moue. Sa

1. *Tonalité primordiale* : l'expression désigne la compassion dont Esther se montre capable.
2. *Utopique* : irréalisable. Une utopie est un idéal qui ne tient pas compte de la réalité.

dignité n'aimait pas se laisser dire qu'elle manquait de quelque chose, même si elle savait que c'était vrai (des livres, elle n'en avait jamais eu). Tu donnes les livres? demanda la vieille. Non, dit Esther, je les lis et je les rapporte où je les ai empruntés. Esther répondait à toutes les questions. Son visage commençait juste à cesser d'être lisse. La perspicacité[1] de la vieille traversait cette enveloppe qui prenait de l'âge. Pourquoi tu fais ça? dit Angéline. Je crois que la vie a besoin des livres, dit Esther, je crois que la vie ne suffit pas. La vieille secoua la tête. J'allons réfléchir, dit-elle. Un agacement lui était venu (sans qu'il fût possible d'en déceler la raison). Esther prit congé. Je ne veux pas vous déranger davantage, dit-elle. Bien plus tard la vieille n'avait pas encore fini sa réflexion : Esther était venue chaque semaine pendant une année. Les enfants l'observaient. Ils riaient, comme chaque fois que leur grand-mère impressionnait un étranger.

Puis ils furent expulsés, l'hôtel muré, et ils se stationnèrent sur le potager. Esther suivait leur trace. Elle vint au camp le mois de leur installation, à la fin de septembre. Tu es encore là toi, dit la vieille. Tu vois comment on vit maintenant, fit-elle en désignant les caravanes dispersées dans la terre meuble. Esther regarda autour d'elle. Va voir les enfants, concéda[2] la vieille avec humeur, ils feront comme ils veulent. Elle avait craché dans le feu en jurant : Gadjé! Les petits Gitans couraient autour du pommier. Bonjour, dit Esther. Les filles marmonnèrent, les garçons s'en allèrent en courant. Aimes-tu les histoires? demanda Esther à la plus grande (qui s'appelait Anita). Mais la fillette ne répondit pas. Tu me connais, disait Esther, je viens parler avec votre grand-mère depuis longtemps. Que diriez-

1. *Perspicacité* : clairvoyance.
2. *Concéda* : accorda.

vous si je vous lisais une histoire? Elle n'eut pas de réponse (évidemment). Trois petites filles la regardaient des pieds à la tête et elle aperçut l'un des garçons qui lui tirait la langue. Mais elle se dirigea vers sa voiture et sortit du coffre des affaires. Elle étendit une couverture au pied du pommier. Les yeux noirs des enfants se tournèrent un instant vers la vieille. Angéline fit un signe incompréhensible. Esther fouilla dans un grand carton plein de livres. Les petits s'assirent les uns après les autres à côté d'elle. Elle ne comptait que sur le pouvoir des livres pour les apprivoiser. Elle lut ce qui était écrit sur la couverture d'un grand livre : *Le Voyage de Babar* [1]. Les enfants se poussaient pour regarder l'illustration. J'ai pas vu! s'écria Anita, lorsque Esther ouvrit le livre croyant que tout le monde avait regardé. Esther montra à nouveau ce dessin : deux éléphants portant des couronnes agitent des mouchoirs avec leurs trompes tandis qu'une nacelle portée par un ballon jaune s'élève dans le ciel. Puis elle tourna deux pages en répétant le titre, et commença à lire. « Babar le jeune roi des éléphants et sa femme la reine Céleste viennent de partir en ballon pour faire leur voyage de noces... » Les enfants étaient muets. Esther tourna la page. « Le pays des éléphants est loin maintenant », continua-t-elle. Elle lut sans s'interrompre. Ils avaient cessé de l'observer et regardaient les images. L'immense mer bleue. Un paquebot. Un grand port. Le cirque Fernando. « Nous mangeons du foin comme des ânes. La porte est fermée à clef. J'en ai assez je vais tout casser! crie Babar en colère. Tais-toi, je t'en prie, dit Céleste. » Esther imitait la grosse voix du mari et la petite flûte d'une épouse qui apaise. Les enfants étaient attentifs. Cette histoire de pétard attaché à la queue était amusante. Ils rirent tout en étant gênés de rire d'une chose sans réalité. Ils commencèrent à se tortiller tandis

1. *Le Voyage de Babar* (1932) est écrit par Jean de Brunhoff (1899-1937).

qu'Esther lisait la dernière page. Elle referma le livre. Voilà, dit-elle, c'est fini! Ils sautèrent sur leurs pieds. Elle n'eut pas le temps de demander Avez-vous aimé cette histoire? ils couraient déjà. Je reviendrai mercredi prochain, dit Esther. La vieille tourna son bâton dans le feu. Si Dieu veut, dit-elle sans regarder Esther, tu reviendras.

Quand la voiture eut disparu les enfants firent des commentaires. Elle lit drôlement bien! dit Anita. Jamais j'ai entendu lire comme ça! disait-elle à son frère. Jamais t'as entendu lire! répliqua le garçon, et sa sœur partit en boudant. Ils n'avaient pas osé complimenter Esther, ni même ensuite parler d'elle à leurs parents. Ils pressentaient que cela eût été vexant pour leurs mères. Les mères étaient agitées. Qui c'est cette gadjé, qu'est-ce qu'elle vous disait? demandaient-elles. Rien! disaient les enfants, elle a lu un livre. Et les mères recommençaient. Anita s'était énervée contre Milena : Grand-mère la connaît! Tu la reconnais bien! Elle a fait que lire on te dit! La jeune femme restait sans réagir. Une histoire! dit Sandro. C'étaient pas ses mots! ajouta-t-il en avançant son visage vers sa tante. Et Milena, aussi rapide qu'efficace, avait giflé ce neveu insolent. T'es bête comme une mouche! cria-t-il en se sauvant, et personne ne songea à le gronder dans l'effarement que provoquèrent ses mots : il n'avait fait que répéter ce que disaient les belles-sœurs pendant les disputes.

VI

Esther revint le mercredi suivant à la même heure. Assemblés sur le petit trottoir qui bordait le terrain, les enfants regardaient passer les voitures. Les caravanes luisaient de rosée. Les filles parlaient encore d'Esther. Je me souviens jamais la tête qu'elle a la femme, disait Anita à

Mélanie. Mélanie chercha son souvenir. Elle a plein de cheveux, dit-elle. Elle ne parvenait pas à exprimer son idée. Elle ressemble à une gadjé quoi, ajouta-t-elle finalement d'un ton bourru. Anita approuva de la tête. La fille aînée d'Héléna et de Simon, qui s'appelait Hana, sautillait d'un pied sur l'autre au-dessus d'un bout de corde. Parlez pas tout le temps d'elle, j'suis sûre qu'on la verra plus jamais, dit-elle en continuant de regarder ses pieds. On va voir, répondit sa petite sœur Priscilla avec cette voix d'oiseau qu'ont les fillettes. Moi j'espère qu'elle reviendra, dit Sandro. Ouais, dit Carla, j'aime bien l'histoire qu'elle a lue. Moi je comprends rien de ce qu'elle parle, dit Michaël qui était le plus jeune des cousins. Toi t'es bête ! lui lança sa sœur Carla. Celui qui le dit c'est lui qui l'est ! rétorqua le petit garçon. Ils essayaient de se donner des coups de pied dans les tibias. Brusquement ils se figèrent. La voiture jaune s'arrêtait à quelques mètres d'eux. La voilà ! dit Anita dans un souffle éteint par la stupéfaction. Tu t'es gourée ! glissa Priscilla à l'oreille de sa sœur. La grande tira la langue, à toute vitesse, plissant tout son visage (un instant ce fut celui de la vieille femme qu'elle serait, mais personne ne le vit, car personne n'avait les yeux et l'âge qu'il faut pour voir cela).

Ils coururent s'agglutiner autour de leur grand-mère. La vieille riait, elle en profitait pour les embrasser. J'aime pas les baisers, disait Sandro. Il s'essuyait la joue en se tortillant sur ses jambes comme des allumettes. Grand bête ! dit Angéline et elle lui donna un gros baiser sonore. Idiot ! lui répéta-t-elle. Esther s'approcha du groupe. Bonjour, dit-elle. Tu es là, dit la vieille, sacrée fille. Cela ne vous ennuie pas ? demanda Esther. Pouf ! fit la vieille. Son visage – hormis sa couleur dorée – semblait une pleine lune. Tu te débrouilles avec eux, dit-elle en montrant les enfants. Voulez-vous une autre histoire du roi des éléphants ? leur demanda Esther. Anita et Sandro approuvèrent de la tête, les autres se cachaient dans les jupes de la vieille.

Esther étendit la couverture sur le trottoir (un étroit rebord de bitume séparait la rue de la terre du potager). Ils s'assirent en se battant un peu, se poussant du coude, disant Je vois pas, partant de l'autre côté, essayant de se rasseoir plus près. Elle les installa, les petits à côté d'elle, les grands juste derrière. Et elle commença à raconter l'enfance de Babar. Elle lut comme jamais elle ne l'avait fait, même pour ses garçons : elle lut comme si cela pouvait tout changer. « Dans la grande forêt un petit éléphant est né. Il s'appelle Babar. Sa maman l'aime beaucoup. Pour l'endormir elle le berce avec sa trompe en chantant tout doucement[1]. » Ça doit être mignon, dit l'une des fillettes. Très mignon, confirma Esther en souriant avant de reprendre. Entre deux pages elle apercevait les visages sérieux des enfants. Ils étaient concentrés, inatteignables. Elle lut avec de la tendresse pour eux et de la foi dans les histoires. Et elle n'avait ni crainte ni question, est-ce que c'était artificiel, utile, naïf, stupide, de venir ainsi, sans prévenir, sans demander, pour lire des histoires à des enfants. Un élan la portait, elle lisait en mettant le ton, sans être jamais fatiguée de le mettre, sans se presser de finir comme elle faisait parfois quand elle couchait ses garçons. Elle lisait et le reste attendait. Le monde était évanoui, et morte ainsi sa dureté, et le froid des jours d'automne oublié lui aussi. D'ailleurs il se mit à pleuvoir quelques gouttes et personne ne bougea. Elle lut le livre jusqu'à la fin, et ce jour-là les enfants repartirent en criant des mercis. Esther apercevait les silhouettes des mères derrière les vitres des caravanes vers lesquelles ils couraient.

La fois suivante, Angéline vint. Elle prit le bras d'Esther et l'entraîna vers les caravanes :

– Viens, je te présente ma famille.

– Lulu ! Misia ! Simon ! Elle les appelait avec autorité.

1. Esther lit *Histoire de Babar le petit éléphant* (1931), de Jean de Brunhoff.

Misia sortit la première. La jeune femme portait son bébé contre l'épaule et reboutonnait d'une main (qui avait les ongles mangés ras) le devant de sa blouse. C'est une fille ou un garçon ? demanda Esther. Garçon, dit la vieille. Comment s'appelle-t-il ? dit Esther. La mère promenait son index dans le cou du nourrisson, rêvassant à la manière d'une innocente. Djumbo, dit la vieille. Le visage de Misia était ravagé par d'immenses cernes. Sa peau était du gris qui accuse la grande fatigue. Esther fut bouleversée en apercevant ses chevilles et ses pieds gonflés. Tu es un beau garçon, dit Esther au nouveau-né. Et elle pensait : Comment la mère peut-elle être si abîmée ? Les jambes étaient affreuses à voir, ce qui dépassait de la jupe était d'une couleur de sang intense, presque violette, et la peau était si sèche que les chevilles s'étaient crevassées. Un coup de vent fit voler les cheveux de Misia. Tu sens la mer ? dit Angéline. La peau de ses joues luisait autour du sourire. Esther secoua la tête : elle ne sentait rien. (Mais la vieille avait raison, elle respirait les étangs situés au nord sans qu'aucun relief n'en retînt les effluves[1].)

Les autres venaient maintenant, nonchalants et silencieux. Esther fut frappée de leur beauté brune et violente. Une lumière insolite allumait la noirceur des yeux et la carnation[2] mordorée. Ils avaient tant de cheveux que leurs visages s'y perdaient. Les hommes étaient plus sveltes que les femmes, mais elles portaient bien l'embonpoint, comme s'il n'avait été que la féminité. Esther cherchait à leur attribuer des enfants en devinant des ressemblances. La vieille montra ses fils en premier. Les belles-filles, ensuite. Ils étaient muets. Les femmes dévisageaient Esther. Elle pouvait sentir sur elle ces regards farouches et insistants. Angéline raconta la naissance de

1. *Effluves* : odeurs qui en émanent.
2. *Carnation* : couleur de la peau.

Djumbo. À l'hôpital. Une journée. Quatre kilos trois cents. Il n'avait pas été inscrit sur les registres, disait-elle. Sa famille restait silencieuse dans le vent glacial, attendant de s'en aller (avec assez d'insolence pour le laisser voir). Djumbo dormait sur l'épaule ronde de sa mère. Misia lui caressait le dos avec une rudesse de lionne. Esther regardait la main sur le dos minuscule. Elle eut envie d'un nourrisson à elle. T'as des enfants? dit Angéline. J'ai trois garçons, dit Esther, un petit qui a quatre ans et deux grands de sept et dix. Je vais rentrer d'ailleurs, ils sont seuls à la maison. Pourquoi tu les amènes pas? dit Angéline. Un jour je les amènerai, dit Esther.

À partir de ce jour les parents se mirent à rôder autour d'Esther quand elle lisait. Les enfants n'y prêtaient pas attention. « [...] jusque longtemps après minuit, elle dansa et rit avec la pensée de la mort dans son cœur[1]. » L'étrangeté des mots captivait les adultes autant que les petits. Esther ressentait un trouble à être ainsi observée. Lulu ne cessait pas de la dévisager quand elle levait les yeux vers lui. Et Simon était impressionnant avec ses longs cheveux noirs et ses joues entaillées de coups de rasoir. Il restait devant elle. Ses yeux rivés sur le livre ne bougeaient pas quand elle s'arrêtait de lire un instant pour l'observer, car c'était seulement le livre qu'il regardait et il ne la voyait pas. Lorsqu'elle s'interrompait trop longtemps, les enfants lui disaient : Allez! lis! lis! Elle ne pouvait jamais savoir si à la fin il aurait laissé leurs regards se croiser. Maintenant tu lis! disait Michaël de sa petite voix. Et c'était ce qu'elle faisait. Elle lisait. « Et Johannes pleura, il n'avait plus personne au monde, ni père ni mère, sœur ou frère, pauvre Johannes[2]! » Elle

1. Cette citation appartient au conte d'Andersen (1805-1875), *La Petite Sirène.*
2. Cette citation appartient au conte d'Andersen, *Le Camarade de voyage.*

allait dans les textes, un mot après l'autre, chaque phrase isolée, bien prononcée pour qu'ils ne manquent rien, qu'ils trouvent ce plaisir de croire à une histoire. À la fin Anita, la plus grande, demandait immanquablement : Mais c'est vrai ce truc ? Elle était troublée.

Et les autres bêlaient après elle : Ha ! ha ! t'es bête. Ils y croyaient.

Ainsi les livres arrivaient chaque mercredi matin en voiture. La Renault jaune d'Esther brinquebalait dans les fondrières. Les enfants couraient autour de la voiture. Lorsqu'elle avait fini de lire, les mères venaient vers Esther. L'une ou l'autre offrait le café. Misia lui mettait le bébé dans les bras. Et quand Esther le berçait et l'embrassait, Misia riait. Le bébé disait ce lien apeuré et incertain, qui se tressait petit à petit entre les deux femmes. La jeune Gitane avait eu l'idée de ce langage : elle confiait ce qu'elle avait de plus précieux. Esther l'admira. Elle sentait une secrète allégresse à être d'accord avec Misia, à dire avec elle : Les enfants ça vous mange ! en comprenant profondément que l'on dit la même chose. Tiens, disait la mère, prends-le, j'ai quelque chose à faire. Elle n'avait rien à faire. Mais Esther tendait les bras. Djumbo était un bel enfant, elle avait du plaisir à le tenir. Jamais elle n'avait perdu ce goût des mères pour la peau neuve, la rondeur et le relent sucré de lait. Djumbo sentait une odeur qu'Esther n'avait pas respirée avant.

Leur vie se dévoilait par fragments. Jamais Esther n'entendait l'histoire complète. Elle répondait aux questions mais s'interdisait d'en poser (malgré son envie de le faire). Ton mari il fait quoi ? dit Milena. Architecte, dit Esther. Ça gagne bien architecte, dit Milena. Le mien il a une pension, dit Héléna. On peut rien acheter. Les Gitanes mettent pas le pantalon ou les minijupes, dit Nadia. Vous aimeriez en porter ? dit Esther. Qu'est-ce qu'on a à dire ? laissa tomber Milena. On lave le minimum, dit Milena avec une grimace qui devait être une excuse. (Elles allaient chercher l'eau. Elles frottaient les vêtements dans les mêmes bassines où elles baignaient les enfants.) Tu te les frises tes cheveux ou bien c'est comme ça qu'ils sont? dit Misia. Cette jupe noire, quand t'en veux plus tu me la donnes dit Héléna. Esther acquiesçait. L'instant précédent elle était auprès des enfants. Ils écoutaient. « Bien loin d'ici, au pays où s'enfuient les hirondelles quand nous avons l'hiver, habitait un roi qui avait onze fils et une fille, Élisa[1]. » Ils sont sages avec toi les enfants, disait Nadia quand Esther venait la voir. Ouais, disait Milena, jamais ils sont comme ça avec nous. Et son rire découvrait ses gencives.

Les hommes surveillaient de loin et s'approchaient quand ce bavardage durait. Pourquoi tu fais ça? dit Moustique. Parce que j'aime les enfants, dit Esther. Elle n'avait pas réfléchi. Je crois que tes enfants peuvent avoir la même chance que les miens, dit-elle. Boh! fit Moustique en s'en allant. La semaine suivante, Milena s'approcha d'Esther. T'es pas payée? dit-elle, Moustique dit que t'es pas payée. Non je ne suis pas payée, dit Esther. Milena resta muette, Esther crut être pour eux un mystère. Elle se trompait : elle était la gadjé et c'était une insulte. Elle n'était pas un objet sur lequel ils se seraient pris à penser. C'étaient les livres qui faisaient rêver la vieille. Elle n'en avait jamais eu. Mais elle savait, par intuition et par intelligence, que les livres étaient autre chose encore que du papier des mots et des histoires : une manière d'être. La vieille ne savait pas lire mais elle voulait ce signe dans sa caravane. Elle vous les donne jamais les livres? demandait-elle aux enfants. Ils hochaient la tête. Esther était partie avec ses caisses.

Ils lisaient assis sur un bord de trottoir. Quand il faisait mauvais, elle les enveloppait dans sa couverture. Jamais encore elle n'était entrée dans l'une des cara-

1. Cette citation appartient au conte d'Andersen, *Les Cygnes sauvages.*

vanes. Elle buvait moins de café le mercredi matin parce qu'il n'y avait pas de toilettes. Quand elle arrivait, les enfants accouraient. Anita, Sandro, et Carla, Michaël, Hana, Priscilla, et la grosse Mélanie. Mélanie avait cinq ans, déjà de la poitrine et du ventre, c'était une petite obèse, toujours fagotée dans des robes de poupées de foire. Elle était à l'affût du moindre détail. Tes cheveux ! s'exclama-t-elle quand Esther les coupa. J'avais envie de changer, dit Esther. Ils la regardaient sans dire un mot. Esther étendit la couverture, s'assit et se mit à leur parler. Il y a une femme écrivain que j'aime beaucoup qui avait cette coiffure. Elle s'appelait Colette[1]. Vous vous en souviendrez ? demanda-t-elle. Ils opinèrent de la tête. Mélanie souffla : Tu es jolie mais je t'aimais mieux avant. On lit ? demanda Carla qui se moquait bien de cette histoire de coiffure et de Colette. On lit, approuva Esther. Elle commença un conte : « Il y avait une fois une femme qui aurait bien voulu avoir un tout petit enfant, mais elle ne savait pas du tout comment se le procurer... » Comme maman, chuchota Mélanie (qui sentait qu'elle livrait là un secret). Chut ! dit Carla. « Elle alla donc trouver une vieille sorcière[2] », lut Esther sans s'interrompre. Elle sentait la petite épaule de Michaël contre son flanc. Il se serrait contre elle comme s'il avait froid ou peur. Les matinées devenaient glaciales. La prochaine fois ils s'installeraient dans la voiture.

Le mercredi suivant il pleuvait. Ils restèrent dans la Renault. Esther lisait en tenant le livre en l'air afin que tous voient les images. Hou ! Hou ! le loup ! criait Esther. Allez faites le loup ! Mais ne sortait d'eux qu'un léger murmure. Plus fort que ça ! dit Esther. Les enfants

1. Esther fait allusion à Sidonie Gabrielle Colette (1873-1954), dit Colette, l'auteur du *Blé en herbe* mais aussi de *Sido*, œuvre dans laquelle elle célèbre sa mère et la terre de son enfance.
2. Ces citations appartiennent au conte d'Andersen, *Poucette*.

recommencèrent un peu plus fort. C'est mieux, dit Esther. Elle reprit. J'ai envie de faire caca, dit Anita. Va, dit Esther, je t'attends pour la suite. Cette histoire vous plaît ? demanda-t-elle aux autres qui restaient silencieux sur la banquette. Savez-vous qu'en France il n'y a plus de loups ? continua Esther. Eh oui ! fit-elle, on a raconté tellement d'histoires sur les loups qui mangent les petits enfants que tous les loups ont été tués, il n'en reste plus un. Les enfants la regardaient sans rien dire. Ce qu'elle disait ou demandait les étonnait, et parfois ils étaient gênés. Anita sauta dans la voiture. Une bouffée d'air glacé entra avec elle. Une odeur incroyable entra aussi, et Esther la sentit aussitôt. Tu pues ! disait Sandro à sa sœur. Casse-toi tu pues trop ! disait-il et il la poussait de ses deux mains vers la portière. Esther se mit en colère. Arrête, Sandro, dit-elle. Elle s'est pas essuyée ! dit le garçon en guise d'excuse. Esther sortit un mouchoir de son sac et le tendit à Anita. Anita était paralysée devant son frère. Ne t'inquiète pas, lui dit Esther. C'est pas grave du tout, répéta-t-elle. Mais elle était bouleversée (et elle savait que c'était idiot). Elle lut une autre histoire de loup. Les enfants s'étaient calmés. « Il était une fois une petite fille qui s'appelait Marie-Olga [1]. »

1. Cette citation est tirée du conte de M. Colmont et Gerda Muller, *Marlaguette*.

Deuxième partie

I

Elle était devenue un plaisir de leur vie. Elle n'aurait pu disparaître sans leur faire de mal. Les enfants l'attendaient. Les parents lui parlaient. Elle ne posait jamais de question, elle écoutait. Quel âge avait Anita qui n'allait pas à l'école ? Elle aurait pourtant voulu le savoir. Mais elle ne l'avait pas demandé à la mère. Ni même à Angéline qui, plus que les autres, venait lui parler. Quel âge t'as ? lui dit Angéline en guise de préambule. Quarante, dit Esther. (Elle se mit à parler comme la vieille, sans détours ni ornements.) Un autre jour : Il est bien, ton mari ? disait Angéline. Le rire d'Esther avait égayé la vieille. Son âge s'était écrit d'une autre manière sur ses dents, celles qu'elle n'avait plus, ou celles qui étaient si gâtées qu'on eût dit des trous d'encre dans sa bouche. Elle était devenue affreuse. Un bon mari c'est utile et c'est rare, dit Angéline en se remettant à rire à cette idée. Esther était trop troublée par les dents (elle n'en avait encore jamais vu à ce point de destruction) pour faire autre chose qu'un signe. Elle avait froid, le vent était glacial, la vieille semblait ne rien sentir, posée par terre comme une bonbonne[1].

1. *Bonbonne* : récipient ventru à col étroit.

Ses cheveux droits en l'air, hérissés par mèches sur sa tête semblaient les grands bois d'un cerf. T'as froid, rentre chez toi, dit-elle à Esther, tu reviendras.

De tout l'automne Esther ne manqua pas un mercredi. Elle arrivait à onze heures. Elle lisait les histoires aux enfants et elle écoutait les parents. La grand-mère était sa favorite. Dès que les enfants quittaient Esther, la vieille s'en approchait. « Mais cela, lut Esther, les enfants ne pouvaient l'entendre ni le comprendre, et c'était bien ainsi, car les enfants ne doivent pas tout savoir[1]. » Ah ! Ah ! fit Sandro. J'aime pas cette histoire, dit Michaël. Elle est plus sérieuse que les autres, dit Esther, vous pouvez filer maintenant. Angéline était déjà là. Quel âge t'as ? dit la vieille. Elle l'avait déjà demandé mais Esther ne dit rien. Quarante, dit Esther. T'es jeune, dit Angéline. Tu fais pas quarante. Tu fais jeune. Angéline sembla penser à quelque chose, se mobiliser plus que d'ordinaire. T'es belle femme, dit la vieille, avec un air amusé. Profite ! Un jour, c'est pour toutes les femmes, elles sont plus jolies du tout, même celles qui l'ont été. C'est pas si dur, hocha sa vieille tête. À quarante ans chez nous on est déjà détruit. Moi tiens, j'ai que cinquante-sept, ce serait pas si vieux chez vous. Elle le disait sans regret, sans rêve, simplement sachant comment le monde était fait. Le temps, dit-elle, c'est qu'un salopard qui nous dépouille de tout. Quand il a passé on a perdu ceux qu'on aime, le corps qu'on a et sa force, et la beauté mais qui n'est qu'une fiente d'oisillon à côté de la santé. Et on a pas à lutter, on a qu'à s'habituer. Esther écoutait. Oh ! fit Angéline, notre corps à nous, il est comme notre misère. Et elle retroussa ses manches sur des avant-bras pleins de cicatrices.

Elles s'étaient assises près du feu qui brûlait plus de déchets que de bois. La vieille avait presque les pieds dedans, et en somme pensait Esther, elle était ce feu, ce

1. Cette citation est tirée du conte d'Andersen, *Le Lin*.

petit brasier mal nourri, gavé de détritus, et qui brûlait encore, on ne savait par quel miracle. Esther restait en retrait, la fumée la faisait pleurer, ce n'était pas l'odeur des feux qu'elle connaissait. Approche-toi ! disait la vieille, ça te brûlera pas ! Esther secouait la tête. Viens ! insista Angéline, ça craint rien. Je suis très bien comme ça, dit Esther. T'es sûre ? demanda la vieille. Certaine ! dit Esther. La vieille se remit à parler. Esther écoutait aussi attentivement que Nadia. Il y a un âge pour renoncer à chaque chose. Les femmes sont entraînées à cela. Angéline le disait, de sa manière à la fois fière et fatiguée.

Le plus difficile pour Angéline, ça n'avait pas été d'être moins jolie, moins alerte, ou même veuve. Cela avait été de se dire Jamais plus je ne porterai un enfant. Cette idée, qu'elle n'était plus bonne à s'emplir du joyau de chair tendre, lui avait battu la poitrine. Elle avait refusé, continué de rêver le soir contre son homme épuisé, elle ne s'y ferait jamais, sinon à la fin, quand le sang ne coulerait plus et qu'elle se saurait sèche et vaine. Comme si son ventre, à demeurer vide, avait fini par comprendre, par cesser de se préparer pour rien, par lui faire signe qu'il savait autant qu'elle et qu'il pactisait désormais avec la mort et le néant. On fait sa route, on passe par tous les âges et on est pas immortels ! disait Angéline. Elle souriait de sa bouche édentée, et c'était affreux à voir : on pensait à la morte qu'elle ferait.

La plupart du temps les hommes restaient à discuter près de leurs camions. Les cinq ensemble avaient l'air de préparer un complot. Personne ne savait de quoi ils parlaient, les femmes ne s'en mêlaient pas. Quand ils venaient vers elles, c'était pour demander quelque chose. Qu'est-ce qu'elle fout la gadjó ? disaient-ils devant Esther. Angéline rétorquait : Retournez à vos affaires et laissez-nous avec les nôtres ! Elle seule pouvait parler ainsi, les femmes filaient doux. Esther les entendait : Qu'est-ce que j'ai à dire de toute façon ? demandaient-elles à la fin des conversations.

Les hommes étaient détruits, bien plus que les femmes (sans doute parce qu'elles portaient les enfants et qu'elles étaient occupées à les aimer, les nourrir, les laver et les battre, ce qui suffit à faire une vie). Ils étaient défaits parce qu'ils n'étaient obligés à rien. Ils n'étaient jamais tendus vers quelque chose, personne n'attendait rien d'eux. Ils traînaient, sauvegardant des apparences qui valaient autant pour eux que pour leurs femmes : leur fierté.

Ils n'aidaient pas à ce qui reste aussi longtemps que l'on ne meurt pas : l'intendance de la vie. Ils étaient entrés dans le grand bavardage masculin, cette manière égoïste de se tenir sur la terre, de vivre dans les jupes des femmes, suspendus à toutes leurs lèvres, réclamant le nid, l'amour et la becquée, dans le même élan obstiné qui le soir les portait à ce martèlement, la forme harcelante, haletante et suante, que prenait leur désir. Et puis tout cela reçu, repartant du côté des mâles, à palabrer[1]. Alors, à côté des camions, adossés contre une bâche, ils se plaignaient des femmes qui aboyaient, se refusaient, espéraient d'eux ce qu'ils ne pouvaient pas leur donner : la sobriété et la tendresse. C'est de vivre comme ça ! disaient-ils en guise d'excuse, tout gênés lorsqu'ils avaient frappé trop fort un enfant ou à demi violé leur épouse.

Un peu plus loin, du côté des caravanes, les femmes étaient aussi entre elles, groupées autour du feu comme autour de leurs secrets, qui n'étaient pas tant ce qu'elles savaient ou fabriquaient, et qu'elles auraient voulu taire, mais ce qu'elles ressentaient et qu'elles ne pouvaient pas dire. Parce qu'on a beau vouloir croire le contraire, un homme, un mari, ça ne comprend pas tout. Ça comprend rien ! disait Angéline, qui pensait à ses nuits de désir muet que l'époux n'avait pas soupçonnées, lui qui avait pu dormir à côté d'elle sans la toucher. Oh mais

1. *Palabrer* : discourir, discuter interminablement.

oui ! Il avait refusé de voir cette nature flamboyante qui avait fait cinq fils sans se coucher. Elle le répétait : Les hommes et les femmes, c'est rien de commun, et ça tient toujours à cause des femmes. Parce qu'elles en finissent assez vite de s'aveugler et de vouloir. Elles voient, après la chair, l'amour et les caresses, qu'ils s'arrêtent jamais de prendre, et qu'il y a rien d'autre à faire que donner. Et ce qu'elle-même avait donné, non décidément elle ne l'avait plus, pensait Angéline, son ventre, sa douceur de nid, son élan pour diriger la vie sur un bon chemin et la gaieté d'avoir à le faire. Toute cette grâce pour vivre s'était diluée dans une grande fatigue. L'épuisement était entré en elle imperceptiblement, un jour derrière l'autre à se dire qu'elle se sentirait mieux le lendemain, un mois glacé après un autre, une année mauvaise suivant une qui n'avait pas été facile (on passe son temps à attendre au lieu d'être). L'épuisement avait d'abord emporté la fraîcheur de son visage – sans que personne n'y vît rien, car elle continuait de sourire et elle était encore jolie. Puis la force incroyable de son corps, la vitalité inaltérable qui le portait vers une tâche, cela s'était perdu ensuite. Son visage alors était devenu ridé et gris (lui qui avait été rond et fruité) et ses yeux étaient entrés dans deux petites cavernes bleues dont ils ne sortiraient plus jamais, et elle avait grossi à force de moins se remuer. Pour finir il n'était rien resté de ce qui avait fait la femme et la mère. Quand l'immense appétit (de plaisir et d'enfant, de vin, de fêtes, de bon sommeil et de vie) s'était usé contre le mari endormi, affalé, mort enfin, elle était restée seule avec une étrangère : elle-même veuve et vieillie. Elle était lasse maintenant, et lui, ce mari qui l'avait prise et gardée, tout de même n'en était pas venu à bout : il était mort avant elle. Elle n'en avait pas choisi d'autre. Non qu'elle n'eût pas une nouvelle envie d'amour, mais c'était une envie simple et minuscule, elle aurait voulu cette fois ne donner que sa peau. Or sa peau ne pouvait suffire (ça ne suffisait jamais d'ailleurs), elle était fripée depuis longtemps. Que la vie est triste ! se disait quelquefois Angéline, on ne fait que décliner après avoir travaillé, et nous les Gitanes, on a pas le temps d'apprendre quelque chose, un métier, le monde comment il est tourné, que déjà on se trouve grosse, accaparée par les enfants et le mari.

Alors, les jours noirs, Misia disait à Milena : Les hommes c'est rien, même la vieille elle le croit. Et Milena l'écoutait dire, silencieuse, un peu niaise tout de même à ne jamais avoir d'opinion, croyant peut-être qu'il n'y a rien à penser, qu'il suffit de laver par terre et de servir le café sans le renverser. Elle regardait le jus noir emplir la tasse. Les hommes c'est rien ! répétait Misia, c'est bien agité autour d'un petit morceau de chair qui durcit, mais c'est pas tout, après, ils sont là eux (elle montrait les enfants). Qui s'en occupe hein ? Milena ne répondait rien. Et Misia se mettait à pleurer (elle était épuisée et elle avait peur d'être encore enceinte). Elle sanglotait. Comme si elle avait su que rien ne changerait, qu'il reviendrait toujours aux femmes de s'inquiéter des petits, de s'user et de se ronger pour les autres. Tu es fatiguée, lui disait Milena, et c'était la seule chose juste qu'elle savait dire. Elle prenait dans sa main le poignet de sa belle-sœur, entre le pouce et l'index, et le massait doucement, juste à l'endroit où le tendon affleure et semble mêlé aux veines, là où les médecins prennent le pouls. Misia se calmait, Milena caressait la peau blanche et verte qui lui semblait palpiter. Elle tenait entre ses doigts le rythme de sa belle-sœur et lentement l'apaisait. Il n'y a pas forcément besoin d'être intelligent, Misia le pensait en voyant le sourire de Milena, cette simplicité pour se lever, tenir debout et se recoucher le soir, sans avoir réfléchi au sens que pouvait avoir se lever, se tenir debout et se coucher. Lulu là-bas près des camions discutait avec ses frères en tourniquant un bout de mégot entre ses doigts. Misia détourna la tête pour ne pas le voir et s'agacer à nouveau.

Les hommes parlaient à leurs femmes comme des brutes. Ce matin-là, Lulu lavait son camion. Passe le torchon ! disait-il à Misia. À sa mère, il disait merci, mais pas à sa femme. Ni merci, ni s'il te plaît. Le savon ! réclamait Lulu en s'énervant. Et l'eau propre elle est où ? Cette fois il criait. Misia avait filé aussi vite qu'une souris, et non pas pour être tranquille, mais pour lui chercher de l'eau. Esther n'avait jamais rien vu de pareil. Elle s'en allait. Elle n'avait pas envie de s'avouer que les enfants étaient parfois maltraités et qu'ils avaient peur de leurs pères. Et comment penser qu'un homme peut avoir le droit de battre sa femme ? Qu'est-ce que j'ai à dire moi ? répétaient inlassablement les femmes. Et rien ne changeait. Les frères savaient que Simon frappait sa femme, les belles-sœurs et la vieille le savaient aussi. Et Héléna, qui n'en parlait jamais, les enfants l'entendaient pleurer après que le silence fut tombé sur les cris, la poursuite et les coups. Quand leur manège commençait, les soirs où les camions n'avaient pas roulé de la journée, quand le Simon montrait sa folie, Hana et Priscilla se mettaient à trembler. Elles allaient jouer avec Anita et Sandro. Les quatre ensemble attendaient le drame. Parfois Priscilla pleurait dans les bras de sa sœur tout le temps que durait cette mise à mort inéluctable. Car Héléna était d'abord vigoureuse, elle courait et rendait les insultes. Mais lorsque son mari l'avait attrapée, il la tenait par les cheveux et les hurlements devenaient plus aigus. À la fin c'était une supplique, une abdication[1] pleine de détresse. Simon frappait de toutes ses forces, avec ses mains larges et dures comme des battoirs[2]. Il vidait une rage infinie ou incompréhensible, son chagrin et sa folie dans chacun de ces coups sur une chair qu'il avait autrefois caressée.

1. *Abdication* : renoncement à lutter.
2. *Battoirs* : instruments dont on se servait autrefois pour battre le linge (afin de le nettoyer).

Et quand il n'en pouvait plus de lever le bras, quand quelque chose en lui se brisait contre l'absence de résistance, il la lançait par terre comme un chien mort. Elle partira bientôt, pensait Angéline, et elle commençait à juger (avec une bonne raison de le croire) que ce serait préférable pour tout le monde, même pour les enfants. Le fils sera brisé, pensait-elle, seule à se chauffer au bord du feu. Elle savait qu'il était déjà cassé. Simon, mon fou, mon fou ! soufflait-elle entre ses lèvres. Parfois elle l'observait, se demandant ce qui avait dérapé sur le trajet de l'enfance à l'homme. Mais rien n'aurait pu la faire entrer dans la caravane pour arrêter son fils. Les deux ombres qui dansaient derrière les rideaux de la petite fenêtre l'hypnotisaient. Nul n'aurait pu dire si elle entendait les cris poignants d'Héléna. Elle ne paraissait ni émue ni bouleversée. Il ressortait de là qu'Héléna ne serait jamais sa fille, mais une étrangère qu'elle pouvait entendre supplier sans faire un geste. Et quelquefois, Angelo surprenait sa mère qui soulevait son rideau pour regarder. Le vieux visage avait une expression d'intense concentration, de fascination, presque d'extase au spectacle de la tragédie qui se donnait dans ce théâtre d'ombres.

II

Les enfants triaient des boulons lorsque Esther arriva. D'ordinaire ils couraient vers elle mais cette fois ils se contentèrent de lever la tête. On s'est fait rouspéter, murmura Anita, faut qu'on bosse. On fait quand même la lecture ? demanda Esther. Oui, oui, la lecture c'est sacré, mais faudrait finir ces boulons, dit Sandro en montrant le tas. Michaël tendit un fil : C'est du cuivre ! Papa va le vendre. Esther savait que les pères faisaient de la ferraille (c'est ainsi qu'ils en parlaient), et quelquefois c'était plutôt du recel[1]. Ils venaient lui souffler : J'ai un miroir, tu veux un miroir ? J'ai de l'or, tu veux de l'or ? Esther disait non de la tête. Elle disait toujours non. Ils avaient deux camions entièrement rouillés dont nul n'aurait su dire comment ils les avaient eus, pas même eux qui ne se souvenaient pas de l'argent passé entre leurs mains une fois qu'ils ne l'avaient plus. Les camions ne roulaient presque jamais, ils étaient vieux, mais, disait Lulu, c'était la dernière chose pour rester un peu des hommes, des êtres autonomes et non pas des rampants. Il avait cette conscience des limites jusqu'où peut aller le dénuement sans vous détruire, sans broyer le noyau central que l'on appelle l'âme, le sentiment de soi, l'estime qu'il faut bien se porter pour vivre et pour, disait-il, accepter toute cette merde (il désignait la ville) sans se sentir sale. Les hommes disaient : On a même pas de quoi bosser. Et tout de même, malgré une nonchalance devenue habituelle, c'était un outrage[2] de ne pas pouvoir partir le matin, s'éloigner des femmes, faire la tournée des décharges et revenir les mains noires. Lorsqu'ils étaient partis avec leur camion, faire le tour des casses, Esther à dessein demandait aux femmes : Ils sont pas là les hommes ? Non, répondaient les épouses, ils travaillent quand même ! Elles étaient fières.

Pisser c'est vivre, disait Lulu, en partant derrière les bosquets. Les enfants riaient en l'entendant. Simon écoutait les histoires, debout devant Esther, mince comme un jeune arbre et plus têtu qu'un ânon. Entre deux phrases elle levait les yeux. Ce jeu de regards ralentissait la lecture. « Qu'est-ce que c'est que ça ? dit l'empereur », lut Esther. Les chaussures de Simon venaient d'entrer dans son champ visuel. Elle redressa la tête. Il riait. Allez ! lis ! dit Sandro. Elle reprit : « Le rossignol ! Je

1. *Recel* : trafic, commerce d'objets volés.
2. *Un outrage* : une insulte à la dignité d'un être humain.

ne connais pas du tout. Existe-t-il un pareil oiseau dans mon empire[1] ? » Simon partit d'un rire énorme. Esther sursauta. Dans quel état était-il ? Pff ! fit Michaël comme s'il chassait un rat. Mais l'oncle s'en moquait bien. Grand-mère ! appela Anita. Angéline arriva. Viens, dit-elle à son fils, laisse les enfants avec la gadjé. Esther acheva le conte. Je voudrais un petit oiseau qui me dit tout, dit Mélanie. Invente-le ! dit Sandro. Idiot ! dit la fillette, je veux un vrai oiseau. Celui de l'empereur n'est pas plus vrai et tu y crois, dit Sandro. Tu as raison, dit Esther, et pourtant il est devenu réel. Le garçon acquiesça : il savait cela aussi bien qu'elle.

Les enfants, dit Angéline un peu plus tard en regardant son fils hébété[2] qui lançait des coups de pied dans les cailloux, les enfants ils nous sortent du ventre, mais c'est tout ce qui est sûr. Ce qui court dans leur sang, on n'en sait rien. Et les arranger comme on veut, c'est pas la peine d'y compter, ils en font jamais qu'à leur tête. Elle secoua la sienne. Je suis fatiguée, dit-elle, c'est l'hiver qui durcit, et quand ça durcit, les vieux s'en vont. Tu ne sais pas ça toi ! dit-elle en prenant le bras d'Esther. J'ai vu un corbillard avec des chevaux, dit-elle. Esther s'étonna, elle n'aurait pas cru que cela existait encore. Je l'ai vu, répéta la vieille. Tu voudrais des chevaux pour ton corbillard ? Non, dit Esther, je serai morte, je n'aurai plus besoin de chevaux. On est pareilles, dit la vieille. Mais c'était beau, dit-elle.

Par quoi commence-t-on aujourd'hui ? demanda Esther le mercredi suivant. Les enfants attendaient qu'elle propose. Elle énuméra des titres. *Boucles d'or et les trois ours*. On l'a déjà lu ! s'écrièrent les grands. *La Princesse et le petit pois. Le Roi grenouille. Baba l'ogresse. Jeannot-loup et le cruel Albert*. Personne ne voulait le même livre. Ils

1. Cette citation est tirée du conte d'Andersen, *Rossignol*.
2. *Hébété* : à l'air stupide.

commencèrent à se disputer. Ta gueule ! disait Anita. Grosse conne ! disait Sandro. Ne parlez pas comme ça ! suppliait Esther en riant. Mais, dit Anita, il me… Je ne veux rien savoir, dit Esther. Elle demeurait en retrait des discussions. Débrouillez-vous ! leur disait-elle. Il faut apprendre à convaincre. Et ne vous battez pas ! dit-elle. Car ils ne connaissaient que la loi du plus fort. Où est Michaël ? demanda Esther. Le voilà, dit Anita qui voyait venir son cousin. Il tenait dans les mains un poussin. Bonjour Coq-Coq, dit-il (il adorait les poules et s'était mis à appeler Esther de cette façon). Le poussin pépiait de toutes ses forces. Sa minuscule tête jaune émergeait à peine entre le pouce et l'anneau des doigts. Les pépiements se mêlaient aux rires des enfants. Le garçon fit tournoyer son bras dans l'air pour étourdir son prisonnier. Le silence se fit, Esther crut le poussin mort mais il bougeait encore. Allez ! dit-elle à Michaël, rapporte le poussin et viens t'asseoir avec nous. L'enfant ne voulait pas lâcher son trophée. Esther insista. Il serrait plus fort chaque fois qu'elle lui demandait de lâcher. Elle se remit à lire. « La tempête faisait rage. Au milieu de la nuit, quelqu'un sonna à la porte du château. Allez ouvrir ! dit le roi[1]. » Michaël écoutait. Brusquement il jeta le poussin par terre d'un geste dégoûté. La pelote jaune s'écrasa dans la boue. L'animal pivota sur lui-même comme s'il cherchait l'air. Les enfants virent sa tête basculer doucement, puis les yeux se couvrir d'une membrane blanche. Qu'est-ce qu'il a ? dit Esther au garçon, il ne bouge plus. Il est peut-être mort, dit Michaël. On lit ! dit Anita. Attends, dit Esther, je parle avec Michaël. Tu lui as fait mal, dit Esther. Le garçon boudait. Voudrais-tu qu'on te fasse mal comme ça ? demanda Esther. Il secoua la tête. Alors, dit-elle, tu ne le fais à personne, ni aux animaux, ni

1. Cette citation est tirée du conte d'Andersen, *La Princesse et le petit pois.*

aux enfants. Elle les regarda tous : Soyez gentils, dit-elle, frapper n'est pas le meilleur moyen. Ils ne disaient plus rien. Elle dit : Nous avons des mots, nous parlons. Mais pas avec les animaux, objecta Michaël. Les animaux comprennent aussi, dit Esther et de toute façon on ne brutalise personne. Qu'as-tu gagné ? demanda-t-elle. Tu n'as plus de poussin voilà tout, dit-elle. Je m'en fous, dit le garçon. Tu y réfléchiras tout seul, dit Esther et tu seras de mon avis : il n'y a ni sens ni beauté à avoir tué ce poussin. Bon ! s'impatienta Anita, quand est-ce qu'on va lire ? Mélanie regardait Michaël comme s'il était un monstre. C'est fini, dit Esther en caressant la tête de la fillette, on n'en parle plus.

Elle lut ce jour-là sans attention, distraite par la moindre chose. Misia traînait à quelques pas du groupe, portant Djumbo dans les bras. L'enfant pleurait. Il avait grandi, commençait d'être attiré par le monde, comme on l'est à cet âge et peut-être même toujours, en s'y cognant. Misia tâchait de le consoler. Il braillait plus fort quand sa mère l'embrassait (comme si un baiser pouvait compenser le monde perdu !), cabré en arrière, ne songeant qu'à essayer ses jambes et ses bras neufs, à se traîner à quatre pattes et à sucer les cailloux. Mais le sol était plein de morceaux de verre et de fils rouillés, Misia portait son fils toute la journée. Et lui n'en pouvait plus des bras de sa mère, des seins de sa mère, de l'odeur de cette chair qui couvrait pour lui l'odeur du monde. La femme et l'enfant s'éloignèrent. Et maintenant la fable de la semaine ! dit Esther. Ouais ! Ouais ! s'écrièrent les enfants. *Le Loup et l'Agneau*[1], annonça Esther. Elle lut : « La raison du plus fort est toujours la meilleure. Nous l'allons montrer tout à l'heure. » Simon se planta devant eux. Il se balançait d'un pied sur l'autre. Avait-elle dit quelque chose qui le mît en colère (on ne savait jamais ce

1. Il s'agit de la fameuse fable de La Fontaine (1621-1695).

qu'il prenait pour lui) ? « Tu la troubles, reprit cette bête cruelle », dit Esther en prenant une grosse voix. Elle était inquiète. Simon souriait méchamment. Elle leva les yeux. J'ai bien le droit d'écouter ! dit-il. Oui, dit Esther, mais alors assois-toi avec nous. Continue ! dit-il. Vas-y, lis ! dit-il sans bouger. Allez lis ! dirent ensemble les enfants. Hou ! Hou ! fit le loup ! cria Esther. Allez ! dit-elle aux enfants, criez le loup ! Hou ! Hou ! le loup ! crièrent les enfants. Mais ils préféraient entendre Esther. Allez toi-même ! Crie le loup ! supplia Sandro. Hou ! Hou ! fit Esther. Hou ! Hou ! Le petit garçon riait sans pouvoir s'arrêter. Qu'est-ce qu'elle fait la gadjo ? disait Milena à Nadia en entendant ce rire.

La nuit suivante Simon défonça sa caravane à coups de barre de fer. Le jour, il monologuait au bord du feu, lançant sa jambe au-dessus des flammes qui léchaient son pantalon. La tribu s'arrêtait pour le regarder, avec un air de béatitude. Ce spectacle d'un homme qui se perdait semblait les apaiser. Il y a au fond de nous quelque chose qui aime les monstres, les pas normaux, disait la vieille à Esther. Elle l'avait susurré[1], comme si à cet instant elle n'avait pas eu la peine habituelle. Mon Simon, dit-elle, je l'ai su dès qu'il était petit, qu'il était pas comme les autres. Il était câlin et en même temps, dès qu'il a eu la force, il a cassé tout ce qu'on lui donnait. Sa première femme il l'a cassée, dit-elle à voix basse. Le feu s'agitait autour de quelques bouts de pneu et d'un peu de bois. Je te fais peur ? demanda la vieille (on aurait dit que c'était ce qu'elle voulait). Non, dit Esther, mais quand même c'est terrible. La vieille sembla le découvrir. C'est la vie qu'on a, dit-elle, le Dieu ne donne pas tout. Elle tourna les yeux vers son fils. Elle le regardait, penchant de côté la tête, attendrie comme par un petit. Il est pas vraiment fou, dit-elle, il est nerveux. Elle s'emporta : Ceux qui

1. *Susurré* : murmuré.

comprennent pas, qu'ils mangent la boue ! Puis elle ajouta : Faut juste qu'il prend ses médicaments. Ça c'est important, dit-elle, le médecin l'a dit, jamais arrêter de prendre les médicaments. Tu t'en vas ? dit-elle en voyant Esther s'envelopper dans son châle. Vous voulez que je reste un peu ? demanda Esther. Non, dit la vieille, rentre chez toi.

Les Gitans prenaient plus que les livres, ils prenaient Esther. Les femmes se confiaient, les enfants s'attachaient, et les hommes désormais s'en mêlaient aussi. Esther ! Et nous alors ! disaient-ils de loin. Ils voulaient la même attention qu'elle donnait à leurs femmes. Lulu et Moustique étaient les plus gentils. Ils réclamaient qu'elle les appelât par leurs petits noms. Ils lui faisaient répéter, Lulu, Moustique. Elle riait. Lulu, Moustique, disait-elle. Mais elle n'avait pas avec eux la complicité que trouvent aussitôt les femmes. Esther ne savait pas réconforter les maris. Chacun doit faire son ouvrage, or ils étaient plus souvent soûls que vaillants. Une clairvoyance les traversait parfois, ils devinaient Esther et ce qu'elle pensait d'eux. Gadjé ! disaient-ils de loin. Et Esther savait maintenant que ça signifiait aussi : Putain ! Ils passaient la journée à bavasser[1]. Simon lui faisait peur. Antonio la dévorait des yeux. Quant à Angelo, elle ne le voyait jamais. Mais un jour il faudrait en convenir, même si c'était un malheur (dirait Angéline), Angelo, ce fut un envoûtement.

1. *Bavasser* : discourir, bavarder (le mot a une connotation péjorative).

III

Angelo avait besoin d'aimer. Il avait observé Esther au milieu des enfants. Il entendait leurs rires. Il avait fini par venir voir de près. Ce jour-là elle regardait avec eux un livre sur la peinture. Des détails de tableaux étaient reproduits. J'aime celui-là, fit Angelo en désignant un Van Gogh. Lis-moi, dit-il à Esther. C'est plus vrai que la fleur, dit-il en désignant un autre tableau. Tu vois, dit-il, ce livre si je savais lire j'le mangerais. Elle était émue. Elle lui prêta le livre pour la semaine. J'en ai marre de lui lire sans arrêt les noms, dit Nadia la semaine suivante. Il baissa la tête mais resta avec son livre sur les genoux à côté d'Esther. Elle passa un moment avec lui. Regarde ça ! s'exclamait-il. Regarde ce bras ! Il était subjugué. T'en as d'autres des livres de peinture ? demanda-t-il. Tiens, dit-elle un mercredi, je t'ai apporté le premier livre sur la peinture que je me suis offert quand j'ai commencé à bosser, j'avais vingt ans.

Il s'était trouvé amoureux avant même de reconnaître ou de comprendre ce qui lui arrivait. Quand il avait perçu son trouble, le mal était fait depuis longtemps, il était tombé dans l'amour. C'était une chute vertigineuse. Il était pris en entier par l'idée de cette femme qui avait les cheveux comme un buisson et les lèvres mouillées par la lecture. Une gadjé !

Le songe est une autre manière de vie et la part de rêve que peut accepter l'esprit est grande. Angelo n'avait pas plus l'expérience du rêve que celle de l'amour : il fut balayé par le songe amoureux. La pensée d'Esther ne le quittait pas. Il habitait en rêve une terre qui n'existait pas, du moins qui n'était pas pour lui, et cette terre s'appelait Esther pleine d'enfants, de livres, et de mots roulés dans une bouche charnue de femme en pleine floraison. Il se couchait pour rêver tranquille. Il s'appliquait à ne penser qu'à cette femme : la visualiser dans d'hypothétiques[1] situations où ils auraient été ensemble. Il lui parlait, murmurait des choses qu'il n'avait jamais dites. Elle répondait les mots qu'il inventait pour elle. Il partait s'asseoir sur une pierre, calait ses fesses dans un creux de son relief. Assis à ne rien faire, il pouvait le rester plusieurs heures, lorsque personne ne cherchait après lui. La vie prenait moins d'importance puisqu'il avait en lui cet amour. Il rêvait de cette face veloutée, avec ces surfaces étonnamment larges pour ce qui n'était qu'un visage. Les joues d'Esther, pensait-il, étaient rondes et lisses comme des fesses, il devenait fou. Il connaissait chacun des instants où ils s'étaient parlé. Il avait repris et ressassé chaque mot. Rien n'avait pu se perdre (mais tout s'était usé). Sa mémoire était méticuleuse[2]. Et il vivait lové[3] dans cet amour en forme de néant qui avait pris en lui comme une graine, ivre des promesses qu'elle portait sur elle sans le savoir, avec la grâce des innocentes. De cela il ne disait rien à personne. Si les autres avaient su cette passion, ils l'auraient salie et détruite. Tu ne convoiteras pas la femme d'un autre ! répétait Angéline à ses garçons. Ils riaient, regardant avec la même allégresse gourmande tout ce qui avait hanches, seins et longs cheveux. Oh oui ! ils auraient volontiers lutiné[4] ces brins d'épouses dont ils n'auraient pas entendu, le soir, les rouspétances.

Mais Angelo surestimait le rêve. Il fut malheureux. On approchait de Noël. Les femmes étaient occupées à préparer des boules de papier mâché. Il s'était mis à faire très froid, l'humidité glacée de cette terre et de cette saison. Esther poursuivait ses lectures. « Il était une fois un bûcheron et une bûcheronne qui avaient sept enfants

1. *Hypothétiques* : improbables.
2. *Méticuleuse* : attentive aux moindres détails.
3. *Lové* : confiné.
4. *Lutiné* : poursuivi de leurs baisers.

tous garçons[1]. » « Il était une fois un gentilhomme qui épousa en secondes noces une femme, la plus hautaine et la plus fière qu'on eût jamais vue. » Il était une fois, tous les mercredis. Ce rythme immuable était le calvaire d'Angelo : c'était peu pour être heureux et trop pour oublier. Il n'avait pas le temps de se réjouir que déjà elle était repartie, et pas celui de se faire une raison que déjà elle était de retour. Esther alimentait sans le vouloir un feu qui avait fini sa flambée, elle réveillait chaque mercredi ce qui commençait à s'apaiser. Quand elle quittait les enfants, Angelo connaissait à la fois le tourment du désir ravivé et celui de l'absence à venir, une semaine entière à attendre. Il apercevait Esther et les enfants derrière les vitres embuées de la voiture dans laquelle ils s'enfermaient pour lire. C'était une image invraisemblable. Mais Angelo ne le savait pas. Il contemplait sept enfants et une femme blottis dans une Renault, sur un terrain vague, un flanc d'une ville somptueuse qui s'abandonnait là à sa misère muette et secrète. Parfois ils riaient tellement là-dedans que la carrosserie bougeait. Esther disait : Les amortisseurs sont foutus, et Michaël répondait : Mon père il saurait te les changer si tu lui demandais. Le mien aussi il saurait, disait Anita. Hana et Priscilla ne disaient rien. Que savait faire leur père ? Elles ne se le demandaient plus. Simon passait parfois près de la voiture, toujours marchant et ballant[2] comme s'il s'était enivré. Elles rougissaient. Bientôt elles partiraient avec leur mère pour le laisser. Oui, Héléna leur avait parlé, et elles étaient devenues ce jour-là des grandes, c'était ce qu'avait dit la mère après qu'elle eut dit le père et le malheur. Esther percevait ce manège de leurs pensées. Elle lut *Le Voyage de Plume*[3].

1. Cette citation est issue du *Petit Poucet* et la suivante de *Cendrillon ou la Petite Pantoufle de verre*, deux contes de Perrault (1628-1703).
2. *Ballant* : oscillant.
3. Il s'agit d'une œuvre de Hans de Beer (né en 1957, aux Pays-Bas).

« C'était une terre verte, et lui qui n'avait jamais vu que le blanc de la glace, fut ébloui. » Le visage d'Esther était blanc comme la glace, pensait Sandro. Lorsqu'il n'y avait pas d'image sur la page, les enfants la regardaient lire. Elle ne voyait pas qu'ils avaient tourné la tête et avaient l'impression de la surprendre, elle qui ne ressemblait pas aux femmes qu'ils connaissaient. Elle était emmitouflée dans son manteau. Les enfants n'étaient pas couverts. Vous me faites froid ! disait-elle. Ils riaient, habitués à ne pas porter de manteau : ils couraient, le ventre à l'air pour les garçons qui perdaient leur pantalon, les jambes nues sous les robes pour les filles. Ils étaient constamment enrhumés, ne sachant pas se moucher, ni même ce que c'était, et ravalant d'une grande inspiration les chandelles, morves et autres glaires verdâtres qui leur descendaient du nez aux lèvres. Misia frappa au carreau. C'était jour de bain. Les enfants se lavaient dehors dans les grands bidons. Les femmes faisaient chauffer l'eau sur le feu. Elles les plongeaient les uns après les autres dans le liquide gris qui avait fait le linge et la vaisselle. Leurs petits corps maigrichons (qui ne paraissaient jamais propres – parce qu'on ne pouvait pas tout laver en même temps, le corps et les vêtements) ressortaient rougis tels des crustacés cuits. Elles les frottaient avec vigueur pour qu'ils ne prennent pas froid, riant, caressant, embrassant, mordillant, avant de les confier à Lulu qui les portait, à bout de bras comme des flambeaux, jusqu'à la caravane où ils se rhabillaient seuls. Et quand Esther vint pour les aider ils dirent : On est plus des bébés. Esther observait Hana, Carla et Sandro qui étaient déjà baignés, habillés, et attendaient que la grosse Mélanie prît son tour dans le bidon. Tu vas voir qu'elle a des seins qui lui poussent, murmurait Sandro à Hana qui n'en avait pas. C'est pas possible ! répondait l'autre, j'suis plus grande qu'elle. Ouais mais t'es moins grosse, dit le garçon. Misia devina ce qui se tramait (à leur mine réjouie devant Mélanie qui commençait à se déshabiller) et leur hurla de ficher la paix à ceux qui ne s'étaient pas lavés. Non, pensait Esther, ceux-là ne se plaindraient de rien, ils ne connaissaient que le tranchant[1] des choses. Ils recevaient des raclées qui l'auraient fait pleurer et supportaient des blessures pour lesquelles elle serait allée à l'hôpital. Milena grondait sa fille qui avait couru pieds nus dehors et s'était coupé l'orteil. Misia dit : Il y a plus assez d'eau. Elle était si lasse qu'elle ne cria pas contre les enfants qui en avaient renversé partout. Esther proposa de l'emmener en voiture à la pompe. C'est pas interdit d'aller à cette pompe ? dit-elle. Bien sûr que si, murmura Misia, mais si on obéissait à tout, on serait morts depuis longtemps. À ces mots elle hissa dans le coffre un énorme pot à lait.

Esther arrêta sa voiture et porta le pot jusqu'à la pompe. C'est déjà lourd quand c'est vide ! dit-elle, comment fait-on quand c'est rempli ? Misia eut un rire très gai et sortit de sa jupe une clef. Elles attendirent devant le pot qui se remplissait. Misia regardait au-delà d'Esther. Elle avait ce visage d'où toute attention s'est retirée, si triste et silencieux qu'on aurait dit une jeune fille sourde et muette. Pourquoi les hommes ne font-ils pas ce travail ? demanda Esther. Misia haussa les épaules. L'eau débordait, Misia ferma la pompe et entreprit de rouler le bidon jusqu'à la voiture.

Au retour tout le monde était dehors. Les hommes revenaient d'une tournée, les femmes étaient là pour les accueillir, pour qu'il y eût quelqu'un devant qui parader un peu. Angéline avait ravivé le feu qui crépitait, à croire qu'elle avait trouvé du bois sec, mais ce devait être une cochonnerie de plus qui ne tarderait pas à les enfumer, se disait Esther. Misia sortit l'énorme pot du coffre. Lulu s'approcha sans aider. Qu'est-ce qu'elle fout la gadjô ? dit-il à sa femme. Le voyant mécontent, Esther s'en alla

1. *Le tranchant* : le côté pénible.

vers le feu. Elle se chauffa les mains en regardant autour d'elle. Du linge séchait sur la corde tendue entre les caravanes de Misia et Milena, des slips d'hommes dont les fonds étaient marron et des soutiens-gorge qui avaient perdu leur blancheur. Nadia parlait à Mélanie. Milena donnait un morceau de pain à Carla et Michaël. Les enfants coururent vers Esther. Elle est forte ma mère ! dit Sandro. Oui, dit Esther, très forte. Et lui, soudain assuré de quelque chose, met le poing sur sa taille et se déhanche vulgairement : Ouais ! dit-il, et toi t'es pas forte ! Arrête de dire des âneries ! dit Angéline à son petit-fils. Il partit en faisant l'âne. Hi-han ! Hi-han ! C'est bête à cet âge les garçons, dit Angéline. Esther sourit. À l'air un peu rêveur de la vieille, elle devinait que dans cette tête on se demandait s'il arrivait qu'à un autre âge cela fût moins bête, un jeune homme. L'essentiel (elle voulait dire l'apparition et la disparition de la vie) se passait du côté des femmes. Les accouchements et les agonies ça nous connaît ! disait Angéline. Chez les hommes on connaissait d'abord les femmes, leur allure et le désir qu'elles inspirent, ce qu'elles disent et ce qu'elles font, ce qu'elles refusent et comment elles cèdent. Assieds-toi un peu, dit Angéline. Pourquoi il vient jamais avec toi ton mari ? dit-elle en se laissant tomber sur sa grosse jupe. Il travaille, dit Esther, même s'il voulait il ne pourrait pas venir. Elle arrangeait son manteau autour de ses jambes pour avoir moins froid. Mais de toute manière il veut pas venir, dit Angéline. Je ne lui ai jamais demandé, dit Esther, je n'ai pas envie qu'il vienne avec moi. Vous êtes drôles les jeunes, dit Angéline. Il sait quelque chose à ce que tu viens faire ici ? demanda-t-elle. Esther allait répondre (Oui, il comprenait bien qu'elle venait lire des livres à des enfants qui n'en avaient pas) mais Angéline parlait toute seule. Les maris ça comprend jamais rien, disait-elle. Forcément ça dégoûte. Quand on s'épouse on croit qu'on sera moins seul, mais comme on se trompe ! dit-elle. Oh ! là là ! Oui ! Elle eut un rire édenté. C'est tout le contraire qui se passe, on l'est encore plus. C'est ça que j'ai mis le plus de temps à comprendre, dit-elle en regardant Esther dans les yeux pour y trouver la même pensée. Mais cette fois-ci elle ne la trouva pas. Alors elle dit : Le mien il était bête, brave mais bête. Je sais même pas comment j'ai pu l'aimer. Parce que je l'ai aimé, dit-elle. La petite flamme était venue dans ses yeux. (Quand Angéline parlait des hommes, une brillance apparaissait dans le jaune, comme si le feu s'y était porté, elle était plus attentive, vive et concentrée, sûre de son fait.) Lulu vint s'asseoir au bord du feu. La vieille s'interrompit. De quoi vous parliez ? dit-il. De choses qui te regardent pas mon fils ! Mais elle se reprit (comme si elle se disait que pour une fois elle pouvait essayer d'éclaircir les idées d'un homme). On parlait qu'on peut compter sur personne pour la gaieté et surtout pas sur les maris. Qu'on est seul, et même quand on a ce qu'il faut d'amour, il faut se débrouiller avec sa tristesse. Voilà ce qu'on disait, dit-elle. Lulu se mit à rire. C'est vrai, dit-il en regardant Esther, on attend que les autres vous aident à passer le moment noir, mais les autres peuvent rien. Esther était glacée malgré le feu. Pourquoi tu dis rien ? dit Lulu. J'ai froid, j'en peux plus, dit Esther. Bah ! dit Lulu, rentre. Elle est chauffée ta maison ? dit-il. Allez rentre, dit-il sans attendre la réponse. Ça va, elle est chauffée, vas-y. Il parlait brutalement. Gadjé ! lança-t-il.

IV

Elle était assise sur le petit escalier que l'on dépliait à l'entrée des caravanes, la douce Nadia, comme disait Simon quand s'approchant au bord de sa folie sans y plonger, il devenait à la fois clairvoyant et familier. Les mains de Nadia reposaient sur le tablier de sa jupe tendue entre ses genoux écartés. Son visage, d'ordinaire aussi lisse qu'un galet de mer, paraissait plus las que lisse. Sa silhouette si menue émergeait d'un bain de brume. Le brouillard blanc du matin n'était pas encore dissipé. Le ciel, poussé par le vent, venait lécher la terre. Les nuées voulaient une étreinte et la terre restait muette. Nadia se frotta la tempe. L'idée de son mari dehors par ce temps la déprimait. Milena apportait un bol de café. T'es tôt aujourd'hui, dit Milena. Je supporte pas ce temps, dit Nadia. Milena se mit à rire, de ce rire simple qui découvrait ses dents. Elle dit : Tu détestes aussi l'été ! (Avec la chaleur on ne gardait pas le beurre et Nadia se nourrissait de tartines.) Nadia sourit, c'était vrai, elle n'aimait donc ni l'hiver ni l'été. Qu'est-ce que j'aime ? se demanda-t-elle. Antonio, la musique et Mélanie, pensa-t-elle. J'aime Antonio.

Antonio était encore à traîner dehors et sa femme savait quelle cour il faisait aux gadjé. Il n'était pas rentré dormir. Elle ne s'était pas couchée. Elle se mit à pleurer. Misia berçait Djumbo en marchant de long en large. Il venait de boire son lait et allait se recoucher. Misia avait toujours fait cela, pensa Nadia, endormir ses enfants dans ses bras. Misia était la douceur même. N'était-ce pas étrange que toutes les deux, pareillement rêveuses et tendres, eussent trouvé les époux les plus gaillards et gloutons de chair ? Ils étaient sans cesse pleins de désir. Angéline à ces deux garçons-là avait donné l'appétit qu'elle avait eu dans l'amour. Mais la différence entre les deux frères, pensa Nadia, c'était que Lulu ne désirait que sa femme.

Ce que faisait Antonio, ils le savaient tous (car des maris étaient déjà venus pour se battre). Putains de gadjé ! disaient les Gitans en crachant avec colère. Et les maris repartaient. Putains ! Putains ! criaient les frères. Mais Antonio usait encore son regard noir et son sourire à séduire des femmes. Et parfois il retroussait leurs courtes jupes de gadjé et poussait son sexe dans le leur sans penser à rien qu'à ce qui en lui fondait, dans une sensation inouïe de douceur mouillée. Et là dans cette humidité qui l'enlevait à lui-même, il oubliait jusqu'à la peine qu'il faisait à sa femme. Il aimait Nadia (du moins le croyait-il ce qui peut revenir au même). Aucune autre, jamais, ne lui avait inspiré de l'amour, en tout cas pas celui-là qui permet de vivre ensemble sans se tuer. Il ne voulait pas d'autre épouse. Nadia, disait-il, tu es un ange. Il l'embrassait dans l'oreille, là même où il chuchotait : Tu es la plus douce. Elle souriait, les baisers la chatouillaient, il continuait de lui parler. Qu'est-ce que ça voulait dire tout ça? pensait-elle. Elle avait du linge à laver. Laisse! lui disait-il en l'attirant, tu travailles trop. Faut bien, disait-elle en s'abandonnant. Viens, soufflait-il comme exténué d'envie. Tu es bien malin, murmurait-elle, alanguie par les baisers et le désir qu'il faisait naître à force de l'effleurer, avec l'insistance et le goût qui faisaient de lui un amant. Doucement il s'allongeait sur elle. Tu es léger, murmurait-elle. Il restait longtemps autour d'elle. Les enfants jouaient dehors, c'était le cœur de l'après-midi. La meilleure heure pour s'aimer! soufflait-il en défaisant ses lacets. Il disait : Les autres ne font plus l'amour comme ça à leurs femmes depuis longtemps. C'était au point qu'elle aurait pu se croire unique, inégalable. Elle n'y croyait pas, et cependant elle était tout cela autant qu'on peut l'être, il ne l'ignorait pas. Tu es merveilleuse, disait-il (et il était sincère). Alors pourquoi tu cours? disait-elle. C'est ma nature! disait-il sans se troubler, avec une froideur qui empoignait le cœur de Nadia. Elle n'avait sur lui pas plus de droit que de pouvoir. Et il concluait : Je suis un homme. Et ça le faisait rire (il ne pouvait pas s'empêcher d'en rire). Elle se mettait à pleurer. Il s'emportait aussitôt. Les femmes qui pleurnichent, il en avait assez. Il se levait. Ne pars pas! suppliait-elle, j'arrête, c'est promis. Elle séchait ses larmes en hâte, se blottissait dans ses bras. Elle aurait voulu ne jamais bouger, rester ainsi collée contre son mari tout le jour. Il l'embrassait. Pauvre Nadia ! pensait-il, car il savait par cœur le chemin que dans le plaisir elle parcourait.

Quand Nadia sentait contre la sienne la poitrine d'Antonio, alors il était sien, malgré toutes les autres. Elle fermait les yeux, son corps ondulait sous lui, sa bouche psalmodiait[1] une sorte de chant très doux. Il la caressait sans se lasser : elle avait le corps duveteux, d'une douceur insoupçonnable à l'œil. Personne ne sait comme tu es douce, disait-il (et c'était peut-être le plus inadmissible, qu'il fût ainsi ravi d'une exclusivité qu'il ne donnait pas). Non, nul n'aurait soupçonné, à l'agitation et la quête qui tenaient Antonio, qu'il avait dans son lit une amante. Angéline l'avait deviné, puisqu'elle percevait les animations secrètes de la chair : elle savait qui avait ce don de la vibration, de l'accord et de l'alliance. Nadia l'avait, et Misia aussi. Nadia était la féminité de l'amour. Dans le désir lui venait une fluidité de loutre, et de cet animal elle avait aussi la coquinerie et l'effroi. Antonio avait l'impression d'une femme à la fois lascive et mutine[2], qui savait jouer et se donner. Et cependant il courait. Il y a une chose que tu peux pas me donner, disait-il à sa femme. C'est quoi ? demandait-elle, effrayée. La surprise, répondait-il et c'était une sentence[3]. Il voulait lui dire l'émoi de la primeur, le ravissement de la pudeur qui tombe, le trouble immense de la première nudité, un corps jamais vu et ses plus intimes gestes, et le visage inconnu des femmes dans l'amour, quand il les faisait chanter sous lui, leur musique et leurs larmes, oui il les faisait pleurer, comme elle Nadia qui parfois pleurait de plaisir, et différemment d'elle car chacune était habillée d'une magie singulière. Il aurait pu expliquer cela, mais

1. *Psalmodiait* : prononçait d'une façon monotone, tel un religieux qui dit un psaume.

2. *Lascive et mutine* : sensuelle et espiègle.

3. *Sentence* : verdict, jugement.

Nadia n'avait pas envie de l'entendre. Les explications ne changeaient rien. Quand je ne baiserai plus, disait Antonio pour conclure, quand je ne baiserai plus (il faisait exprès de lui envoyer ce mot à la figure, prenait lui-même plaisir à le dire), j'aurai plus qu'à me flinguer. Il le croyait. Et alors elle pleurait, séchait ses larmes pour ne pas le voir partir. Parfois elle se laissait caresser encore (il pouvait recommencer indéfiniment), d'autres fois se rhabillait pour aller voir ce que fabriquaient les enfants, d'autres fois continuait de pleurer. Ils étaient un vieux couple. Qui ne se détruit plus, qui ne se suffit plus, disait Antonio en l'embrassant. Le mariage tsigane c'est sur l'honneur, une femme tsigane elle supporte le mari comme il est, disait Nadia à Esther. Elle voyait que cette gadjé avait envie de comprendre. Et elle a de la chance quand il la bat pas et que la belle-mère est gentille. Esther ne savait que répondre. Et Nadia, toute frêle, si brune de peau et de cheveux, s'abandonnait à un sourire plus poignant que n'importe quel sanglot : ce plissé extatique[1] et douloureux qui est le sourire des saintes.

Les autres d'ailleurs le disaient (ce qui pouvait être une preuve car ils n'étaient ni tendres ni flatteurs). Nadia c'est une sainte, lançait Misia lorsque Antonio manquait un repas. Sainte Nadia ! disait Héléna, moi à sa place j'en aurais cherché un autre depuis longtemps. Esther restait silencieuse au milieu de ces femmes. Dis pas de conneries ! répondait Misia, elle a Mélanie. Et alors ! répliquait Héléna (avec une colère qui était la sienne), les enfants sont malheureux quand la mère a pas la vie qu'elle veut. Elle se taisait quand elle voyait venir Angéline. Chut ! faisait-elle pour Esther avec son doigt devant la bouche. Esther acquiesçait. Misia riait : Tu sais pas qu'elle répète

1. *Plissé extatique* : l'expression désigne le sourire de Nadia, qui traduit un état proche de l'extase (elle est comme transportée hors de soi et du monde sensible).

pas? Puis Angéline était là et avec elle le silence des belles-filles. T'as pas fait la lecture, dit-elle à Esther. Non, dit Esther, je suis seulement passée dire bonjour. C'est bien que tu sois là, dit Misia. Ouais, dit Milena, c'est vrai, c'est bien (elle n'avait que les mots des autres pour dire ce qu'elle pensait et qui était ce que pensait sa belle-sœur). Elle se leva. Je vais te faire un café, dit-elle. Laisse, dit Esther, reste avec nous. Faut toujours qu'elle fasse quelque chose! dit Misia. Les hommes arrivaient. Ils appelèrent Angelo : Viens boire le café! L'aîné des frères fumait seul près des camions et fit signe du bras : qu'on le laisse en paix. Je sais pas ce qu'il a Angelo, dit Moustique en se tournant vers sa mère, il parle plus et il veut tout le temps être seul. Angéline ne savait rien. Pas plus que les autres, elle n'avait deviné le nœud d'images, d'amour et de silence qui se jouait de son fils. La vieille n'avait pas répondu. Elle attendait le café de Milena qui ne revenait plus.

Angelo était tout encombré par l'amour d'Esther. Il était devenu ce rêve et n'était bon qu'à le répéter. La réalité n'avait plus prise sur la pensée. L'esprit s'occupait de ce désir malheureux, parce qu'il n'y avait plus rien d'autre en sa vie que cela. Sa vie, croyait-il (comme beaucoup d'autres amants), ne pouvait se faire ou défaire que là, dans l'issue de l'amour qui l'habitait, le rongeait et le portait tout ensemble. Il oubliait jusqu'à la matière dont les jours pour lui à cet endroit de la terre étaient faits, et jusqu'aux jours, jusqu'à l'endroit. Angelo! Qu'est-ce que tu fous? ! On t'attend depuis une heure! criaient les frères avant de partir en tournée. Il montait dans le camion comme une marionnette. Il avait des histoires plein la tête : tous les mots que lisait Esther. « Un meunier ne laissa pour tous biens à trois enfants qu'il avait que son moulin, son âne, et son chat[1]. » Esther lui racontait.

1. Citation tirée d'un conte de Perrault, *Le Chat botté*.

Tu rêves ou tu roupilles? disaient les frères. Qu'est-ce que t'as encore aujourd'hui? Ça y est, voilà que ça le reprend sa rêverie! D'abord ils n'y pensèrent pas. Ils avaient souvent ri de le savoir sans femme. C'est bizarre que ça lui manque pas! disait Antonio, Qu'est-ce que t'en sais que ça lui manque pas? disait Lulu. Puis ce fut un fait admis : Angelo était le célibataire. Antonio eut bien un instant de clairvoyance (lui qui connaissait cette fièvre de désir éperdu). Tu serais pas amoureux? dit-il à son frère. Mais l'autre resta si amorphe[1], sans passion, ni trémoussement ni rougeur, qu'Antonio oublia. Et là maintenant qu'ils étaient ensemble, l'idée revint par la bouche d'Héléna. Elle dit : Il est peut-être amoureux votre Angelo. Elle s'était tournée vers Angéline avec un air fier, car tout de même elle était un peu garce et (on pouvait le sentir en l'écoutant) elle avait envie que la vieille perdît aussi ce fils-là. La vieille ne prit pas la peine de répondre. Djumbo se mit à pleurer sur l'épaule de sa mère comme s'il sentait la tension. Esther regardait Misia : la peau de ses joues était couverte de taches ocre qui dessinaient des figures dentelées, semblables à des fleurs vénéneuses. On appelle ça des taches de grossesse, disait Anita en relevant le menton quand les autres demandaient pour l'embêter : Qu'est-ce qu'elle a ta mère sur la figure? Quand Misia venait à s'en préoccuper, sans que l'on sût pourquoi, elle s'appliquait des épluchures de concombre trempées dans du fromage blanc. Pour le faire elle se cachait. On doit jamais gâcher la nourriture! disait la vieille aux enfants. Angéline l'aurait injuriée. Mais Misia s'était confiée à Esther, un jour qu'elle venait de se donner cette peine, pour se plaire un peu plus, avait-elle dit, parce que par moments c'est bizarre on supporte plus la tête qu'on a. Esther riait. Les taches de grossesse ça n'a rien de vilain, dit-elle à Misia.

1. *Amorphe* : sans réaction, sans énergie.

On est faites de traces, disait Esther ce jour-là. Par terre Djumbo avait tourné sa tête ronde vers elle (les enfants sont sensibles aux voix), il écoutait. Les petits comprennent tout, dit Esther en le regardant, même avant la parole ils comprennent ce qu'on se dit. Tu comprends ce que je dis ! dit-elle à l'enfant. C'est pas possible ! dit la Gitane. Esther la contemplait en souriant. Si ! c'est possible, souffla-t-elle doucement à Misia, avec l'envie de la convaincre de cela : qu'ils saisissent, ressentent la vérité des êtres, des mots, de la vie, même de la mort, et qu'ils n'oublient rien. Misia écoutait, belle sans apprêt[1]. Un rat tirait de toutes ses dents sur l'imperméable d'Esther. Son couinement attira l'attention. Esther en apercevait qui filaient sous les caravanes quand quelqu'un approchait. Ils n'avaient pas la témérité[2] de celui-ci qui restait accroché au tissu. Deux minuscules perles noires étincelaient dans le gris terne du pelage. On aurait dit qu'il la regardait. Elle se leva pour le chasser, et comme il restait suspendu sans lâcher prise, elle fut obligée de le faire tomber avec sa main puis de lui donner des coups de pied (et elle avait très peur de l'écraser). Un bref frémissement la prit. C'en est plein, dit Angéline qui avait observé la scène, et ils ont peur de rien. Djumbo jouait par terre, assis entre les jambes de Misia, avec des pots de yaourts vides et un petit bâton. Misia passait et repassait sa main dans les cheveux bouclés de l'enfant, avec ce visage dont le regard a disparu dans un rêve.

1. *Belle sans apprêt* : belle naturellement, sans artifice.
2. *Témérité* : audace.

V

Misia aimait être seule, c'était le comble pour une Gitane. Mais les autres se l'expliquaient : sa mère était une gadjé espagnole. Ce que tu veux, c'est ce qu'ont jamais les Gitans, lui disait Lulu. Alors je veux plus être une Gitane ! criait-elle à son mari. T'es rien d'autre ! répondait-il. Il n'avait jamais compris qu'elle eût ces désirs compliqués, mais c'était ce qui l'avait attiré. Il avait voulu la serrer sur son cœur. Après l'avoir touchée, il n'avait plus pu la lâcher. Elle le tenait par sa peau. T'es chanceuse d'avoir la peau douce ! disait Lulu. Elle riait. Il s'en félicitait. Ah ! s'exclamait-il en l'entendant. Et elle était agacée. Il secouait la tête : Que fallait-il donc faire pour la contenter ? Il se roulait une cigarette, Misia était déjà à étendre du linge ou à ranger.

L'intérieur de sa caravane était douillet comme un nid. Elle s'y enfermait le soir pour coucher les enfants, laissant Lulu dehors près du feu avec ses frères. Il était dans le froid pendant qu'elle écoutait les petits s'endormir l'un contre l'autre en se disputant. Aïe ! tu me donnes des coups de pied ! disait Sandro. T'as qu'à t'arrêter de ronfler, répondait Anita. D'ailleurs c'est moche, ajoutait-elle. Je m'en fous, j'suis pas là pour te plaire, répondait le garçon à sa sœur. Chut ! disait Misia. Ils finissaient par s'endormir, emmêlés dans le minuscule espace qui leur était imparti, s'interdisant de passer la frontière imaginaire qui coupait leur lit en deux. Tu dépasses ton côté ! disait Anita. C'est pas vrai, disait Sandro, j'suis au bord mais je dépasse pas. Lulu ouvrait la porte pour entrer. J'ai pas fini de ranger, disait Misia. Elle cherchait des prétextes pour rester seule. Tu pouvais pas le faire avant ! disait Lulu. Ça pince ! [1]

1. *Ça pince !* : expression familière pour signifier qu'il fait très froid.

se plaignait-il. Il parlait gentiment. Le haut de ses oreilles était violet et le bout de son nez rouge. Misia riait de le voir transi et tout déconfit devant elle. Un pincement d'amour l'étreignait. Oui, pensait-elle, c'était à cela qu'elle reconnaissait l'amour : elle ne pouvait pas voir souffrir Lulu. Elle lui passa le bras autour du cou pour l'attirer à l'intérieur. Elle était ainsi faite, pensait Lulu, changeante, solitaire et capable d'une tendresse confondante[1]. Elle l'embrassa sur la bouche. Les enfants dormaient. Misia avait jeté un œil vers leur matelas. Elle s'allongea, remontant ses jupes et soulevant ses fesses pour enlever sa culotte. Il se coucha sur elle, encore habillé. Elle sentait le froid du dehors autour de lui comme un halo. Elle embrassa cette fraîcheur, ce nez et ces cheveux glacés, sans faire de bruit, étouffant des soupirs. L'or du feu passait par la petite fenêtre et éclairait la caravane. Tu es belle, murmura Lulu, qui était bouleversé quand Misia avait du désir. Il tenait les fesses de sa femme dans ses mains, leur parfaite consistance (un peu de mollesse charnue et le velouté de cette peau qui ne voyait jamais le soleil) le rendait fiévreux. Ne bouge plus, dit-il en restant immobile. Djumbo souriait dans ses songes comme s'il entendait leur bruit d'amour.

Le feu mourait au milieu de la nuit. C'est vivant le feu, disait Angéline aux enfants. Y a un mec qui se débat dedans ! disait Michaël en imitant la danse des flammes avec ses bras. Et quand les flammes de plus en plus petites se tassaient jusqu'à rentrer dans les braises : Y a le mec qui a faim ! disait-il à sa grand-mère. Elle ajoutait quelque chose pour relancer une flambée. T'y crois ? disait-il en pointant l'index sur Angéline. Ils riaient ensemble, elle montrait ses dents noires. T'es pas belle quand tu ris grand-mère ! disait l'enfant.

Le feu était la vie d'Angéline. Elle restait des journées

1. *Confondante* : étonnante, déconcertante.

entières à regarder les matières et objets hétéroclites qu'elle y jetait se tordre, fondre ou noircir avec des odeurs diverses. La fumée sortait noire et, aussitôt prise par le vent, se dispersait un instant avant de repartir en paquet dans la direction où ça soufflait. La vieille ne craignait pas la fumée. Ses yeux ne pleuraient pas. Tu brûles n'importe quoi ! lui disait Lulu, moi j'aime pas cette odeur. Il interdisait à Misia de rester comme la vieille à s'imbiber. Après tu pues, disait-il. Elle obéissait, sauf les jours où elle avait envie d'être tranquille. Ces jours-là elle venait s'accroupir à côté d'Angéline ; attendant que l'odeur pénétrât ses vêtements et ses cheveux et peut-être même sa peau. Tu sens encore le lard, disait Lulu furieux, va dans ton coin. Il la poussait jusqu'à parfois la faire tomber du lit. Par terre elle riait de le gruger comme elle voulait. Puis elle se recouchait sur le côté, les deux bras repliés sur la poitrine (et elle sentait que sa peau était réellement douce). Angéline voyait le manège de sa belle-fille. La petite est maligne, pensait-elle. Moi le mien il dormait comme un bébé, dit-elle, un jour que Misia venait s'imprégner. Misia ne savait quoi répondre lorsque sa belle-mère lui parlait ainsi, elle restait sans rien dire. Moi le mien il dormait comme un arbre, dit la vieille un autre jour. Et vous vous ne dormiez pas ! avait répondu Esther. Et c'était aussi ce qu'avait pensé Misia sans le dire : Lulu tenait de sa mère. Angéline eut un sourire des yeux, elle se revoyait dans sa pleine jeunesse. Donne ta main ! dit-elle brusquement à Esther. Non ! dit Esther en riant et se sauvant. Pourquoi tu veux jamais ! lui criait Angéline, quand j'étais jeune là-bas dans l'Est je faisais que drabareler[1] sans arrêt. Les gens ils aimaient bien ça. Pourquoi tu veux pas ? Et elle repensait à sa jeunesse. Esther revenait s'asseoir à côté d'elle.

1. *Drabareler* : le mot signifie « lire les lignes de la main » (du romani *Drabarav*).

Les matinées de lecture s'étaient allongées. Les enfants se concentraient plus longtemps et ne laissaient pas partir Esther. Elle lut de longues histoires découpées en feuilletons. « Oh ! mon pauvre Cadichon, disait-elle, tu es un âne et tu ne peux me comprendre, et pourtant tu es mon seul ami, car à toi seul je puis dire tout ce que je pense », lisait Esther. Tu lis doucement aujourd'hui, dit Michaël. C'était un reproche. Toi, dit-il, tu connais déjà l'histoire mais nous on a envie d'avancer. J'aimerais bien avoir un âne, dit Anita. Moi aussi ! dit Esther. Elle se remit à lire. Cette vitesse convient-elle à mon petit maître ? dit-elle en se tournant vers Michaël. Il approuva et les autres riaient de l'entendre parodier la comtesse[1]. Plusieurs fois elle voulut s'arrêter. Encore un chapitre, disaient les enfants. Elle lisait. « C'est Cadichon, le fameux Cadichon, qui vaut à lui seul plus que tous les ânes du pays. » Cette fois-ci j'ai trop froid, dit Esther. L'automne était plus rude qu'un hiver (et aucune des femmes ne l'avait jamais invitée à venir lire dans sa caravane). La vieille ne quittait pas son feu. Esther l'y rejoignit. Esther ? dit Angéline, c'est juif comme prénom, t'es juive toi ? Esther dit qu'elle l'était. Quand je regarde le feu, dit Angéline, je pense à mes parents. Partis vers les camps[2] en croyant qu'ils auraient du travail. Elle dit cela avec un sourire embarrassé de jeune fille qui fait une confidence. Par quel miracle, songeait Esther, étaient-elles là, assises auprès d'un feu (l'instant lui parut d'une intimité presque impossible), alors que les mères avaient été violées, pour que cette plaie entre les jambes en soit vraiment une et que même ce qui avait donné du plaisir ne donnât pour finir que de la douleur. J'avais jamais pensé que t'étais juive, dit Angéline. Sa bouche froissée donna un

1. Esther parodie la comtesse de Ségur (1799-1874), auteur des *Mémoires d'un âne*, qu'elle lit aux enfants.
2. Allusion aux camps de concentration nazis.

baiser à Esther. Et elles restaient assises côte à côte dans le silence traversé de bourrasques. Allez ! dit Angéline, il est midi bien passé, rentre chez toi voir tes fils !

VI

Les matinées étaient devenues glaciales mais les femmes poussaient les enfants dehors dès qu'ils étaient habillés. Ils deviennent fous s'ils restent enfermés, disait Misia. C'était assez cruel de les donner au vent tout le jour, il fallait à cela au moins une raison. Dans le froid vif, Michaël et Sandro couraient et se battaient. Plus nombreuses, les filles faisaient cercle pour chercher à quoi jouer. Elles n'avaient ni corde à sauter, ni élastique, ni poupées et poussette, et quand le matin était trop piquant elles pleurnichaient. De temps en temps elles s'essuyaient le nez d'un revers de bras. Chaque mercredi (vers onze heures) Esther les installait l'un après l'autre dans la voiture. Elle laissait tourner le moteur et mettait le chauffage au plus fort. Tu vas bousiller ta batterie, disait Sandro. Tu crois ? s'inquiétait Esther. Il hochait la tête. Je coupe ? demandait-elle. Non ! hurlaient les enfants. Ils riaient. C'était toujours le même plaisir. La petite soufflerie ronflait. Esther prenait son livre. Ils ne bougeaient plus et hormis quelques reniflements, le silence était total. Elle ignorait qui, de la chaleur ou de l'histoire, les apaisait d'un seul coup, sans qu'ils ne demandent rien. Ils ne sont pas difficiles, se disait-elle. Jamais ils ne réclamaient, jamais ils n'avaient soif ou faim comme d'autres enfants qui ont sans arrêt besoin de quelque chose. Elle lisait dans ce calme. On entendait juste le ronflement d'air chaud. Les enfants avaient posé les mains sur leurs cuisses. « Un âne comme Cadichon est un âne à part. – Bah ! tous les ânes se ressemblent et ont beau faire, ils ne sont jamais que des ânes. » Ils entraient petit à petit dans la chose du papier, ce miracle, cet entre-deux. « Il y a âne et âne. » Certaines tournures leur semblaient drôles. Ils riaient sans retenue. Esther ne s'arrêtait plus de lire pendant près d'une heure, et quand elle finissait, ils s'étiraient, revenant de l'autre monde, plus enveloppant, plus rond, plus chaud que celui dans lequel ils retournaient à peine sortis de la voiture et qui les mordait au visage comme un chien fou. D'ailleurs Esther ne trouvait pas facilement le courage de s'arrêter, de dire : C'est fini pour aujourd'hui, et de rompre en une phrase le charme créé par toutes les autres.

« Je commence à devenir vieux, mais les ânes vivent longtemps… » Esther referma le livre. Voilà, dit-elle, on a fini. Vous m'avez épuisée, je n'ai plus de voix. Elle regardait les enfants sortir du rêve, engourdis par sa lecture. Les ânes en vrai ça peut *pas* écrire, dit Hana d'une voix assurée. On sait pas, dit Michaël. Anita dit : Est-ce que ça existe un âne qui pense comme Cadichon ? Elle attendait d'Esther une réponse. Les ânes n'écrivent pas, dit Esther, mais on ne sait pas ce qu'ils pensent, alors peut-être sont-ils plus malins qu'on ne le croit. Elle ouvrit la portière. Je suis en retard, dit-elle, filez vite. Ils sortirent les uns après les autres en grommelant. Mais lorsque la voiture fut hors de vue, ils étaient à rire et danser : ils avaient pris deux livres et Esther n'avait rien vu, une fois de plus.

Ils coururent trouver Angéline. C'était à leur grand-mère qu'ils portaient leur butin. Elle prenait les livres, passait sa main sur les couvertures usées : elle tenait là un trésor. C'est une gadjé ! C'est une gadjé, elle y voit rien ! disait-elle en riant.

Quand ils avaient les livres pour eux seuls, ils ne les lisaient pas. Ils s'asseyaient, les tenaient sur leurs genoux, regardaient les images en tournant les pages délicatement. Ils touchaient. Palper doit être le geste qu'on fait quand on possède, car c'était ce qu'ils faisaient, palper, soupeser, retourner l'objet dans tous les sens. Assis par terre, les enfants se chamaillaient parce que l'un d'entre eux gardait le livre trop longtemps. Puis les femmes, Angéline la première, le prenaient à leur tour. Quelquefois Lulu venait en dernier, il déchiffrait des mots qu'il répétait dans sa tête. Personne ne pouvait lire. Les mères, qui reconnaissaient les lettres et certains mots, ne comprenaient pas le sens des phrases entières. Le livre les débordait, venait à bout de leur tête à peine avait-il commencé de se dérouler. Nadia en pleura : non décidément il n'y avait pas moyen de comprendre même en s'appliquant, elle butait sans arrêt, ne savait plus ce qu'elle lisait, avait oublié dans l'élan pour lire la suite ce qu'elle avait lu avant. Elle était recroquevillée sur les gros caractères noirs, selon ce réflexe usuel que l'on a d'approcher les yeux quand on accroche. Les enfants n'écoutaient rien. Esther lit mieux que toi ! dit Sandro. Nadia n'essaya plus de lire pour eux. Ils gardaient les livres comme des talismans. Le mercredi suivant ils les rendaient à Esther. On te les a chourés, t'as rien vu, t'as rien vu ! T'es qu'une gadjé ! Et Esther riait, parce que c'était incroyable, elle faisait attention, elle connaissait leur manège, elle cachait la caisse, et elle ne s'apercevait jamais de rien. Quand ils voulaient s'amuser, ils lui montraient le livre sans lui donner. Alors elle les poursuivait autour des caravanes et finissait par les attraper (parce qu'ils ne pouvaient plus courir à force de rire). Ils aimaient ce jeu et leurs mères ne jouaient pas. Quand Esther courait, ou bien se cachait pour surprendre un des enfants, les femmes hochaient la tête. Qu'est-ce qu'elle fait ? disaient-elles. C'est une gamine ! Parfois Angéline gardait les livres. Elle les déposait sous son oreiller. Tu sais pas lire ! lui disaient les enfants. Qu'est-ce qu'elle fout ? répétaient-ils entre eux quand elle ne leur avait rien rendu le mercredi. Tu crois qu'elle se souvient qu'elle a l'alphabet ? dit Michaël. La vieille elle veut pas rendre l'alphabet, dit Anita à Esther. Tu sais, le livre des lettres ! dit Sandro, on te l'a chouré depuis longtemps. C'était un livre en carton pour les petits, avec une grosse lettre sur chaque page et des objets dont les noms commençaient par la lettre. Vous pouvez lui laisser, dit Esther. Elle le lit tout le temps ! dit Carla. Boh ! fit Sandro, elle sait pas lire un mot grand-mère ! Et ils riaient ensemble.

Les mères étaient fières de les voir heureux avec des livres. Quels secrets y avait-il dans les mots les uns contre les autres ? Elles pensaient que c'en était plein. Rends-le à la gadjé, disait Misia (la seule à ne pas aimer qu'ils volent). Évidemment ! disait Sandro en faisant une grimace, qu'est-ce tu crois qu'on fait d'autre ! Elle talochait son fils sur l'oreille. Elle m'a même pas fait mal cette conne ! bougonnait-il en se sauvant. Les enfants n'étaient pas battus (Esther se rassurait à ce sujet), mais cognés, oui ils l'étaient. Ils recevaient des torgnoles telles qu'elle n'en avait ni donné ni reçu. Ils ne pleuraient presque jamais. À cela on aurait pu deviner leur orgueil. Ils se tenaient debout au milieu du terrain boueux, regardant partir la mère mécontente qui venait de les taper, puis ils rejoignaient les autres qui jouaient. Ils n'avaient rien à faire que courir et se battre, pour passer le temps où ils n'étaient pas à l'école comme les autres enfants. C'était ce qui troublait le plus Esther quand elle arrivait : qu'ils fussent ainsi abandonnés à la liberté. Elle arrêtait le moteur et descendait de la voiture. Ils accouraient. Elle les embrassait. Dites-moi les grandes, dit-elle un jour en se tournant vers Anita et Hana, vous ne m'avez jamais parlé de l'école. Il n'y a pas d'école par ici ? Si, dit Carla, juste à côté, mais c'est pour les bons. Qu'est-ce que c'est les bons ? Ben c'est pas nous ! s'exclama Sandro. Il riait. Ma mère dit que c'est pas la peine d'essayer, les Gitans ils y rentrent pas, expliqua Anita. Les Gitans ils rentrent nulle part, dit Michaël en donnant un coup de pied dans les cailloux. Sa chaussure de sport, noire de terre, n'avait plus de semelle. Bon ! dit Esther, en voiture tout le monde ! Ils se chamaillèrent pour monter l'un avant l'autre. Le silence se fit, elle commença. « Il était une fois un homme qui avait de belles maisons à la ville et à la campagne, de la vaisselle d'or et d'argent... » Elle lut *La Barbe bleue*[1], et les dessins du livre étaient très beaux mais ils furent effrayés. Les cadavres des femmes pendaient à des crochets. Dans le cabinet secret le sol était vraiment couvert de sang caillé. Beurk! dit Mélanie. Moi j'ai mal au cœur! dit Hana en se tenant la gorge avec sa main grise. Oh les gonzesses! criait Sandro (et Esther ne savait pas s'il parlait de ses sœurs timorées ou des femmes égorgées). « Et elle utilisa le reste pour se marier elle-même à un fort honnête homme qui lui fit oublier tout le mauvais temps qu'elle avait passé avec Barbe bleue », lisait Esther. C'est fini? demanda Priscilla avec sa voix timide. Il reste encore la morale, dit Esther. C'est quoi la morale? demanda Hana. Tu le sais! dit Esther. Mais elle expliqua une nouvelle fois. C'est le sens de cette histoire, et ce qu'elle peut nous apprendre sur ce que l'on devrait ou ne devrait pas faire. Alors ça nous apprend que nous les femmes on devrait mieux pas de se marier, dit Anita en regardant les garçons. Non, répliqua Sandro, ça nous dit que vous êtes intéressées par l'argent. Esther écoutait sans rien dire. Et même que vous pouvez épouser un homme qui vous plaisait pas tellement, quand vous savez qu'il est riche, dit Michaël. C'est bien fait pour elle, dit Sandro, elle avait qu'à pas l'épouser pour avoir la vaisselle d'or et d'argent (il répétait de mémoire), les maisons à la ville et à la campagne. Barbe bleue c'était un homme d'affaires, il rigolait pas! dit Michaël. C'est pas une raison pour tuer six femmes! s'écria Mélanie. Ils parlaient sans faire attention à Esther. Leurs visages étaient mobilisés par le débat. Il y eut le clan des filles et celui des garçons, et ils demandèrent à Esther dans lequel elle voulait être. Esther les complimenta : ils avaient beaucoup d'idées, ils étaient des enfants vifs et intelligents, et elle

1. Il s'agit d'un conte de Perrault.

aimait leur faire la lecture. Avec qui t'es ? insista Sandro. Avec vous tous, dit Esther, et j'adore vous écouter discuter. Ils semblaient stupéfaits qu'on leur parlât d'eux, et pour les féliciter. Ils se blottirent contre elle. Elle sentait la chaleur qu'ils dégageaient. Les vitres de la Renault étaient couvertes de buée. Chantez-moi une chanson, dit-elle, avant que je rentre chez moi. C'est comment chez toi ? demanda Mélanie. Mais les autres chantaient déjà. Ils chantèrent *Petit Papa Noël,* que leur avait appris Angéline, et Esther pensa que oui Noël approchait.

Pour Noël les Tsiganes font une fête énorme, dit Angéline. Même ceux qu'ont rien, ils se débrouillent mais ils font une fête. Ma mère elle faisait la pute, fit-elle d'une voix plus basse (à la fois dans le ton et le volume). C'est le seul moment de l'année où elle couchait. À la fin tous les hommes du coin, ils le savaient. Et même qu'ils attendaient Noël avec impatience, comme les gosses. Il faut dire que la mère était belle femme. Ils venaient la voir juste pour ça. Crac crac et au revoir ! Ces cochons ! dit-elle en riant. Mais Esther ne rit pas. Il faisait un temps gris et glacial, le vent ne s'arrêtait jamais, le feu puait, la vieille souriait mais ses dents étaient noires. Nadia, Misia et Milena venaient ensemble vers Esther. On a un cadeau pour toi, dit Misia en lui tendant un sac en plastique entouré d'une ficelle. Esther défit lentement le nœud. Elle déplia un chemisier noir en satin, avec une encolure décolletée chargée de volants en dentelle. Elle le tint contre son buste pour montrer l'effet. C'est sa taille, dit Milena. Et Misia dit : Tu seras belle là-dedans. Merci, dit Esther, cela me touche beaucoup (les jeunes femmes parurent gênées à ce moment). Elle pensa, jamais je ne pourrai mettre un truc pareil, en même temps qu'elle remerciait encore : C'est gentil à vous de me faire un cadeau, merci beaucoup.

Elles avaient dû le voler dans un magasin. Ou bien les hommes avaient fait un cambriolage. Esther s'en doutait. Ils sortaient parfois de leurs poches des objets qu'ils n'auraient pu dénicher autrement. Des étuis à cigarettes en argent, des réveils, des bijoux. Tu m'achètes? demandaient-ils à Esther. Il fume pas ton homme? Elle secouait la tête pour dire non. En réalité c'était oui. Mais elle mentait pour n'avoir pas besoin d'expliquer qu'elle ne voulait pas acheter ce qu'ils avaient dérobé à une autre personne. Oui, ils entraient par effraction dans des maisons vides, mettaient tout sens dessus dessous pour chaparder quelques petites choses de valeur, et ensuite la famille revenait, trouvait la porte entrouverte et le désordre, et la mère était triste parce qu'elle aimait bien le bracelet ou la bague qu'ils avaient emportés. Esther elle-même avait connu ce genre de peine lorsque les cambrioleurs (parce qu'ils n'avaient rien trouvé) avaient versé du vin partout, et sur le fauteuil rouge que sa grand-mère lui avait donné. Les Gitans n'avaient rien à perdre. Ils volaient et elle ne voulait pas y penser. Elle les désapprouvait mais elle aurait fait un faux témoignage pour les sauver. Elle était à se l'imaginer en rangeant le chemisier dans son sac.

VII

Noël fut un mardi, Esther manqua deux mercredis. À son retour les enfants se jetèrent sur elle. Bonne année Esther! Bonne année Esther! criaient-ils. Bonne année à vous aussi, disait-elle en les soulevant de terre pour les embrasser puis les faire tourner dans ses bras. À moi! À moi! réclamaient ceux qui n'avaient pas encore volé. Angéline restait au bord du feu à observer ses petits-enfants. Une douce année pour vous, murmura Esther en se penchant vers la vieille. Mais déjà les enfants l'entraînaient vers sa voiture. Ils se mirent à raconter. Vous parlez tous en même temps et je ne comprends rien, dit

Esther. C'est moi qui parle ! osa Mélanie. On a fait deux fêtes ! Une pour Noël et une pour la nouvelle année ! s'exclama-t-elle. Et on était complètement pétés ! dit Sandro. Vous avez bu ? s'étonna Esther. Ouais ! On a piqué une bouteille de vin et on est allés la boire en douce ! dit Michaël. Les autres aussi ils étaient pétés, dit Anita, ils nous avaient oubliés. Et on était plein de monde à faire la fête ! dit Hana. Comment ça ? demanda Esther dépassée par leur agitation. Ben ouais, fit Sandro. Ne dis pas sans arrêt ouais, corrigea Esther. Ben ouais, reprit-il, on avait invité les clochards de l'autopont. Vous les connaissiez ? demanda Esther. Non, mais on savait qu'ils existaient, dit Anita (un peu fière). Alors on est allés les chercher, dit Carla. Elle reprit son souffle à toute vitesse et continua dans le même élan : On leur a dit : Venez ! Elle avait des gestes de mains qui faisaient taire les autres. Ainsi put-elle achever ce qu'elle voulait dire. Esther riait, ils avaient eu un beau Noël. Elle regarda autour d'elle, trouvant un air singulier à l'immuable décor. Y a quelque chose de changé hein ? dit Michaël. Cot cot… fit-il avec un sourire malicieux. T'as deviné Coq-Coq ? demanda-t-il à Esther en relevant le menton. Elle fit un signe affirmatif. Il n'y avait plus que deux ou trois poules qui traînaient dans les flaques, picorant dans les cailloux les éléments invisibles qui avaient suffi à les tenir en vie. On a mangé toutes les autres ! dit Sandro. Et c'était bon au moins ? demanda Esther. Elles avaient le goût de feu, dit Sandro, on a mangé le feu et ça nous a réchauffé le cœur ! Et il éclata de rire. Anita haussa les épaules. Allez, en piste ! dit Esther, moi aussi j'ai une surprise pour vous. Quoi ? Quoi ? criaient-ils en chœur, tassés autour d'elle. Elle sortit un jeu de cartes de son sac.

Pour Noël ils avaient offert leur fête à ceux qui n'avaient ni caravanes ni enfants. Misia avait dansé avec chacun de ces hommes qu'elle ne connaissait pas. Ce cadeau était inoubliable : ils avaient tenu dans les bras cette gerbe de chair magnifique qu'animait la houle de la danse. Ils avaient senti la rondeur de son buste et l'odeur sucrée de son cou, une odeur de miel et de lait qu'elle avait sur elle depuis la naissance de Djumbo. C'était un de ces soirs où les femmes sourient aux hommes. Héléna, Milena, Misia, Nadia, elles servaient le vin, retiraient les carcasses des poulets au fur et à mesure qu'ils étaient grillés puis déshabillés, enlevaient les petits os des assiettes, s'assuraient que chaque convive eût ce qu'il souhaitait. Les maris leur donnaient de temps en temps une claque sur les fesses, manière de dire à la fois qu'ils remerciaient, qu'ils étaient contents d'elles, qu'elles leur appartenaient. Milena gloussait du rire qui montrait toutes ses dents, Misia composait[1] un visage courroucé, Héléna restait indifférente, Nadia était gênée. Assise sur un tabouret, Angéline laissait faire ses belles-filles. Elle aussi dans sa jeunesse s'était affairée pour Noël. C'était à chacun son tour sur la terre de vivre les mêmes choses, de découvrir le plaisir et la douleur que c'est d'être là, de faire quelque chose avec le temps.

Elle observait ses fils qui n'étaient plus des enfants. Angelo semblait lointain, égaré, presque hagard[2], elle crut qu'il avait trop bu. Les autres ce soir-là semblaient heureux. Et de fait ils l'étaient, assis avec d'autres qui ne possédaient rien. Ils étaient soudain fiers, si repus et épanouis que c'était à se demander s'ils ne se trompaient pas le reste du temps, quand ils déploraient la vie qu'ils avaient. Non, se disaient maintenant les frères gitans, leurs vies n'étaient pas si misérables. Ils n'étaient pas les plus pauvres. Ils n'étaient pas des rampants sans feu ni lieu, puisqu'ils avaient des camions, des caravanes, et de belles femmes qui portaient de jeunes enfants. Que pouvait-on demander de plus à la vie ? se demandait Lulu. Il était resté longtemps à bavarder avec un dénommé

1. *Composait* : adoptait, prenait les traits.
2. *Hagard* : avec quelque sauvagerie dans le regard.

Fanfan qui logeait avec les autres sous l'autopont, depuis qu'il avait perdu son travail, sa femme, son fils, et que l'Administration lui réclamait des impôts jamais payés. Ma femme, confiait Fanfan à Lulu, ma femme quand elle était ma femme, elle me demandait sans arrêt du pognon, je voulais pas lui dire non, je voulais qu'elle reste avec moi, alors je payais pas mes impôts. Maintenant j'ai le fisc[1] au cul ! Mais le plus dur, disait-il, c'est pas tant le fisc que la solitude. Pas de femme, c'est ça le pire. Ruminer tout seul sa pensée et sa force (il voulait dire son désir, mais il était gêné pour en parler). C'est pas gai tout ça ! concluait-il en s'étirant et il gobait son vin d'une gorgée. Lulu, qui était gris, avait passé son bras autour des épaules de Fanfan : T'inquiète, ici ils te trouveront pas, tu peux même rester si tu veux. Vrai ? demandait Fanfan. Vrai ! avait dit Lulu.

Aujourd'hui donc, pour changer un peu, on ne va pas lire, dit Esther après qu'elle eut sorti le jeu de cartes de son sac. Oh ! firent les enfants déçus. Attendez de savoir ! Je vais vous apprendre un jeu de cartes ! Son enthousiasme anima les enfants. Grand-mère sait tirer les cartes, dit Anita. Je sais, répondit Esther, mais ce sont des tarots qu'elle utilise. Moi, je vais vous apprendre à jouer à la bataille. Et ensuite je vous laisserai ce jeu. Ce sera mon cadeau.

Regardez ma princesse comme elle est belle ! dit Mélanie s'apprêtant à abattre une dame. Mais elle garda la figure un long moment devant les yeux, émerveillée. Mélanie avait un visage lunaire[2] qu'elle tenait peut-être de sa grand-mère. Son regard était celui d'Angéline, pareillement jaune. Parfois Esther croyait voir la vieille et c'était une sensation étrange, la vision matérielle du temps, des secrets de l'espèce et du sang repliés dans une

1. *Le fisc* : le Trésor public, chargé du recouvrement des impôts.
2. *Lunaire* : ici, rond.

mutation de la chair. Qu'est-ce que c'est cette carte? demanda-t-elle pour s'assurer que Mélanie avait compris. Une dame de cœur, dit Sandro. J'ai demandé à Mélanie. Elle a qu'à répondre plus vite, dit le garçon. Mais nous ne sommes pas pressés, dit Esther. C'est une princesse de cœur, dit Mélanie. Très bien, dit Esther. Elle se tourna vers Sandro. Ne soyez pas si durs entre vous! Il baissa les yeux. Elle l'avait dit avec douceur, comme une supplique, un conseil précieux qu'elle leur livrait. Elle le répéta : Ne soyez pas durs avec les autres. Mais elle pensait que l'âpreté des choses sème en nous la dureté.

Ils jouèrent jusqu'à midi. Esther distribuait les jeux. Ils avaient compris les règles, les figures et les chiffres. Elle les félicita. Pff! fit Sandro, on est pas bêtes! Non, vous ne l'êtes pas, dit-elle. Ils prenaient le jeu au sérieux et ils étaient cruels : les gagnants n'avaient pas le triomphe modeste et les perdants ne cachaient pas leurs larmes. Esther encourageait ceux qui ne voulaient plus jouer parce qu'ils avaient perdu. Il faut de la persévérance! disait-elle. C'est quoi la persévérance? demanda Mélanie. C'est une grande qualité, dit Esther, et c'est utile pour réussir ce que l'on entreprend. Cela veut dire que l'on n'arrête pas en chemin ce que l'on a commencé, expliqua Esther. Cela veut dire que l'on est opiniâtre. Est-ce que moi je suis persévérante? demanda Anita. Qu'en penses-tu? dit Esther. La fillette fit une moue : elle n'en savait rien. Réfléchis, dit Esther, est-ce que tu continues longtemps un effort quand tu veux quelque chose? Quand je veux quoi? dit Anita (qui ne comprenait pas la question). N'importe quoi, dit Esther, par exemple quand tu veux savoir faire quelque chose. Anita n'avait pas d'idée. Cherche, disait Esther. Mais la fillette ne trouvait rien. Misia s'approcha du groupe. Jouez un peu seuls, dit-elle à ses enfants. Et toi, viens boire le café. Esther se leva. Surtout vous ne trichez pas! Vous ne vous battez pas! dit-elle.

Les femmes épluchaient des pommes de terre. Tu as pas mis le chemisier noir, dit Misia. Elle doit pas l'aimer, dit Milena. Si, je l'aime! dit Esther, mais c'est trop habillé pour la journée. Tu es gentille! dit Angéline, mais moi je crois que tu voudrais jamais montrer ta poitrine et ce chemisier il est bien trop ouvert. Les joues d'Esther devinrent deux pommes rouges. T'as bien raison! dit la vieille. C'est la meilleure façon pour qu'ils vous regardent ces cons d'hommes. Elle eut un rire d'ogresse et de souffrance. Eh! s'écria Lulu, ces cons d'hommes vous êtes bien contentes de les avoir quelquefois! Quand? dit Misia en faisant une grimace. Lulu secoua la tête : On te corrigera jamais! dit-il à sa femme. Angelo arrivait. Je dois rentrer maintenant, dit Esther. Va, gadjé! dit Angéline encore secouée de rire. Je t'accompagne à la voiture, dit Angelo. Ils marchaient en évitant les flaques de boue. Je voulais te souhaiter une bonne année, dit-il sans la regarder. Pour toi aussi, dit-elle, que l'année te soit douce. Elle avait toujours ce mot. Il tressaillit. Elle lui souriait avec tant de naturel : il sut qu'elle ne percevait rien. Il l'aimait en silence depuis des mois, jamais il ne pourrait dire combien il l'aimait. Mais comment ne voyait-elle rien? Et sans penser davantage à ce qu'il faisait, il parla. Je suis amoureux, dit-il. C'est la plus belle chose, répondit Esther. Et il fut certain qu'elle était sincère et contente pour lui. Il dit : Non, c'est pas, parce qu'elle est pas libre. Elle fit : Ah! Mais il y avait presque un amusement dans cette exclamation, du moins le crut-il : elle ne percevait pas sa détresse, il n'était pour elle qu'un enfant qui lui parlait de son amoureuse. Alors il la regarda longuement sans rien dire. Il voulait la brûler avec ce regard, lui faire comprendre avec ses yeux ce qu'il se refusait à dire (parce que dire est irrémédiable).

Et pendant ce temps, ses mains tremblèrent de l'envie de la saisir. Toucher une femme pareille! une gadjé! Ses yeux basculèrent dans des images. Elle resta muette. Il sut qu'il avait eu ce visage dévasté de l'amour malheureux. Et pouvait-on mentir avec ce visage? Il la vit se contracter devant lui. Une partie d'elle connaissait désormais son sentiment. À cette idée, quelque chose en lui s'apaisa. Ils arrivaient devant la voiture. Elle ouvrit la portière et jeta son sac à l'intérieur. Salut, dit-il. Et il répéta : Bonne année. Bonne année, dit-elle. Il était à une très petite distance d'elle et son regard s'arrêta sur la boursouflure fendillée des lèvres. Alors elle monta dans la voiture et mit le contact. Tout cela parut à Angelo d'une violence inouïe : rapide, cruel, impossible. D'un coup il regretta. Qu'avait-il fait? Vous allez revenir mercredi? demanda-t-il sans contrôler un tremblement de voix. Bien sûr, répondit-elle (était-elle un peu pâle), les enfants m'attendent. Et il pensa : Je pourrai encore la voir. Et les choses lui semblèrent soudain d'une douceur et d'une tristesse insoutenables.

Troisième partie

I

Angelo se mordit le bras. Un désir inassouvi le brûlait de l'intérieur. Où était Esther? Que faisait-elle? Répondrait-elle un jour? Il n'y avait en lui que ces questions. Il essayait de vivre comme il l'avait fait jusque-là, mais par n'importe quel détour ses pensées revenaient à Esther. Cent fois déjà il avait revécu l'instant où elle avait compris rien qu'avec les yeux. Le souvenir en lui avait figé la scène, et, à force de ressassement, il en avait usé l'émoi imaginaire autant que l'émoi réel. Y penser ne procurait plus ni plaisir ni apaisement. Il se prit les oreilles dans les paumes et se mit à les frotter avec colère, comme s'il avait voulu s'extirper de la tête l'envie de cette femme qui ne s'occupait que des enfants. Il sentait une oppression dans la poitrine. Oh! il n'avait aucune raison d'être triste, se disait-il, ce n'était qu'Esther. Mais il ne la verrait pas ce jour-là, elle ne pensait pas à lui, elle n'avait pour lui ni désir ni amour. Il ne pouvait plus être heureux. À cause d'une femme! pensa-t-il. Pouvait-on lui enlever son désir pour que cette fille ne lui fût rien. Il aurait voulu la rayer, qu'elle ne fût plus dans sa vie comme une braise, qu'il n'y pensât plus. Qu'il acceptât de ne plus y penser. C'était le plus difficile. Car il était à ce point du désir où la souffrance du manque paraissait préférable à l'état vide et heureux qui avait précédé. Oui, son triste amour valait mieux que rien, et c'était maintenant son lot, de n'avoir à choisir qu'entre le néant et l'affliction [1]. Il prit un silex pointu et se coupa le pantalon, la peau, et la cuisse jusqu'au sang. Puis, pleurant à la manière des hommes (sans faire de bruit), Angelo posa son front juste sur la tache que buvait le tissu. Les larmes diluaient la couleur. C'était lui, eau et sang, qui se diluait. Quand il releva la tête pour regarder le ciel blanc qui n'en finissait pas de courir, il portait au visage une empreinte rose, comme un tatouage d'orchidée.

Angéline avait tout vu. Alors elle sut de quoi avaient parlé les frères, Angelo qui n'était plus le même. Il n'y avait qu'une femme pour mettre le grand fils dans cet état. Laquelle ? Voilà ce qu'elle allait savoir.

Il le lui dit, sans détour, à la manière d'un gosse qui n'en peut plus de porter son secret et préfère la fessée au tourment. Elle avait demandé tout de go [2] : Quelle femme ? montrant par là que le reste n'avait pas à être expliqué. Il laissa tomber le prénom de l'amour. Esther. Elle en eut le souffle coupé. Elle sait rien, dit-il (pensant que c'était à peine un mensonge, puisqu'il n'avait jamais parlé. Et ce que disent les yeux ne compte pas). Angéline semblait plus effrayée que surprise. Je sais, dit-il, c'est con. Mais j'ai pas eu le choix. La vieille ne disait rien. Il se mit à parler et bientôt ne fut qu'un être occupé à se livrer. Ça me transperce, dit-il, ça me prend dès que je la vois. Et il se remit à pleurer. Elle eut l'impression de voir son mari, qui pleurait comme un enfant, et qu'elle consolait en se moquant. Ils manquaient tous de courage ! pensa-t-elle. Elle en avait tant vu. Et le fils maintenant qui bredouillait dans ses sanglots ces choses d'homme, elle ne voulait pas l'entendre. Arrête-toi ! lui

1. *Affliction* : douleur, peine profonde.
2. *Tout de go* : sans détour.

disait-elle, mais il continuait. Il disait qu'il avait eu envie d'Esther le premier jour, que c'était monté en lui comme une sève. Il se disculpait[1]. Comment aurait-il pu l'oublier puisqu'elle venait chaque semaine ? Il le répéta : Elle vient chaque semaine et je la vois, je la regarde, je peux pas m'empêcher de la regarder. Sa voix de nouveau fut brisée par une montée de larmes. Angéline le coupa net : C'était vrai, il n'avait pas de chance, Esther aurait pu ne faire que passer et elle était là souvent et ils l'aimaient bien, et les enfants l'adoraient. Angelo arrêta de pleurer, sa mère parlait d'Esther. Dieu que c'était doux d'entendre sa propre mère parler d'Esther ! Aimer sans espoir une femme qui allait et venait en liberté devant lui, Angéline pressentit quel supplice ce pouvait être pour un homme. Elle dit : Mon pauvre garçon ! Les mots étaient un baume et il recommença à parler. Les mots sortaient de lui comme s'il les avait gardés enfouis pendant une immensité de temps et de torture, et c'était bien ce qu'il avait fait, taire taire et se taire, étrangler cet amour dans le silence, et néanmoins le sentir grandir, se développer, devenir aussi puissant que peuvent l'être et l'amant et l'espoir.

Aucune femme m'a jamais regardé, dit-il à sa mère. Qu'est-ce que t'en sais ? répliqua-t-elle sans se troubler. Les femmes, quand ça regarde ça montre pas. Ça attend, ça fait un peu la belle, mais ça dit pas. Elle avait, affirmant cela, une assurance qui rendait la chose indiscutable pour un homme puisque, pensa son fils, elle était une femme, et qui en avait vu, assez belle maligne et vieille pour qu'on sût qu'elle en avait vu de toutes les couleurs. Ben personne a fait la belle devant moi. (Un moment de silence.) Moi je me souviens d'une à qui tu plaisais bien. Qui ? demanda-t-il. Cette fille qu'Antonio

1. *Il se disculpait* : il se trouvait des excuses, rejetait toute responsabilité.

avait ramenée ici, qui s'appelait Élodie. Elle avait déjà couché avec lui, bougonna-t-il. Et alors ? dit-elle, comme si la vie apprenait à négliger ce genre de détail. Et alors... (Il ne sut pas formuler ce qu'il pensait ou pressentait.) De toute façon, dit-il, elle était vilaine. Non elle était pas si mal, corrigea Angéline. Il fit une moue : les femmes ne voyaient rien. Elle était pas comme Esther, Misia, ou Nadia, dit-il. Il avait un sens inné de ce qu'est la grâce. Angéline pensa qu'il avait le goût des belles femmes. Elle était délurée, moi j'ai jamais voulu d'une femme délurée, dit-il. T'as jamais voulu d'une femme du tout ! dit Angéline. Parce que j'étais pas amoureux. Qu'est-ce que ça veut dire amoureux ? laissa tomber la vieille. C'est des mots que j'emploie pas, dit-elle. À ce moment Angelo regarda sa mère, étonné, puis, sans perdre de temps : Je crois que mon père tu l'as aimé. Peut-être que tu crois vrai mon fils. Mais est-ce qu'on peut jamais dire ? fit-elle en hochant la tête. Elle sembla rêver soudain, un songe infini. Je l'ai pas aimé autant que vous, murmura-t-elle. Elle dit tout bas : J'aurais pu le laisser crever de faim pour vous nourrir. Vous, mes garçons, vous étiez ce que je défendais le plus. Quand on a les enfants, on se demande comment on aime le mari, dit-elle en regardant voler la fumée. Parce que l'amour des enfants, dit-elle, on le sent vivant dans sa poitrine et dans son ventre. C'est là qu'il habite, dit-elle en mettant la main à plat sur son gros ventre. Angelo parut réfléchir. Tu vois, dit-il, comme s'il avait enfin trouvé une manière d'exprimer sa déveine[1], moi j'ai jamais fait d'enfant à personne. Aucune femme elle a porté mon gosse. Qu'est-ce que t'en sais ? recommença la vieille. Ben quand même ! dit-il, effaré, je le saurais ! Angéline se mit à rire. Tu saurais rien du tout ! dit-elle. T'es peut-être parti quand elle savait pas encore qu'elle était pleine. Elle ajouta, presque à part lui : On est

1. *Sa déveine* : sa malchance.

souvent partis. On laisse bien nos morts. T'as peut-être oublié un enfant quelque part. Y aurait pas que toi. Ton frère, il l'a forcément fait. Antonio ? demanda-t-il (et pensant : Cela ne peut être qu'Antonio). Il était soudain plus pressant. Elle ne répondit pas. Assez ! dit-elle, on parle on parle, ça va pas. Mais il restait là, voulait encore se faire bercer de paroles. Parce que c'était bon de ne pas être silencieux et seul avec sa douleur, et parce qu'il doit y avoir des moments comme celui-là, où l'on voudrait ne jamais s'arrêter de faire des confidences, de dévoiler son trouble et sa peine, et la difficulté d'être. Il était tout entier perdu, abandonné, dans un de ces moments. Mais la vieille voulait conclure.

Je sais ce que tu sens, mais tu vas te taire, dit Angéline. Elle ne saura rien (elle parlait d'Esther) et moi j'en parlerai jamais à personne. Cette femme-là, dit-elle à son fils, elle est pas pour toi. Essaie pas de vérifier ! (On aurait dit qu'elle ne faisait soudain confiance à rien ni personne.) Cette gadjé elle a trois garçons et un mari, tu le sais mon fils. Tu le sais ? Il hochait la tête, semblant dire qu'il le savait, mais que ça n'avait jamais empêché personne de tomber amoureux. Et la vieille devait faire partie de ceux qui veulent croire que si, qu'on peut s'empêcher de tomber dans les amours impossibles, car elle s'énervait à le voir devant elle, repenti et contrit[1], et victime consentante de lui-même. Que crois-tu qu'elle fera si tu lui parles ? demanda-t-elle avec rudesse. Elle partira. C'est ça que tu veux faire aux enfants ? Il comprit à ce moment l'énervement qui l'avait prise, elle était inquiète non pas de lui mais de cela : que les enfants perdent la lecture. Non, dit-il après avoir réfléchi, et elle sut pourquoi il avait pris ce temps pour répondre quand il ajouta : Je ferais mieux de partir.

1. *Contrit* : profondément marqué par un sentiment de péché.

Angéline sentit son corps trembler de faiblesse. Elle était soudain si fatiguée. Mon bel amour ! gémit-elle, mon grand fils, mon pauvre bébé. Elle se mit à pleurer. Angelo n'avait jamais vu une larme sortir des yeux de sa mère, à croire qu'elle n'était pas comme les autres, faite seulement d'eau de sang et de tourment. Il se courba contre elle, posa sa tête sur le renflement des seins. Elle avait eu une grosse poitrine, maintenant amollie comme un paquet de beurre, et qui semblait plus petite parce que le ventre avait pris de l'importance, était sorti de lui-même, à force d'avoir mangé des patates à cochons. Et de l'air quand il n'y avait rien, disait Angéline. Oui ! avait-elle dit à Esther, c'est vrai, j'ai déjà avalé de l'air exprès pour me boucher la faim, ça te dit quoi ça ! Et maintenant le gros ventre tremblotait dans les sanglots. Mais elle se reprit. Allons ! fit-elle, se redressant, tu vas réfléchir. Attends quelques jours, ne pars pas sur un coup de ta tête (et elle lui retirait ainsi, sans le penser, la seule manière possible de partir). Elle avait le teint terreux, d'un brun-gris à peine délavé par les larmes, comme une morte dont le sang ne montait plus jusqu'aux joues. Angelo trembla de la voir, sale, ravagée. L'idée de sa mère blessée ou défunte était insoutenable. Il la prit par les épaules et l'attira contre son grand corps triste. Il la tenait sans bouger, soufflait dans le cou ridé son haleine chaude. Elle resta silencieuse contre lui, elle sembla disparaître dans ce silence. Elle mourrait (il le sut davantage à ce moment), et il resterait seul avec les traces, l'amour, la mémoire de l'amour, et les larmes.

Pouvait-il partir tant qu'elle était vivante à son côté, sa mère qui l'avait engendré, lavé, nourri, la seule femme qui l'eût jamais bercé ? Il ne le pouvait pas.

Et de fait jamais il ne se décida à partir. Il aurait fallu pour cela qu'il sût la voir pleurer en pensant qu'au retour il la surprendrait à sourire. Mais il n'imaginait pas que les larmes finissent. Peut-être croyait-il qu'on ne fait pas à une mère la blessure de la quitter, parce que cette plaie ne se referme jamais, Ou bien il ignorait que les autres continuent de vivre hors de nous, qu'ils ne meurent pas toujours pendant que l'on voyage. Alors il resta. Il resta même quand trois s'en allèrent dans la brume, avec leurs sacs et leur peine, s'en allant parce que ce n'était plus tenable, de se faire tabasser par un fou.

II

Car Héléna s'en alla. Elle avait dit la vérité à ses filles, imaginé l'avenir, su qu'il serait difficile, elle avait essayé de rester. Mais Simon tourbillonnait dans ses orages. La vieille le savait sans le laisser dire : Simon était fou. Abîmé dans d'obscurs désespoirs, dans ses monologues et ses rages, il venait aux coups parce que les mots ne lui venaient pas. T'as pas de mots, c'est pour ça que tu tapes, disait Héléna. Elle essayait de parler avec lui. N'était-il pas son mari ? Ne l'avait-elle pas aimé ? Enfin, se demandait-elle, l'avait-elle aimé ? Oui, pensait-elle avec la nostalgie des premiers moments, une simplicité était entrée en elle à côté de lui. Il n'y avait qu'à être. Et maintenant tout était si compliqué. Ils avaient eu cette chance et voilà ce qui en restait. Elle ne pourrait jamais croire un autre homme qui dirait Héléna je t'aime. Oh ! comme elle rirait de s'entendre dire ces mots vains, ces mots qui s'épuisent et meurent, et elle pleurerait de ne pouvoir suivre un tel homme. Elle regardait Simon. Fais quelque chose ! suppliait-elle. Et pourquoi ? disait-il. Tu ne sais quoi faire, c'est ça qui te ronge, expliquait-elle. Tu n'existes pas. Vois ! disait-il, j'existe ! je fume ! Essaie de faire quelque chose ! répétait-elle. La colère le reprenait aussitôt qu'il entendait la foutue vérité de sa vie qui ne valait rien. Par-dessus la petite table de Formica[1] brun il allongeait le bras pour la gifler. Il frappait de toute sa force (c'était aussi cela sa folie). Elle n'avait pas le réflexe de s'écarter, et ensuite son oreille résonnait pendant plusieurs minutes, et elle ne disait pas un mot. Elle partait se coucher avec ses filles, dans le grand lit qu'il leur avait abandonné, parce que Héléna refusait de dormir avec lui. Un peu plus tard, après qu'il avait ruminé dans la nuit, Simon s'allongeait tout habillé sur la banquette du coin-repas. Son regard noir restait ouvert sur l'espace encore éclairé par les réverbères de la rue. Il regardait le pied de la table. La colère tombée ne laissait en lui que du vide et dans l'obscurité intérieure du remords silencieux il s'endormait.

Héléna et ses filles s'en allèrent après le nouvel an. Elles se glissèrent dans l'aube givrée pendant que le père dormait. La veille encore il avait levé son bras comme s'il fendait du bois, mais c'était sa femme qu'il allait abattre. Elle avait éclaté d'un rire à la limite du sanglot et de la toux. Frappe ! Frappe ! criait-elle. Parce que c'est la dernière fois ! Frappe et regarde-moi te quitter ! ! Elle pleurait et riait de plus en plus fort, épuisée et vivante, grimaçant sa folie entre les larmes. Il en fut saisi en même temps qu'elle hurlait : Je te hais ! Si tu savais comme je te hais ! Plusieurs fois, elle le hurla comme si elle avait voulu le faire entrer de force dans ses oreilles : Je te hais ! Je hais ta folie ! Il ne savait pas combien c'était de ressentiment[2], de mépris, mais il entendit que c'était irrémissible[3]. Il avait perdu sa femme. Au fond de lui où se tramaient ses folies, une voix lui souffla qu'il avait fait cela seul : forger cette haine. Il regarda Héléna avec des yeux vidés par la stupeur. Mais il ne trouvait plus les

1. *Formica* : marque de revêtement stratifié pour le mobilier de cuisine.

2. *Ressentiment* : rancune.

3. *Irrémissible* : impardonnable, irréparable.

gestes. (À ce moment précis il l'aurait voulu, et elle avait désiré longtemps qu'il les retrouvât.) Héléna retomba sur la table et se mit à sangloter.

Le lendemain elle poussait Hana et Priscilla vers la porte, dans l'obscurité glacée du dehors. Elles jetèrent un coup d'œil vers leur père. Il était à moitié tombé de la banquette en dormant, on apercevait les poils noirs de son ventre entre son pantalon et sa chemise, il ronflait, épuisé par sa rage. Ce n'était pas joli à voir, spécialement pour deux fillettes. Héléna les pressa de sortir. Dehors elles frissonnèrent, d'effroi, de tristesse ou de froid, elles n'en disaient rien et comme deux petits robots faisaient ce qu'ordonnait leur mère. Des traînées volantes de brouillard blanc traversaient la nuit et l'immense silence, il était tôt encore. Par ici ! dit Héléna. Où on va ? demanda Hana. Dire au revoir à votre grand-mère. Et elles marchèrent vers la caravane d'Angéline. Héléna frappa à la porte de la vieille. Angelo vint ouvrir, il était réveillé : Angéline ne se sentait pas bien. Héléna l'entendit dans la voix atténuée qui s'élevait du lit. Tu sais ce que tu fais ma fille ! disait la voix, et malgré la réprobation qui perçait, elle était moins sonore qu'à son ordinaire. Vous, murmura Angéline aux petites, oubliez pas de revenir me voir. Elle se tint assise pour les embrasser. Hana découvrait sa grand-mère sans sourcils (qu'elle avait épilés complètement), avec ce visage nu et ridé à quoi il manquait quelque chose (mais on ne savait pas tout de suite ce que c'était). Angéline n'eut pas un mot pour Héléna. Elle aurait pu dire qu'elle comprenait. Car elle était aussi une femme et elle avait été une épouse. Mais elle pensait qu'une épouse ne part pas, quoi qu'il advienne. Et les mots ne lui vinrent pas. Le fils était fou, mais elle aimait le fils et elle n'avait jamais aimé cette belle-fille. Le sang en elle parlait injuste[1] et défendait son

1. « Injuste » est ici employé comme adverbe.

enfant. Tu sais ce que tu fais, répéta-t-elle. Angelo embrassa Héléna. Que le Dieu vous protège, dit-il. Voilà le monde à l'envers ! pensa-t-il, sa mère avait dit les mots qui auraient pu être les siens et il avait parlé comme la vieille. Approcher Héléna le troubla. Autrefois il avait eu l'éblouissement de son visage sauvage. Il se recula. Elle partit embarrassée. Mais poussé par ce qui était en lui, cet appétit suspendu et le malheur de l'amour, il la serra dans ses bras. Vis ! souffla-t-il. Elle fut transpercée par le mot, réconfortée à ce moment de quitter un époux et de finir un amour. Sa bouche lasse, qui ne donnait plus de baisers depuis longtemps aux hommes, se posa sur celle de son beau-frère, et dans le même temps qu'elle l'embrassait, s'étira dans un sourire. Il sentit le baiser, puis la chair qui se détachait de la sienne, sollicitée par un autre mouvement. Alors il prit Héléna par les épaules pour la regarder dans les yeux et redire : Fais-toi une autre vie ! À l'intérieur, Angéline s'impatientait. Angelo ! Il rentra, se retournant une fois encore sur le visage grave d'Héléna, puis disant à sa mère : Qu'est-ce que tu veux ? Je disais au revoir à Héléna. Angéline était assise dans son lit avec ses cheveux détachés qui lui tombaient très bas, de ce gris-brun semblable au bois qu'elle brûlait. Elle fit descendre son énorme ventre sous la couverture à la manière de certains gros animaux qui s'enfoncent lentement dans l'eau. Laisse-moi, marmotta-t-elle, j'ai encore envie de rêver. Une bouffée de rage le prit à voir sa mère si odieuse. C'est aussi à cause de toi qu'elle part, dit-il. La vieille ne répondit rien. T'es pas honnête, dit Angelo. Elle ne répondit pas davantage. Il manqua se mettre en colère. Non, pensa-t-il, elle n'avait pas été honnête avec Héléna, elle avait toujours donné raison au fils. Pas honnête. Ce n'étaient pas des mots qu'on dit à ses parents, il le savait, et comme la vieille faisait semblant de dormir, il sortit.

Dehors les belles-sœurs s'embrassaient. Misia se mit à pleurer et Milena se tenait à côté d'elle pour la consoler. Les enfants s'étaient levés aussi, ahuris, découvrant ce que ça voulait dire qu'Hana et Priscilla allaient partir avec leur mère. On va plus les voir, disait Anita à Michaël. Ouais, dit-il, comme si elles étaient mortes mais qu'elles étaient pas mortes. Et à l'idée des cousines mortes, ils se turent tous les deux. Ils les regardaient, à la fois intimidés et transis, ne sachant quoi faire de leurs corps, car ce n'était manifestement pas un moment pour jouer et courir. À la fin Lulu embarqua la mère et les filles dans son camion. Il les poserait à la gare. Il faisait trop froid pour marcher et les petites seraient fatiguées, dit-il, ouvrant la portière haute et aidant les filles à grimper sur le marchepied. Et ton essence ? dit Héléna. Boh ! fit-il.

Ils roulèrent dans ce qui était resté de la campagne d'avant la ville. Les champs dormaient encore et la terre gelée, retournée par gros paquets, semblait lourde et morte. Ça ne crépitait pas, ça ne germait pas, et tout était silencieux. Le chauffage du camion était cassé, Héléna avait les larmes au bord des yeux quand elle regardait Lulu qui s'appliquait à conduire pour ne pas avoir à parler. Tu penses que j'ai tort ? dit-elle à son beau-frère. Il bougonna : Moi je pense rien du tout. Elle se tut, et pensant (comme sa belle-mère) que les hommes ne sont pas courageux, elle résolut de l'être pour deux. Et quand elle descendit du camion, embrassant Lulu et le remerciant, elle avait déjà changé de visage. Elle commençait une autre vie. Elle se le répétait en marchant vers la gare. Elle n'en disait rien à ses filles, mais elle était là maintenant plus légère, qui avançait dans le froid sans le sentir. Il lui sembla qu'aux enfants on ne pouvait déjà raconter les ruptures, les traits qu'on tire sur le passé et les amours qui s'égarent, et que tout cela ne vous tue pas, et peut vivifier ce qui reste en vous d'élan et de sagesse. Elle songea à Simon quand il s'éveillerait abandonné. Penser à lui pinçait encore quelque chose en elle. Elle le sut tout à coup (elle sentait presque sur son corps la modification, et c'était possible, puisqu'elle portait les traces sinon des caresses, du moins de certains coups) : elle ne serait jamais la même qu'avant l'amour de Simon. Même un homme que l'on quitte en se sentant légère, et sans regret, on ne se défait pas de son empreinte, pensa-t-elle. Mais ce fut aussi un réconfort d'être sûre qu'il restait une trace. Et cela, elle décida de le dire à ses filles. Avec d'autres mots, des mots plus beaux encore que ceux qui lui étaient d'abord venus. Tout en marchant d'un bon pas (Hana et Priscilla étaient presque à courir à côté d'elle), et dans l'air glacé les paroles sortaient d'elle en nuage, Votre père, dit-elle, votre père je l'ai aimé. Quand nous vous avons faites, l'une et l'autre, nous nous aimions. Les petites filles regardaient par terre et ne disaient rien, comme si elles n'avaient pas entendu. Mais Héléna devina quel tressaillement en elles secouait le malheur (et d'ailleurs plus tard, assises dans le train de banlieue, elles auraient pour regarder défiler les vilains paysages des visages sereins). Elle leur prit la main, une de chaque côté, et c'était soudain comme d'emporter ses filles, de les enlever. Oh ! pensa-t-elle avec orgueil, Simon allait découvrir ce que c'est de perdre sa femme et sa famille : perdre une partie de soi-même et ne pas savoir quoi faire de l'autre. Une femme avait ce pouvoir quand elle n'avait rien d'autre. Il allait savoir ce que lui valaient les coups qu'il avait donnés : de ne plus vivre avec ses filles. Oui c'était aussi cela qu'elle faisait : lui retirer ses enfants. Il ne les mérite pas, se dit Héléna. Elle n'alla pas plus loin dans la pensée de ce qu'elle commettait. Simon serait coléreux pendant quelques jours et elle se demanda sur qui passerait cette colère, mais ce fut tout ce qu'elle concéda[1] à cette question, et elle hâta le pas vers la gare.

1. *Ce fut tout ce qu'elle concéda* : ce fut toute l'attention qu'elle accorda.

III

Ce fut le début des malheurs. Angéline n'en convint jamais. Elle était de la race farouche qui nie la blessure en reniant celui qui l'a causée. Pas une fois elle ne prononça le nom d'Héléna. Elle n'avait jamais aimé cette belle-fille. Depuis le départ les petites n'étaient pas revenues, la vieille s'en fit une preuve : leur mère ne valait rien. Mais le fils en avait été amoureux et elle ne pouvait rien contre cela. Sa rage à lui ne resta pas cachée. La première nuit, à coups de barre de fer, il défonça sa caravane. Il jurait, hurlait ce prénom Héléna, dévoilait leurs secrets en menaçant la nuit froide (et le souffle qui sortait de lui comme une brume, à la fois humide et haletant, semblait celui d'une bête), puis il se remettait à taper. Cette nuit-là les autres restèrent immobiles dans leurs lits, des gisants[1] effarés. Angéline l'avait ordonné : que personne ne s'en mêlât. Milena se bouchait les oreilles et elle avait demandé à Carla et Michaël de le faire aussi. De toute façon ils entendent quand même ! finit par dire Joseph, qui en avait assez de se retrouver seul au milieu de trois sourds et des cris d'un fou.

Le dépit de Simon se déclina de la colère à l'apathie[2]. Il arpentait le terrain en lançant des coups de pied dans les cailloux. Un matin Carla reçut un silex dans l'œil. Milena accourut aussitôt. Qu'as-tu fait ? demanda-t-elle à son beau-frère. Et puisqu'il ne répondait pas, Misia le gifla avec une calme détermination. Il en perdit en même temps sa force et sa colère. La plus douce de ses belles-sœurs venait de le frapper. Sa joue le brûlait encore quand ce constat le traversa comme un pieu. Misia s'était

1. *Gisants* : statues représentant des morts allongés.
2. *Apathie* : résignation.

détournée d'un mouvement désinvolte. Elle se moquait bien qu'il souffrît, pensait-il. Maintenant tu sais ce que tu faisais à ta femme, dit Milena. Il n'avait pas pensé à cela. Elle scrutait l'œil de sa fille. La fillette pleurait. Chut ! c'est fini t'as rien, disait la mère. Et Simon se mit aussi à pleurer.

Il entra dans une stupeur mélancolique. La gifle l'avait coupé en deux, le séparant de la partie qui en lui était folle et forte. Il s'abandonna : sale, dévêtu, pieds nus dans le froid. Tu sens mauvais oncle Simon ! lui disaient les enfants. Il ne répondait pas. Et cependant il épiait les autres qui auraient pu parler de lui. J'te vois même quand t'es pas là ! soufflait-il à Esther. Elle avait peur de lui. C'est insupportable, pensait-elle. Et elle disait à Angéline : Ton fils, il faut le faire soigner. Mais la vieille ne voulait rien entendre.

Quand Esther lisait, Simon venait s'asseoir en face d'elle. Sans que l'on sût s'il le faisait exprès, il s'asseyait dans une flaque. Les genoux de chaque côté du menton, les pieds rouges et crasseux, il la fixait obstinément. Lorsqu'elle levait les yeux du livre pour le surveiller, il faisait un de ces sourires de photographie trop posée. Et quand elle le regardait longtemps, résistant aux injonctions[1] impatientes des enfants, il penchait sa tête lentement jusqu'à la cacher sous son bras et regardait Esther d'un seul œil. « Mon Pinocchiounet ! Comment as-tu fait pour te brûler les pieds ? » Les pieds de Simon barbotaient dans l'eau boueuse. Les enfants riaient sous cape. Esther reprenait. Simon sautait sur ses pieds. T'arrête pas ! disaient les enfants. Sans leur plaisir, Esther se serait levée. Mais elle continuait de lire, et les petits écoutaient. « Ne le jette pas : tout peut servir en ce monde. » Esther prêtait à Geppetto une pauvre voix gentille. « Jamais de ma vie je ne mangerai un trognon ! cria le pantin en se

1. *Injonctions* : demandes pressantes.

tordant comme une vipère. » Elle avait pris un ton aigu qui les fit rire. « Qu'en sait-on ! Tant de choses peuvent arriver ! répéta Geppetto, sans s'énerver[1]. »

Forcément on s'occupa de Simon. En ville il peut faire une connerie, fit remarquer Lulu un soir qu'il parlait avec ses frères. Ouais, dit Angelo, faut plus qu'il quitte le terrain. Il faut le surveiller, conclut Antonio qui était toujours à rôder. Ils s'en chargeaient à tour de rôle. Les femmes se lassèrent. Rien ne remplace le sang, le lien de chair et d'enfance qui unit les frères les sœurs et personne d'autre pareillement, pas même les amants, et d'ailleurs Héléna était la première à s'être lassée. On est pas ses parents ! dit un soir Milena à son mari. Non ! mais c'est tout de même mon frère ! dit Joseph, je me moque pas complètement de ce qui lui arrive. Elle haussa les épaules. Il a ce qu'il mérite, dit-elle, répétant là ce que disaient Nadia et Misia. Même Misia elle le pense ! dit-elle comme si c'était une preuve (car Misia défendait le mariage). Une manière de solidarité sans condition[2], ce que tissent entre les femmes le soin constant des enfants, les heures passées aux mêmes tâches et soucis, apparaissait sous une forme concrète. Angéline fut seule à jeter le blâme sur la fugueuse, car disait-elle, on ne part pas, on n'a pas le droit de partir. Elle le répéta plusieurs fois à Esther : C'est ça le mariage tsigane, sur l'honneur on part pas. Même quand le mari sait pas rapporter l'argent (elle pensait à elle), même quand le mari boit l'argent. Et disant cela elle tournicotait un bâton dans le feu avec agacement. Où est l'honneur de la femme qui est battue ? pensait Esther. Que pouvait l'honneur face à la folie ? L'honneur, répondit Esther, c'est de faire soigner celui qui est malade. Bffl ! fit la vieille comme une vache.

1. Ces citations appartiennent au conte de Collodi (1826-1890), *Pinocchio.*

2. *Sans condition* : sans restriction, sans limites.

Il est soigné le Simon, dit-elle. Qu'est-ce tu veux de plus? Elle avait mis ses deux mains à plat sur ses hanches. Qu'il aille à l'asile avec les fous? Esther baissa les yeux. Je ne sais pas, dit-elle, je ne sais plus. La vieille hocha la tête. Pauvre fée, dit-elle, on est tous fous ici. Hein! ? Elle cracha dans le feu. Les belles-filles respectaient la vieille. Il faut comprendre, disait Nadia, c'est une autre génération. Tu connais la mère qui emmène son fils chez les fous? disait Misia.

Les enfants s'ennuyaient. Ils s'accrochaient à Esther. Elle lisait pendant plus de deux heures. Ne pars pas! suppliaient-ils. Une toute petite histoire encore! dit Mélanie. Esther feuilleta un livre de poche. D'accord, dit-elle, une toute petite, mais c'est la dernière! Vous promettez? Ils crachèrent dans leurs mains puis s'essuyèrent sur leurs vêtements en rigolant. « Il était une fois un roi et une reine qui étaient si fâchés de n'avoir point d'enfants, si fâchés qu'on ne saurait dire[1]. » Les enfants se berçaient dans le flux des mots. C'était toujours ce même calme du plaisir qui était sur eux. Et ils ne tenaient pas leur promesse : ils réclamaient encore. On était d'accord, disait Esther, c'était la dernière. Je n'ai plus de voix! disait-elle. C'est pas grave, disait Sandro, tu fais rien, tu restes. Il faut bien que je rentre voir mes fils! Sinon ils vont me dire : Maman tu nous abandonnes! On n'est plus tes fils! C'est ce qu'ils me disent quand ils ne sont pas contents. Sandro se mit à rire. Ouais, dit-il, mais ils seront toujours tes fils! C'est vrai, dit Esther, ils n'y peuvent rien. J'aimerais bien que tu sois ma mère, dit Michaël. Pourquoi ils viennent pas nous voir tes garçons? dit Anita. Qu'allez-vous faire cet après-midi? demanda Esther laissant à dessein[2] la question de côté. On sait pas, dit Carla avec une moue. Voulez-vous que je vous laisse le livre de Pinocchio? dit

1. Citation tirée d'un conte de Perrault, *La Belle au bois dormant*
2. *À dessein* : exprès.

Esther. On sait pas lire, dit Sandro. De toute façon on s'emmerde, dit Michaël. N'emploie pas ces mots, dit Esther. Ben c'est vrai ! dit le garçon. Je suis sûre que vous aimeriez aller à l'école, dit Esther. Ils haussèrent les épaules. Gadjé ! dit Sandro.

Ils n'avaient pas les jouets que reçoivent d'ordinaire les enfants, mais ils avaient la liberté. Ils faisaient un butin de tout ce qu'ils ramassaient. Ils allaient et venaient comme bon leur semblait. Les petites jambes grises et nues, sur les trottoirs et caniveaux des rues voisines, ça sautillait, courait, revenait, s'arrêtait, reprenait. Leur bande débraillée connaissait les environs autant qu'on les y redoutait. Ils vidaient les poubelles, crevaient les pneus des voitures avec des tessons[1] de bouteilles, volaient du courrier. Leurs parents donnaient des raclées. Michaël revint un soir la paume entaillée, il pleurait, Joseph le déculotta et le fessa sans un mot. Mais rien n'aurait pu tarir la joie des escapades. Et le lendemain ils se tenaient les côtes tant ils riaient de cette fessée. Ils étaient dans la rue, livrés à eux-mêmes, toujours à traîner les pieds sur le macadam, à rire, se moquer et se bagarrer sans raison, dans le vent incessant et l'arc que parcourait le soleil derrière les tours de la cité.

Ils étaient constamment à la recherche de ce qui pouvait servir ou se vendre, et même de pièces perdues. Le jour où Sandro trouva dix francs, les garçons passèrent le reste de la journée à le harceler : Qu'est-ce que tu vas t'acheter ? ! disaient-ils en sautillant autour de lui. Rien, répondait Sandro, je vais la garder. Il avait un air résolu et les autres étaient après lui. Essayez pas de m'la voler ! dit-il, je castagne le premier qu'essaie ! Et de fait il la garda. Il la garda aussi dans sa tête, obsédé par l'idée qu'il en trouverait une autre, puisque, disait-il, il était le plus chanceux. Non, dit Anita, le plus chanceux c'est

1. *Tessons* : débris.

Djumbo ! Ysoris[1] l'a dit quand il est né, et même qu'il ira à l'école ! Sandro secoua la tête : on s'en foutait de l'école, ce qu'il voulait c'était trouver des pièces.

C'était à cause des pièces. Voilà ce qu'ils expliquèrent après l'accident. Esther ne comprenait pas. Quelles pièces ? demandait-elle. Et puis ce fut clair : avec cette habitude de marcher la tête baissée sans rien regarder, Sandro n'avait pas vu la voiture.

Il déboula en sautillant, aussi léger qu'un oiseau. La voiture le heurta sans ralentir. Il sembla voler, allongé sur un support invisible, désarticulé sur le fond blanc du ciel, puis retomba sèchement une quinzaine de mètres plus loin. Une de ses chaussures perdue dans le choc arriva dans la figure de Mélanie qui se mit à pleurer. Personne ne s'occupait d'elle. Les enfants étaient autour du garçon. Parle ! Dis quelque chose ! lui intima[2] Carla. Il gardait les yeux fermés. Sandro ! Hé ! Sandro ! fit Michaël en secouant un peu le corps inerte. Arrête ! hurla Anita, il faut pas le toucher ! il pourrait se paralyser. Elle se pencha sur son frère. C'est Anita ! dit-elle très doucement à son oreille, ta sœur Anita. Tu n'es pas tout seul, dit Anita, si bas que les autres ne l'entendaient pas. Ils s'approchèrent pour voir ce qu'elle faisait couchée sur son frère. C'est ta grande sœur Anita ! disait-elle. Tu n'es pas seul, répéta-t-elle, ta grande sœur est près de toi. Elle se mit à pleurer. Ils étaient agglutinés les uns contre les autres, dans la fine bruine qui restait en gaze sur leurs cheveux. Poussez-vous ! hurla Anita, il peut pas respirer. Les cousins s'écartèrent. Ils ne virent pas l'automobile repartir, ni Mélanie qui continuait de pleurer en s'en allant vers les caravanes.

Les mères accoururent et elles étaient déjà à pousser des cris. On y distinguait à peine les prénoms de leurs

1. Il s'agit de l'esprit qui converse avec Angéline (voir p. 40).
2. *Intima* : dit avec autorité.

enfants. Quand elle reconnut la chaussure que tenait Mélanie, Misia s'effondra dans la boue. Elle arriva la dernière sur la route et s'allongea près de son fils. Le visage du garçon était couvert des fines bulles de la pluie, il semblait dormir dans un tulle[1]. Misia l'essuya avec sa jupe en répétant son prénom. Où il est ce mec que j'le bute ! hurlait Lulu. Il a peut-être rien senti, dit Angéline. Ouais, dit Antonio, il a vu que c'était qu'un Gitan… et en disant cela ses yeux s'emplirent de larmes.

Ils n'appelèrent pas la police. Ils savaient qu'elle demanderait en vertu de quel droit ils occupaient ce terrain. Ils n'essayèrent pas non plus les pompiers, personne ne se déplaçait jamais pour eux, pas même les éboueurs qui ne venaient plus par là depuis que les Gitans y étaient. Lulu se souvint du jeune interne qui avait crié avec lui et Misia acquiesça, c'était un homme bon. Ils retournèrent donc à l'hôpital où était né Djumbo. Coma et hôpital, c'était les deux mots que Misia répéta à Angéline au cœur de leurs pleurs, tard le soir, après qu'elle se fut résolue à abandonner l'enfant à la nuit qui était à la fois dehors et en lui. Sandro était branché à une machine qui le faisait respirer. Angéline ne comprenait pas. Misia ne savait pas expliquer. Elles se turent, côte à côte dans la pénombre trouée par le feu et le vent invisible.

Ils allaient le voir chaque jour. Lulu donnait la main à Anita. Misia portait Djumbo dans les bras. Donne-le ! disait Lulu, il est lourd. Elle ne voulait pas le lâcher. À l'accueil de l'hôpital, les regards se portaient sur eux avec insistance. Discrètement les femmes vérifiaient leurs sacs à main. Misia sentait la méchanceté autour d'elle. L'ascenseur se refermait comme un tombeau, elle se mettait à pleurer dans le cou de Djumbo. Sandro dormait dans un infini de silence. Arrivée dans la chambre

1. Le tulle, comme la gaze (plus haut), sont des tissus très légers.

Misia se serrait contre lui, trempait de larmes son vêtement d'hôpital. Même l'eau de sa mère, l'eau dont il venait, ne l'éveillait pas. Chaque jour à la même heure une infirmière les faisait sortir pendant les soins. Misia s'avançait. Les soins pour son fils, qui d'autre qu'elle-même aurait dû les donner ? Mais c'était toujours un refus (sans doute elle n'était pas assez propre). Et Misia ne hurlait pas, pour le seul droit de revenir voir son fils.

Maintenant l'hôpital voulait débrancher la machine. Misia ne comprenait rien. Est-ce qu'il était vivant ou est-ce qu'il était mort ? Quand elle s'asseyait au bord du lit, elle était certaine qu'il la reconnaissait. Oui, même dans ce sommeil immense, il sentait que sa mère était là. Il va se réveiller, dis-moi qu'il va se réveiller ! suppliait Misia, le soir dans les bras de Lulu. Il se retenait de pleurer avec elle. Il avait cessé de croire à ce réveil, mais on ne pouvait lui demander de le dire à sa femme. Il se taisait, laissait glisser ses mains interminablement sur le dos large de Misia. Oh ! pensait-il, ils étaient seuls avec cette douleur et ils n'avaient que leur amour et les autres n'y pouvaient rien. Un soir pourtant, il trouva le courage. Il la prit par les épaules. Elle pleurait. C'est fini, dit-il (les yeux rougis de Misia s'écarquillèrent), il se réveillera plus, dit-il. Et les larmes coulaient sur son visage rugueux de barbe pas rasée. Elle s'effondra entre ses bras (elle était si molle et pesait soudain très lourd, il ne fit qu'atténuer sa chute). Elle gémissait à la façon terrible des bêtes blessées à qui on n'explique rien. Dans sa nacelle, Djumbo se mit à pleurer, tendant ses bras vers elle. Lulu le prit dans ses bras mais l'enfant s'étouffa de colère. Il voulait celle qui ne pensait qu'à l'enfant perdu.

Le soir suivant, la machine qui était devenue la vie de Sandro fut réquisitionnée[1] pour un autre. On l'annonça

1. L'hôpital décide de mettre fin aux efforts de réanimation de Sandro.

à ses parents, dans le hall d'accueil, au milieu de ceux qui attendaient une consultation ou que descende un parent. Et quand Misia se fut évanouie, ils la couchèrent en travers de deux chaises. Ses jambes étaient nues sous la jupe un peu relevée, et la belle poitrine gonflait sa blouse. Lulu avait collé son visage à celui de sa femme, il la couvrait de baisers, de murmures et de suppliques. Qu'elle reste debout avec lui, qu'elle ne se brise pas quand il avait tellement besoin d'elle. Les autres autour de lui n'existaient pas. Ma Miss! appelait-il. Parti explorer l'autre bout de la salle, Djumbo pleurait de se trouver seul et perdu. À qui est cet enfant? demandait un malade énervé. Anita restait silencieuse à côté du couple misérable. Je n'ai que toi, répétait le père à sa femme. Des regards étrangers se posaient sur la très jeune mère. Anita voyait ce qu'ils regardaient (les jambes et la blouse), elle pensait que son frère était mort. Comment croire une chose pareille? C'était une erreur, ses parents n'avaient pas bien compris. Elle se frotta un œil. On aurait dit un petit animal effrayé qui vient de se réveiller. Son regard fit le tour de l'assemblée. Djumbo braillait de toutes ses forces. Elle courut vers lui. Mon bébé, murmurait-elle, tu n'étais pas perdu. À qui est ce gamin? répétait l'homme que le bruit dérangeait.

IV

Esther arriva le mercredi à l'heure habituelle. Une brume humide s'affalait dans le silence autour des caravanes. Sans le mouvement des corps et le chant des voix qui accaparaient l'attention, les choses à cet endroit de la terre ne dissimulaient plus leur laideur. Esther chercha des yeux les enfants. Elle imagina qu'ils se cachaient et se mit en devoir de les chercher. Elle appelait. Carla!

Sandro ! Michaël ! Hou ! Hou ! Je suis là ! Sortez, de vos cachettes ! Où sont-ils tous ? pensait-elle. Elle frappa aux portes des caravanes sans obtenir de réponse. Les camions n'avaient pas quitté leur place. Le feu n'avait pas été allumé.

Elle s'installa dans sa voiture. Malgré cette absence inhabituelle, elle ne s'inquiéta pas. Elle apportait de nouveaux livres et les feuilleta en attendant. Il y a des jours d'ardeur : Esther avait envie ce matin-là de lire, d'expliquer, envie de parler comme on a lorsque l'on ressent avec plus d'acuité[1] l'étonnement d'être et l'impression (toujours fausse) de savoir comment s'y prendre. Elle attendit. « Une sombre forêt de sapins se hérissait de chaque côté du cours d'eau gelée. » Les enfants allaient adorer cette histoire. Elle lisait au hasard des pages en se réjouissant. « Les hommes cheminèrent sans parler à travers le monde des grands gels. Le silence n'était rompu que par les hurlements de leurs poursuivants, qui rôdaient, invisibles, sur leurs traces. » Il y avait un secret au cœur des mots. Il suffisait de lire pour entendre et voir, et l'on n'avait que du papier entre les mains. Il y avait dans les mots des images et des bruits, la place de nos peurs et de quoi nourrir nos cœurs. Elle ne s'arrêtait plus de lire. « Une grande peur l'envahit. La terrible peur de l'inconnu. Il s'accroupit à la lisière de la grotte et contempla le monde[2]. » Esther leva les yeux.

Alors de loin elle vit venir le cortège noir. Les hommes soutenaient les femmes, dont les visages et les cheveux étaient couverts de mantilles[3]. Tassées par le chagrin, elles semblaient à peine plus grandes que leurs enfants qui marchaient à côté de leurs mères sans crier ni

1. *Acuité* : ici, intensité.
2. Esther lit *Croc-Blanc*, le roman de Jack London (1876-1916).
3. *Mantilles* : étoles de dentelle noire, accessoires traditionnels des Espagnoles, portés notamment lors des funérailles.

sautiller. Personne n'avait eu besoin de leur demander d'être sages. Seule Anita avait pensé à la chair de son frère enfermée dans une boîte. Juste derrière le bois, il y avait son visage et son corps, le ventre rond qui sortait de son pantalon et les cheveux bouclés qu'elle tirait quand il bougeait trop dans le lit. Cette idée-là était incroyable. Qu'il fût enfermé là si près. Elle ne pouvait plus le voir. À quoi ressemblait-il maintenant? (Elle avait entendu parler les adultes. Ça va très vite, disaient-ils. Elle n'avait pas compris de quoi il s'agissait.) Pourquoi on le garde pas avec nous? pensait-elle. Qu'elle n'eût pas été gentille, ce souvenir lui faisait mal. Quand il dépassait la frontière qui séparait en deux leur lit, elle lui donnait des coups de pied. Elle pleura à cette idée. Pendant que le prêtre parlait, Michaël était allé jouer avec les poignées du cercueil. Personne ne lui avait rien dit. Anita s'était avancée pour l'en empêcher. Laisse ça, avait-elle dit tout bas, viens par ici. Mais le petit garçon n'écoutait rien. C'est pas toi qui commandes! disait-il en faisant exprès de tripoter cette poignée. Elle lui avait donné une tape sur la main. Méchante! Viens avec moi, avait imploré Anita. Je t'aime pas, disait le garçonnet. Sandro n'avait jamais été seul pour dormir. J'ai envie de le voir, se disait-elle. Elle se remit à pleurer. Elle n'avait plus d'yeux. Quand Esther distingua leurs visages effarés et les traces des larmes qui avaient lavé leurs joues (des rails clairs sur le gris de la peau), elle posa son front contre le volant.

Ils aperçurent de loin la tache jaune que faisait la Renault dans la brume et la terre. Qu'est-ce qu'on va dire à Esther? demanda aussitôt Anita. Les autres ne répondirent pas. Ils pensaient soudain qu'Esther ne savait rien, qu'il faudrait faire entrer dans des mots cette sottise ineffaçable, l'assoupissement éternel du frère et l'inexorable ruissellement des mères (et d'ailleurs ils y réussirent). Ils firent un cercle silencieux autour de la voiture, et leurs mains posées sur la tôle exorcisaient quelque chose en eux qui était né ce jour-là et ferait qu'ils ne seraient plus jamais les mêmes, qu'ils ne croiraient plus que les vieux sont les seuls à mourir, ou du moins les premiers, ou même que la mort n'existe pas, qu'on est tous invincibles. Esther écouta ces enfants farouches. Ils voulaient s'asseoir sur elle, il est tellement vrai que le contact physique vient en premier apaiser la peur. Ils se tinrent blottis dans leur stupeur, les uns contre les autres. Esther sentait la fleur, on pouvait lui parler. Misia était rentrée chez elle. Milena tenait le poignet blanc entre ses doigts avec un air désemparé. Angéline s'était couchée avec les soins d'Angelo. Le Dieu ! Le Dieu ! gémissait-elle. Un petit Gitan de rien ! Le Dieu ! Et cela voulait dire : Qu'as-tu fait ? Ne fais pas de mal à nos enfants. Et sa peau ridée luisait autour de la bouche encerclée par les larmes. Lulu, Antonio, Simon et Joseph étaient debout, ballants et inutiles à côté des camions. C'était à cause des pièces, expliquait Mélanie à Esther. Des larmes remplissaient les yeux d'Esther. Toi aussi tu pleures, dit Michaël. Et la voiture ? murmura Esther. Pff ! envolée ! dit Carla.

La colère monta en elle comme un sang neuf. S'ils étaient allés à l'école au lieu de courir dans la rue, cela ne serait pas arrivé. C'était un droit, ils l'auraient.

Mais d'abord elle laissa passer le temps. C'est seulement de temps que sont faits les deuils, de sa trame impalpable dont on ne voit jamais que les effets. Le temps qui nous fait sortir de tout, qui a ce pouvoir de nous changer, de nous bonifier et de nous altérer, de nous tirer du plus grand malheur comme de l'émoi et des éblouissements, et de nous-mêmes à la fin, de notre corps charnu et lourd. Oui, le chagrin se casserait contre la vie, les autres enfants, les caresses de l'amour, les arbres qui reverdissent, et le soleil qui vient. Mais combien faudrait-il de jours et de nuits, de larmes et de baisers sur Misia, pour effacer et reprendre, on ne pouvait pas le savoir. Donc Esther attendit.

Ce ne fut pas si long. Un fils manquait à Misia, mais elle vivait avec deux enfants et un époux. On ne fait pas comme on veut la grève de vivre. Les contraintes n'avaient pas changé, ni l'obligation d'exister au-delà des revers. Lulu était plus détruit que son épouse : il avait moins à faire. Il aurait voulu parler de Sandro, et Misia l'avait interdit. La peine séparait les époux autant qu'elle les rapprochait. Lulu était sans cesse après sa femme. Misia portait Djumbo sur sa hanche. Elle avait ce lien avec la chair nouvelle qui manquait à Lulu. Donne-le un peu, murmurait-il. Mais l'enfant s'accrochait à sa mère. Et l'enfant berçait sa mère dans ce qui en lui, de nature et d'enfance, le propulsait vers la vie. Misia était prise dans cette maille tendre. Anita elle aussi suivait sa mère partout. Elle lui tenait la main, en caressait le dos avec un regard parfaitement vide. Parfois Misia lui rendait cette étrange caresse. On eût dit deux folles. Les autres les regardaient à la dérobée, dans l'oisiveté où ils étaient tous, la mère la fille, la mère et la sœur du défunt.

La mort de Sandro avait souligné et suspendu le cours naturel des choses. Dans le sursaut de clairvoyance que donne aux autres la mise en terre d'un homme, les Gitans tendaient vers une perfection inhabituelle. Simon eut des jours entiers de calme et de lucidité. Il refusait de prendre ses médicaments. Angéline se montrait inflexible. Je vais bien ! disait-il, mais la vieille ne voulait rien entendre. Fais venir le docteur alors ! disait-il, il verra que je suis plus malade. Sans répondre elle tendait trois pilules roses dans le creux plissé de sa main, avec un air obstiné et sévère. Il avalait sans eau ce poison acidulé. Et elle pensait : Personne sait comme c'est dur pour une mère de donner à son fils ces saloperies qui endorment l'esprit. Il fallait se justifier : On ne guérit pas de la colère, disait-elle à Simon, tu es le vent qui tombe et se réveille. Viendras-tu m'aider à la fin ? criait Lulu. J'arrive, disait Simon. Il partait aider le frère qui avait décidé de laver les camions. Où il est Antonio ? demanda Simon. Devine ! dit Lulu en ricanant. Antonio ne quittait plus Nadia. Il était redevenu l'ardent et tendre amant qu'elle avait aimé (mais cela ne durerait que le temps du deuil, celui qui permet de mesurer ce que c'est d'être là, de vivre et d'aimer.) Ils s'aiaîment ! fit Simon en bêlant. Et moi je suis sans femme ! La chienne ! ajouta-t-il en trempant l'éponge dans le seau d'eau. J'ai la haine maintenant. Tu comprends ? demanda-t-il à son frère. Lulu ne répondait pas. Misia aidait Djumbo à se tenir debout. Même ta Miss, je la hais, dit Simon en regardant sa belle-sœur. C'est plus fort que moi. Et il était devenu méchant avec les femmes. Il lui arrivait de pincer Anita. Il sautillait autour de Misia. Et quand il était certain qu'elle le voyait : il levait ses bras de chaque côté du corps et les laissait retomber contre ses cuisses, de ce geste habituel pour signifier Tant pis. On n'y peut rien. Dommage. Son visage subtilement hilare composait une mine désolée. Il est mort on y peut rien ! disait-il avec son silence. Le diable te prenne ! criait Misia. Le diable te prenne ! Sa voix se brisait. Elle éclatait en sanglots. Il n'en finissait plus de rire. Car il pensait si fort à sa femme enfuie que le visage de Misia se transformait, et soudain il voyait pleurer Héléna et c'était une jouissance sans égale. Misia se sauvait. C'est pas sa faute, murmurait Angéline en touchant le dos de sa belle-fille. Oui, disait-elle ensuite à Esther, ça va pas bien ici. Les hommes, il faudrait qu'ils partent plus souvent en tournée. Les femmes, elles ont toujours à faire, c'est pour ça qu'elles se tiennent debout.

Misia tenait debout à la manière d'un automate : elle répétait les mêmes gestes, les mêmes mots, les mêmes visages qu'autrefois. Mais la douceur des choses la rattrapa, un matin qu'elle sortait Djumbo de son berceau. Il riait de la voir apparaître. Elle fut saisie. Quand il l'apercevait, il levait ses bras vers elle. Bientôt il marcherait. D'un seul coup il se lancerait dans cette liberté. Voilà ce qu'elle aimait des bébés : leur peau douce, la chaleur de leur ventre, et cette manière qu'avaient les facultés d'apparaître les unes après les autres et de la conduire à l'émerveillement. Le dernier-né sauva Misia : elle était dans la gaieté du commencement. Alors elle fut capable de se rappeler Sandro. Elle m'a même pas fait mal cette conne ! Maintenant la phrase la faisait sourire. Comme il était fier ! Elle remontait dans la vie de son garçon. Elle se rappela ce que les autres avaient oublié. Après la naissance de Sandro, Ysoris n'avait pas répondu à la vieille. Ils s'étaient dispersés en silence dans la nuit. Les autres n'y avaient pas pris garde mais Misia avait pensé : Ce fils n'a pas de futur. Puis elle avait enfoui ce secret et elle avait aimé l'enfant. Tout est écrit et les destins sont irrésiliables, pensait Misia. Elle embrassait le cou de Djumbo. Il riait. Anita voyait sa mère sourire et s'en allait courir avec les autres. Le temps du deuil était consommé[1].

V

Assises autour du feu les femmes épluchaient des pommes de terre. Des sièges de voiture brûlaient en dégageant une fumée noire. Tu le mets jamais le chemisier noir, dit Milena en se tournant vers Esther. Répète pas ma fille ! dit Angéline. Misia se mit à rire (elle riait pour un rien). Anita était à côté de sa mère. Serre tes genoux ! s'exclama Misia en la regardant. Oui ! dit Nadia, je vois ta culotte, elle est pas propre. Misia soupira. La lessive ça revient tout le temps ! dit-elle. Je pourrais vous faire du linge, dit Esther. Et puis quoi ? s'exclama Angéline. Reste dans tes livres ! dit Milena. Les Gitans ils lavent leur linge eux-mêmes, dit Angéline. Elle plongea son bâton dans le feu. Le linge, dit-elle, c'est plein de secrets. Une trouée dans les nuages laissa jaillir le soleil. La lumière chaude faisait briller le tissu élimé de la jupe

1. *Consommé* : accompli.

d'Angéline. Elles levèrent leurs visages vers le ciel en souriant. On est comme les bêtes ! dit Angéline, on se chauffe. L'été approchait. C'est quel mois qu'on est ? demanda Angéline. Mai, dit Esther, le mois que je préfère. Le mois de Marie, commenta la vieille. Nous on aime bien l'été, dit Nadia, l'été on a pas froid. Mais on peut rien garder. Le beurre, on peut pas en avoir, il fond, le lait il tourne, et la viande, après une nuit elle est bleue. Et elle pue ! dit Milena. Elle avait l'air stupide et on remarquait l'implantation basse de ses cheveux qui lui amenuisait le front. L'été, on jette beaucoup, dit Misia, on devrait pas ! Mais on peut quand même pas se rendre malade, dit Milena. Elles parlaient et Esther écoutait cette vie singulière qu'elles disaient. Les choses les plus simples devenaient ici compliquées. Alors elle pensa à l'école. Quel âge a Anita ? demanda-t-elle brusquement. C'est bientôt huit ans qu'elle aura la petite, répondit Misia. Elle devrait être à l'école depuis longtemps, dit Esther, pourquoi n'y va-t-elle pas ? Misia fit un geste des mains. C'est comme ça, disait le geste, c'est la vie qu'on a. Dès que vous vous arrêtez sur une commune, dit Esther, vos enfants ont le droit d'en fréquenter l'école, c'est la loi. Les belles-sœurs s'exclamèrent. C'était un brouhaha de femmes. L'école, c'est pas pour les Gitans ! disait Angéline. Personne voudrait de nous ! disait Milena. Nos enfants, dit Misia, sont pas assez bien pour l'école. Et Nadia, plus posée que les autres, fit remarquer : On a jamais les papiers qu'il faut. Esther était submergée. On a pas les habits, dit Misia. Mais ça n'a aucune importance ! dit Esther. Si c'est important, insista Misia, celui qu'a pas les habits on le traite comme rien. On dit que c'est pas vrai, renchérit Nadia, c'est seulement que les choses comme ça doivent rester secrètes. Mais, dit-elle, les habits défont une personne[1]. Les autres étaient d'ac-

1. Allusion au conformisme vestimentaire qui règne aujourd'hui.

cord et Esther sut qu'elles avaient raison. Tu peux comprendre, dit soudain Angéline. Elle expliqua : Y a deux écoles par ici. Tu peux comprendre, répétait-elle. Dans la bonne école c'est que des Français. Et dans la mauvaise, comment ils feraient pour y aller les enfants ? C'est trop loin, et un bus il y en a pas. Esther sembla désemparée. Je vais réfléchir, dit-elle. Oui ma fille, c'est ça, réfléchis ! dit la vieille. C'est la première fois que tu me dis ma fille, dit Esther. Je te redirai ! dit Angéline en lui tenant les mains.

Juin fut donc le mois des batailles pour l'école. La ville faisait comme si les Gitans n'existaient pas. Mais l'injustice libère des forces qui à la fin la dépassent : Esther se démena. Elle parlait partout. Cela n'intéressait personne : des gens qui vivaient dans la boue, sans papiers ni travail, ni eau, ni électricité. On y croyait à peine. Elle disait les enfants avec les rats, le garçon écrasé, la jeune mère virée de l'hôpital, le fou en liberté, la vieille édentée, les camions immobilisés. Quel était le meilleur interlocuteur ? Elle entreprit de multiples démarches. Les Gitans ne comprenaient rien. Ils ne peuvent pas se défendre, pensait-elle. Angéline s'était habillée pour la mairie alors qu'elles n'iraient que la semaine suivante. Elle était postée devant Esther, apprêtée et fière, chaussée de ses pantoufles parce qu'elle avait les pieds gonflés, arborant une blouse noire qu'Esther ne lui connaissait pas, sa jupe mitée, ses gros cheveux en tentacules autour de la tête, un sac Vuitton au bras qui l'embarrassait parce qu'elle n'en avait pas l'habitude. Je suis prête, dit-elle. Mais ce n'est pas aujourd'hui qu'on y va ! dit Esther. Oh ! dit Angéline, et voilà que je me suis fait belle pour rien ! Ouais ! Tu m'as déjà vue comme ça toi ? dit-elle voyant le sourire d'Esther. Les belles-filles regardaient la vieille. Elle s'y croit quand elle a son sac ! dit Milena. Oui, dit Misia en se tournant vers sa belle-mère, tu t'y crois avec ton sac ! Mais même avec ton sac, ils verront que t'es qu'une Gitane. Pourquoi faudrait aller à la mairie ? dit Angéline. Pour faire reconnaître que vous habitez ici, dit

Esther. Et alors ? dit la vieille. Et alors si vous résidez dans cette ville les enfants pourront aller à l'école, répéta Esther. C'est toi qui diras tout ? dit Angéline. Non ! dit Esther, c'est vous qui allez parler ! Ça serait bien la première fois qu'on nous écoute, dit Moustique qui venait d'arriver. D'ailleurs ils nous écouteront pas si on revient sans toi ! On est rien ici, dit Misia. Taisez-vous, demanda Esther. Les femmes se turent. Nadia releva la tête. Où étais-tu ? (Elle s'adressait à Antonio venu s'asseoir au milieu d'elles.) En ville, dit-il sans la regarder. Elle soupira. Il faut faire changer doucement les choses, dit Esther à Nadia. Mais Nadia déjà n'écoutait plus. Antonio s'était levé. Nadia le regardait s'éloigner, les épaules basses parce qu'il était mécontent. Elle courut le rejoindre. Angéline secoua la tête. La vieille se refusait à parler avec ses fils de leurs mariages. Il va encore l'embobiner ! dit Milena. La vieille lui lança son regard sévère. C'est mieux pour elle, murmura Misia, quand on aime on pardonne. Il court, il court, que c'en est… dit Milena. Tais-toi ma fille ! dit Angéline, tu parles trop, c'est jamais bon. Une poule s'était approchée, elle l'envoya voleter à dix mètres. La vitalité de la vieille ne cessait d'étonner Esther. Angéline avait cette manière d'avouer sa contrariété. Elle croisa le regard d'Esther, cette gadjé lisait en elle comme en ses livres. Tu t'énerves donc jamais ? demanda Angéline. Sans arrêt contre tout, dit Esther, mais pas avec vous.

VI

La directrice de l'école recevait le mercredi matin. Je serai absente la semaine prochaine, annonça Esther aux enfants. Elle se leva et replia la couverture sur laquelle ils s'étaient assis. Cette histoire vous a plu ? demanda-t-elle.

Mais ils n'écoutaient plus. Une douceâtre odeur de choux venait de la baraque à cuisine. Misia et Nadia plongeaient le nez tour à tour au-dessus d'une marmite et Esther pouvait les entendre rire comme chaque fois qu'il y avait quelque chose de chaud à manger. De cette manière, se dit Esther en les observant qui semblaient danser, elles sont contentes de cuisiner. Accroché aux jupes de sa mère, Djumbo poussait des cris de faim. Vous allez avoir un bon déjeuner, dit Esther aux enfants. Mange avec nous ! dit Michaël. Allez ! supplia Anita. Non, dit Esther, j'ai promis à mes fils de rentrer pour midi.

La directrice récapitulait : ils n'ont aucun papier, ils occupent un terrain sans autorisation, les parents sont illettrés, le dernier enfant n'a pas été déclaré à la mairie. Elle avait un visage rond et néanmoins sec parce que sa bouche était sans lèvres. Elle posa sur son bureau des mains dont les ongles étaient faits. C'était à Esther de parler. On peut dire les choses de cette manière, dit Esther. La directrice s'agaça : elle n'en voyait aucune autre. Esther parut s'ébrouer[1]. Un air de douceur lui passa sur le visage. Ils vivent abandonnés. Personne ne fait rien pour eux. Aucun des enfants n'est scolarisé, dit-elle. Elle regardait les dessins d'enfants punaisés sur les murs. La directrice parlait. Mais on ne les a pas chassés du moins, disait-elle, glissant l'index derrière son oreille pour ramener par-devant une boucle de cheveux. Elle avait la tenue irréprochable des directrices d'école. Je ne peux rien faire pour vous, dit-elle en se levant : dans tous les cas, il me faut l'inscription que prennent les parents à la mairie. Esther se leva à contrecœur. Elle apercevait les jambes arquées de la directrice, dans les bas noirs la ligne imparfaite était plus apparente. Quels papiers faut-il fournir à la mairie ? demanda Esther en marchant vers la porte. La directrice soupira. Elle se défilait comme une

1. *S'ébrouer* : s'agiter.

belette (elle en avait le regard minuscule). Il faut un justificatif de domicile, le livret de famille et le carnet de santé, répondit-elle en tendant sa main blanche et peinte[1].

Mais la mairie ne voulait pas connaître les Gitans. Et les Gitans n'attendaient rien de la mairie. Il y avait en eux une inertie[2] magnifique, une façon absolue d'accepter le sort et la vie comme ils viennent. Ils étaient sublimes et désespérants, logés exactement dans le moment (et l'on connaît moins de tracas quand on se loge là). Le printemps était d'une douceur rare. La tribu profitait des chaudes soirées. Les enfants se couchaient tard. Angéline continuait de faire du feu. Les rebuts divers qui brûlaient projetaient vers la nuit des gerbes d'étincelles qui s'envolaient dans l'air tiède. Quand l'odeur était trop mauvaise, les gens de la cité appelaient les pompiers. Mais les pompiers ne venaient pas. Les enfants allaient et venaient au travers de l'écharpe de fumée qui volait dans le sens du vent. Où as-tu été ma bien-aimée, quand il pleuvait si fort? fredonnait Nadia. J'étais assise près du feu et je te regardais. Anita tournoyait dans sa robe grenat qui avait quatre hauteurs de volants, tenant d'une main le collier de fausses perles qui rebondissait trop fort sous son menton. Serrée dans une robe de mariée en dentelle, une couronne de fleurs en tissu sur la tête, Mélanie écoutait chanter sa mère avec un sourire béat. Elle aurait été incapable de danser mais elle marchait à la tête d'un cortège imaginaire. De temps à autre elle se retournait pour vérifier que sa traîne n'était pas emmêlée. Assis devant le feu, à côté de sa grand-mère, Djumbo sortait et remettait dans sa bouche une tétine avec laquelle il dessinait des traits dans la terre. Quand Mélanie passait à sa portée il essayait d'attraper la dentelle qui glissait derrière elle. Le tour de ses lèvres était

1. *Sa main* […] *peinte* : sa main aux ongles vernis.
2. *Inertie* : inaction, immobilisme.

noir. T'as déjà la moustache mon fils ! dit Lulu en lui passant la main sur la tête. Arrête ! dit Misia, tu l'ébouriffes ! Elle prit Djumbo dans les bras pour lui aplatir les cheveux et l'enfant se cambra en hurlant. Tu vois pas qu'il veut jouer par terre ! s'emporta Lulu. Il est coléreux, dit Misia en le reposant. Le petit sortit sa tétine de sa bouche pour recommencer ses dessins. Anita, essoufflée et rieuse, s'arrêta un moment de danser. Comment il va ce bébé ? souffla-t-elle en s'agenouillant à côté de son petit frère. Djumbo semblait fasciné, il riait de sentir Anita dans son cou (et le cœur de Misia se serrait). Tu danses comme un balai ! criaient les garçons à Anita. Elle te serre pas ta robe ? demanda Michaël à Mélanie. Milena lui donna une claque sèche sur la nuque, il courba l'échine, mais rien n'y faisait, le lendemain il taquinait de nouveau sa grosse cousine. Ils partirent se coucher, s'éparpillant dans la boue à demi sèche, comme un groupe qui sort du spectacle et se disperse dans la ville. Les enfants couraient, soudain pressés par les mères qui les avaient laissés veiller. À cet instant la vie semblait plus gaie du côté des caravanes qui avaient des enfants. Angéline marchait aux côtés d'Angelo. Viens mon fils aider ta vieille mère à grimper à son lit ! lui dit-elle. Auparavant, il tapa sa paume contre celle de Simon : Salut, dit-il, puis il regarda le frère fou s'éloigner seul vers sa caravane défoncée. Angéline aussi s'arrêtait pour voir son fils. Celui-là était né sur l'herbe molle d'un petit sous-bois, pensait-elle. Dire que c'était le même ! Elle marchait avec difficulté parce qu'elle avait de l'œdème [1] aux pieds. Angelo prit le bras de sa mère. Comme on vieillit ! songeait-il. Il vérifia d'un coup d'œil que Simon rentrait bien se coucher. Oui, pensait-il, tous deux souffraient à cause des femmes. Et dans son lit, rentrant sa bouche sous les draps afin que sa mère n'entendît rien, il parlait à Esther. L'amour en lui

1. *Œdème* : infiltration séreuse des tissus qui se traduit par un gonflement.

n'avait pas besoin d'écho. Il se contentait de regarder cette femme qui était venue l'habiter, se contentait de l'écouter dire ce qu'elle voulait pour eux et comment elle s'y prenait pour l'obtenir. Et, envers et contre ce que pensaient les autres, il était le seul à croire qu'elle gagnerait. Car elle était une princesse blanche, disait-il. Tandis qu'il parlait, Angéline baissait son visage sévère. Déçue (et peut-être étonnée) que cet amour durât encore.

Le terrain où vivaient les Gitans appartenait à une ancienne institutrice. C'était une vieille femme qui ne faisait qu'écouter Mozart, sans savoir comment le monde changeait. Elle ne voulait pas le savoir, d'ailleurs elle-même avait changé les règles bien avant les autres : les femmes étaient encore au foyer qu'elle avait déjà choisi un métier, elle avait eu deux maris et trois enfants avec chacun. Il y a des squatters sur l'ancien potager, lui disaient ses enfants. Ce sont des Manouches, disait le fils aîné avec mépris. Et elle se demandait comment elle avait pu faire ce fils aussi dur. Elle prenait un air las. D'autres fois elle riait : Qu'est-ce que c'est des squatters ? Je n'ai jamais entendu ce mot. On t'a déjà expliqué, mammy, disait le fils aîné qui avait cessé d'appeler sa mère maman quand il était devenu père. Elle perd la tête, disait-il à ses frères. Mais la vieille institutrice avait une tête bien faite. Elle s'était dépouillée de la convoitise, de tout ce qui est vain et mesquin. La terre du potager pouvait abriter des Gitans. Qu'est-ce qu'ils pourraient déranger ? disait-elle à sa petite-fille préférée, c'est un endroit à l'abandon. Il y a même des enfants, disait le fils aîné à sa mère. Il secouait sa tête comme si c'était honteux. Si j'étais moins vieille, j'irais leur faire l'école, répondait sa mère. Je suis sûre, disait-elle, qu'ils n'y vont pas. Ce fils était sa grande déception. Quelle malchance, pensait-elle, il a l'intransigeance[1] de son père (l'époux

1. *Intransigeance* : caractère intraitable.

qu'elle avait quitté). Mais elle tenait bon : Jamais tu m'entends, jamais je ne porterai plainte contre ces pauvres gens, disait-elle en le regardant dans les yeux.

L'institutrice était morte à la fin de l'hiver. À l'aube, en ouvrant les yeux, elle n'avait distingué ni le jour ni sa chambre, seulement un noir fourmillant de vermisseaux lumineux. Elle s'était dirigée à tâtons vers la fenêtre. Autour de la vitre l'air était glacé. La radio le disait : des sans-abri étaient morts de froid. Cette information lui avait fait penser aux Gitans. Elle se vit jeune institutrice, dans l'émerveillement des enfants, accaparée par son travail et sa famille : elle n'avait pas eu le temps de se préoccuper des autres. Oui, pensa-t-elle, la vieillesse peut servir à cela, donner sa bienveillance, parce qu'on a le temps qu'il faut, parce qu'on n'attend plus avec impatience et colère des choses qui, ne venant pas, nous rendent hargneux envers ceux qui les ont. Elle s'était assise. Qu'ai-je donc à être émue comme cela? se demandait-elle. Elle ferma les yeux, afin d'éteindre leur papillotage doré. Elle croyait peut-être qu'en les ouvrant une fois encore elle verrait la lumière. Elle sentait contre son crâne les cannelures du tissage de rotin. Comme je me sens faible ce matin! pensait-elle, ignorant (parce que c'est si lent qu'on peut ne pas y croire) que son temps était fini. Sa fille vint à midi. En hâte, pressée par le froid, le travail et l'intendance, elle apportait le déjeuner. Maman! appelait-elle, marchant dans la maison silencieuse sans avoir retiré son manteau. La mère était assise dans le fauteuil de rotin. Elle n'avait pas bougé depuis l'instant où elle avait senti les cannelures contre sa tête.

Quelques jours plus tard, la mairie rachetait le terrain aux enfants de l'institutrice. Mammy aurait été triste qu'on chasse les Gitans, murmura la préférée des petites-filles. Le fils aîné la fit taire : C'est une gifle que tu veux? La tribu serait expulsée dès la vente effective, assura l'employé de mairie. Mais, dit Esther, les communes sont obligées de donner un terrain aux gens du voyage, c'est la loi. L'homme se mit à rire. Dans un an c'est les élections, dit-il, si le maire donne ce terrain il perd la mairie. Croyez-vous qu'il le donnera ? Esther ne disait rien. De toute façon ils n'entretiennent rien, dit-il. Comment voulez-vous qu'ils entretiennent si les poubelles ne passent pas, dit Esther. C'est dangereux, dit-il, elles ne veulent plus passer les poubelles. Vous savez donc bien qu'ils sont là ! répéta Esther. Oui, mais c'est pas consigné. Elle était dégoûtée. C'était un dialogue de sourds et de salauds. Personne approche les Gitans, dit l'employé, ces gens-là n'ont rien à perdre. Esther s'en allait. On sait pas de quoi ils sont capables, poursuivait l'autre.

Ils avaient la liberté, le feu et le tempérament. Et toi ta maison elle est à toi ? demanda Moustique à Esther. Oui, à moi et à mon mari. Ta maison elle est comment ? dit Anita. On dirait une maison de poupée, dit Esther. Combien tu gagnes ? dit Moustique. Sept mille, dit Esther. Ouah ! s'exclama Moustique. Il souriait et ses dents tranchaient dans l'ensemble hâlé du visage et du cou. La persistance de sa beauté (sauvage et sans artifice) semblait un miracle. C'était désespérant et sublime, pensait-elle en le regardant. Il n'y avait en lui ni envie ni jalousie, seulement une gaieté juvénile à l'idée de cet argent qu'il n'avait pas. Sept mille ! répéta-t-il, et ils se mirent à rire, Anita attendait à côté d'Esther. Que veux-tu ? dit Esther. J'irai à l'école pas vrai ? demanda la petite fille. Oui tu iras à l'école, dit Esther sans hésitation, es-tu contente ? Oui, dit Anita, mais il n'y avait aucun enthousiasme dans sa voix.

Si les promesses sont sacrées, celles faites aux enfants le sont plus que les autres : l'envie d'Anita fut l'aiguillon d'Esther. Qu'est-ce que tu fous là ? dit Lulu le samedi suivant, c'est pas ton jour. Je suis venue pour que tu saches que j'ai réussi, dit Esther. Quoi ? dit Lulu. Elle dit : Anita ira à l'école à côté. Comment t'as fait ? dit Lulu. J'ai pleuré, dit-elle. Lulu ne comprenait pas. Ouais, dit-elle riant de confusion, j'ai chialé comme une môme. Et alors? dit-il. Alors elle a craqué, dit Esther, la directrice de l'école, elle m'a dit : C'est entendu, votre Anita viendra en septembre, vous avez ma parole. Elle a dit ça? Esther fit signe que oui. Miss! Miss! appelait Lulu. Quoi encore? cria Misia. Elle était énervée qu'on la dérangeât sans arrêt. Elle étendait du linge. Il pleuvait. Esther pouvait entendre la pluie continue et fine tressant le long des choses un pleur[1] inlassable. Pourquoi tu fais ça, il pleut! cria Lulu à sa femme. Je sais pas où le mettre! Viens! dit-il. Non! dit-elle. Miss! continua-t-il en se mettant à rire. Je peux pas avoir cinq minutes tranquilles! Esther cessa de les écouter. Elle se retrouvait dans le bureau en face des dessins d'enfants. C'étaient peut-être les dessins qui lui avaient donné ce qu'il fallait pour parler : ne plus se soucier de rien, ni de ce qu'on est, ni de ce qui se passera, ni de ce qu'on en pensera après. Assise dans la petite pièce, elle avait laissé ses yeux filer droit dans ceux de la directrice. Elle s'était mise à parler, et à la fin elle suppliait, elle pleurait, elle suppliait que l'on inscrivît cette enfant dans cette école. Impossible de se souvenir comment c'était venu. Elle avait parlé des Gitans (mais sans prononcer ce mot qui a le don de les effrayer tous). Elle avait dit ce qu'elle faisait avec les enfants, sa sympathie pour la grand-mère, la beauté de Misia, les chants de Nadia, le feu, le froid, cette atmosphère, insolite certes mais qui (elle insista) n'était pas dépourvue de grâce. Je leur lis des histoires, avait-elle expliqué, et elle avait énuméré des histoires belles et célèbres que la directrice pouvait reconnaître, *La Petite Marchande d'allumettes, Le Chat botté, Barbe bleue*... Ils savent se taire et écouter, disait-elle. Elle était soudain fervente et sûre de son fait. Ils aiment la lecture, ils entrent là-dedans comme tous les enfants (la directrice semblait intéressée). Ils m'empruntent même des livres. Elle dit : Ils sont capables d'application et de

1. *Un pleur* : des larmes (langage soutenu).

curiosité. Ils sont semblables à n'importe lesquels des enfants qui sont ici. La seule chose qui les différencie, murmura-t-elle, c'est que leurs parents ne savent ni lire ni écrire et qu'ils n'ont pas de maison. Et c'était à ce moment, en disant cela, qu'elle s'était mise à pleurer. C'était monté d'un coup, une émotion qui la submergeait à l'idée du terrain gris et boueux. Anita embrassait les livres quand elle en aimait l'histoire. Je vous en supplie ! avait dit Esther. Oui, elle avait dit cela : Je vous en supplie. (Car on peut supplier, c'est possible.) Et l'autre avait été surprise, prise de court. Mais elle avait été touchée. Quand Esther était sortie du bureau, avec son visage défait, la directrice était devenue gentille. Ce n'était plus la figure droite et vénéneuse[1]. Elle réconfortait Esther. Je vous le promets, vous avez ma parole, disait-elle. Et finalement, elle avait posé une main sur l'épaule d'Esther, et ce geste disait : J'ai de l'estime pour ce que vous faites.

Lulu prit Esther par le bras. T'as plus rien, dit-il, plus de maison. Elle le regardait sans comprendre. Qu'est-ce que tu fais si t'as plus rien ? Elle dit : J'ai une famille, des amis… T'as plus personne, dit-il, qu'est-ce que tu fais ? J'ai un métier, je retourne infirmière, dit-elle. Il continuait. Tu peux pas, dit-il. Je fais caissière, vendeuse… Tu peux pas, dit-il. Elle se mit à rire. Je m'assois sur le trottoir et je pleure, dit-elle. La caravane là-bas, c'est pour toi, dit-il. Merci, dit Esther. Misia avait fini d'étendre le linge et il ne pleuvait plus, elle venait vers eux en s'essuyant les mains sur sa jupe. Alors, qu'est-ce que c'est ? dit-elle, pourquoi tu m'appelais comme ça ? Ta fille va aller à l'école, dit Lulu. La fierté dévastait tout son être. On eût dit qu'il tremblait. C'était la chose la plus surprenante qu'il eût jamais dite à sa femme. D'ailleurs elle resta silencieuse, pas certaine d'avoir compris. Esther

1. L'image du poison traduit l'antipathie qu'elle inspire à Esther.

acquiesçait. C'est toi qui as réussi ça, dit Misia. C'est normal, dit Esther, tous les enfants de France vont à l'école. Mmm, fit Misia. Elle allait dire qu'ils n'étaient rien ici. Esther sut qu'elle allait le dire encore cette fois. Ne dis rien, dit Esther. Ne dis plus rien et réjouis-toi : Anita ira à l'école. C'est sûr maintenant.

VII

Esther n'avait pas menti : quand elle lisait, les enfants étaient attentifs et heureux. « Une grenouille vit un bœuf qui lui sembla de belle taille… » Nenni ! Nenni ! répéta Michaël en riant. Tais-toi, on entend plus ! dit Anita. Ah ! c'est dégueulasse ! s'exclama Michaël quand la grenouille eut crevé. Et maintenant la morale ! dit Mélanie fière d'imiter Esther. La morale ! dit Esther. Elle lut : « Le monde est plein de gens qui ne sont pas plus sages : tout bourgeois veut bâtir comme les grands seigneurs, tout prince a des ambassadeurs, tout marquis veut avoir des pages[1]. » J'ai rien compris, dit Michaël. Il fallait expliquer tous les mots. Elle les prit un à un. Les enfants comprenaient vite. Elle relut la fable entière. Cette histoire de grenouille leur plaisait beaucoup. Ils s'esclaffaient. Assise devant son feu Angéline les entendait. Elle s'approcha du groupe. Jamais ils rigolent comme ça avec nous, dit-elle à Esther. T'as fini ? À l'instant, dit Esther.

Une fumée noire sortait du feu. Je vais bientôt partir en vacances, dit Esther. Tant mieux pour toi, dit Angéline, t'as l'air fatiguée. Pourtant je ne le sens pas du tout, dit Esther. C'est tellement actif les mères que ça

1. On aura reconnu la morale de la fable de La Fontaine, *La grenouille qui se veut faire aussi grosse que le bœuf.*

sent jamais, dit la vieille. Pour la fin de l'année, dit Esther, je voudrais faire une sortie, j'ai pensé emmener les enfants au zoo. Les yeux de la vieille s'allumèrent, deux pépites. Sa peau luisait autant que ses yeux. Il lui vint un sourire. On ira tous, dit-elle. Tous au zoo avec toi, c'est une belle idée, répéta-t-elle, son visage balayé par le plaisir.

À neuf heures ils étaient prêts. Angéline avait toujours l'or dans ses yeux. Les trois belles-filles étaient à côté d'elle. Un petit camion bâché roula dans la terre à demi sèche. Les enfants poussèrent des cris et sautillèrent autour jusqu'à ce qu'il s'arrête. C'est qui ? demanda Angéline en désignant le chauffeur. Un ami qui prête le camion, dit Esther. Anita et Carla s'approchèrent d'Esther. Elles venaient lui offrir une rose jaune. Djumbo battait des mains. Ils l'avaient cueillie dans un des jardins avoisinants. Ils montèrent à l'arrière du camion, les enfants, les trois mères, et Esther qui laissait la place du devant à la vieille. Où c'est qu'on va au zoo ? dit Mélanie. Y a quoi comme animaux ? dit Michaël. Est-ce qu'on verra des lions ? dit Carla. À chaque réponse d'Esther, ils hurlaient de joie, de fausse terreur et d'impatience. Le camion sautait, ils s'amusaient à se tomber les uns sur les autres et se repoussaient et criaient. Ça suffit ! dit Misia. Oui, dit Nadia, tenez-vous tranquilles sinon on vous ramène à la maison.

Au zoo. Ils couraient. Lis-nous ! Lis-nous ! criaient-ils en pointant l'index vers les plaques d'information. Et quand Esther avait fini de lire et d'expliquer, ils appelaient Angéline qui savait se réjouir avec eux. Grand-mère ! Grand-mère ! La vieille essayait de courir. Il faisait beau, au soleil son visage luisait plus que d'habitude. Ça existe un zèbre ! s'exclama Michaël. Les autres partageaient le même étonnement. Enfants et parents riaient pareillement. Les tigres tournaient en rond dans leur cage. Tu les vois les tigres, disait Misia à Djumbo qu'elle portait. Les pauvres, ils seraient mieux en liberté. Ouais mais on pourrait pas les voir, objecta Anita. Le paon faisait la roue. Les singes se mordaient, s'épouillaient et se poursuivaient, ils s'approchèrent du groupe derrière les grillages. Dans le pelage noir leurs yeux étaient jaunes comme ceux d'Angéline. Parents et enfants étaient pris de fou rire. Les singes essayaient de les toucher à travers le grillage. Anita se recula en criant. Angéline dit : Ils ont des mains humaines. Ils avaient de belles mains, étroites et longues, et leurs doigts étaient souples. Qu'aurait-on lu dans ces paumes-là ? se demandait la vieille. Elle n'en détachait plus les yeux, extasiée devant leurs postures.

Tout comme nous ! disait-elle. Les mères avec les petits avaient des gestes protecteurs. Que c'est beau, que c'est beau, murmurait Angéline. Esther suivait les enfants. Où on va ? demandaient-ils. Où vous voulez, répondait-elle. Ils s'en allèrent voir les éléphants. C'est pas normal ces dents qui lui sortent comme ça ! dit Milena en regardant les défenses. Esther dit : Ce ne sont pas des dents, ce sont des défenses. Il fallait tout expliquer. À quoi ça lui sert ? dit Milena. Maintenant ça ne lui sert plus à grand-chose ! dit Esther en riant. Mais l'autre ne riait pas, elle voulait une vraie réponse. Anita perdit sa chaussure de tennis dans la fosse des ours. Un ourson s'amusa avec les lacets puis commença de la manger. Les cousins riaient. C'est ma chaussure d'école ! répétait Anita en pleurnichant. Ils avaient joué avec des graviers, elle avait les ongles et les mains noires. Des visiteurs embrassaient d'un long regard l'équipage étrange que formaient ensemble la vieille en noir, les grandes jupes des mères, les broussailles de cheveux des enfants, toutes ces jambes grises et nues dans les chaussures déformées. Les Gitans ne voyaient personne. Ils déjeunèrent à l'ombre sous d'énormes marronniers. Les feuilles, qui n'avaient pas atteint leur plus grande taille, étaient bordées de la lumière qui pouvait encore filtrer. Un tremblotement de soleil frappait les yeux de Mélanie et elle jouait avec le point mobile en riant. Nadia souriait à sa fille en lui tendant des sandwichs. Les femmes avaient préparé un pique-nique pour Esther. Mange! disait Angéline. Leur gaieté faisait du bruit. Mange! répétait la vieille.

Au retour, dans le camion, ils étaient fatigués. Les jambes d'Angéline étaient énormes. Mettez les pieds en l'air, dit Esther. La vieille les hissa jusqu'au tableau de bord. Ses chaussons noirs en tissu velouté avaient deux trous effrangés. Angéline bougeait ses orteils en rigolant. Ça vous a plu? demanda Esther. Oui! crièrent ensemble les enfants et les mères. Nadia riait. Elle semblait particulièrement heureuse et Esther remarqua comme elle était jolie quand elle souriait. Où on ira la prochaine fois? demanda Misia. Je ne sais pas, dit Esther, où avez-vous envie d'aller? À Paris? demanda-t-elle. Ils ne répondaient rien. À l'Arc de triomphe? dit Esther (mais ils ne savaient pas ce que c'était). À la tour Eiffel? Au Louvre? dit-elle. Nadia sembla s'éveiller. Au Louvre? On peut aller au Louvre, nous? dit-elle.

Quatrième partie

I

Une chose à l'école chagrinait Anita : c'étaient les coiffures des autres petites filles. Elle regardait les nattes, les couettes, les macarons et les chignons, et elle n'écoutait plus ce que disait la maîtresse. Personne jamais ne la coifferait de cette façon. Anita avait les cheveux dans tous les sens. Ils étaient rarement lavés : à les garder mouillés quand il faisait froid, on risquait d'attraper mal, disait Angéline. Anita ne s'était pas souciée de cela jusqu'à présent. Quand un cousin se moquait, elle se battait avec lui. Mais cela n'arrivait pas souvent (car ils étaient pareillement mal peignés). En classe, tout était différent : sous le regard des gadjé, elle fut certaine qu'elle ne leur ressemblait pas. Ils l'appelaient la Tsigane et elle avait les jambes toutes bleues à force de recevoir des coups de pied (mais elle avait obéi à Esther, elle n'avait ni rendu ni provoqué). Ils disaient : T'es sale comme une crotte. Et elle savait que c'était vrai. Elle le savait même mieux que ceux qui le disaient. Le bain, c'était tous les quinze jours, quand les mères avaient eu le courage de remplir les bidons entiers... Jamais ils n'auraient cru qu'elle se baignait seulement tous les quinze jours. Eh ! p'tite crotte ! faisaient-ils pour l'appeler. Et elle se retournait. Oui ! elle se retournait ! C'était un réflexe, elle ne pouvait s'en empêcher : elle entendait que c'était à elle qu'ils s'adressaient. Petite crotte! À qui pouvait-elle répéter ça? Désormais en s'éveillant elle n'avait que quelques minutes de répit, elle pensait que c'était encore jour d'école et elle faisait semblant de dormir. Les autres ne voyaient rien de ce manège parce qu'ils dormaient aussi.

Elle ne parla à personne. Intimidés par leur propre enfant, Lulu et Misia ne posaient aucune question. À l'heure de la sortie des classes, Misia restait sur le trottoir sans se mêler aux mères. Puis Esther recommença les mercredis matin de lecture. As-tu commencé à apprendre les lettres? demanda-t-elle. On a pas commencé le travail, dit Anita. Son air était renfrogné. Esther entreprit de choisir un livre. Mmm! fit-elle, je vais vous raconter une histoire triste qui se finit bien, dit-elle. C'est une histoire entièrement vraie, dit-elle. Elle est arrivée à une petite fille qui était sourde-muette et aveugle. Cette petite fille s'appelait Helen Keller[1], dit Esther en vérifiant que les enfants étaient bien installés. Ils ne bougeaient plus. Elle raconta le silence absolu et la nuit noire qui avaient enveloppé Helen. Les petits étaient calmes et concentrés. Leurs yeux noirs comme la nuit d'Helen étaient accrochés au visage d'Esther. Seule Anita n'écoutait pas. Quelque chose ne va pas n'est-ce pas? lui demanda Esther quand elle eut fini de lire. C'est à cause de l'école? Anita ne voulait pas parler devant les autres. Viens, dit Esther. Viens me dire ce qui te tracasse, dit-elle en entraînant la petite fille. Elle s'agenouilla. On est des Manouches, dit Anita, et je serai jamais à ma place dans cette école. À cet instant elle aurait voulu se calfeutrer[2] à

1. L'Américaine Helen Keller (1880-1968) devint aveugle, sourde et muette à l'âge de dix-neuf mois. Prise en charge à partir de 1887, la fillette apprit à lire, écrire et parler. Plus tard, elle obtint des grades universitaires et écrivit *Histoire de ma vie* (1902) et *Le Monde où je vis* (1908).

2. *Se calfeutrer* : se réfugier, s'enfermer.

jamais dans la plus totale ignorance, ne plus avoir à connaître le monde et ce qu'il sait. Elle répéta : Non c'est sûr, ça pourra pas être ma place. Ne dis pas cela, attends un peu de voir, dit Esther, tu peux te faire des copines. C'est toujours difficile d'être nouvelle dans une classe, on ne se fait pas une place du premier coup. C'est tout vu, bougonna Anita, personne sera copain avec une Gitane. Promets-moi de ne pas abandonner tout de suite, dit Esther, j'ai juré que tu valais les autres. J'ai dit comme tu aimais les livres. Elle se releva parce qu'elle avait des crampes. Ce n'est pas vrai ? demanda-t-elle à la petite fille muette. L'autre gardait les yeux baissés. Tu ne veux pas me faire mentir ! dit Esther. Anita fit un signe de la tête. Alors ? dit Esther. Ben... dit Anita, l'école c'est pas du tout comme toi. La maîtresse elle me regarde pas, dit-elle. Esther dit : La maîtresse ne peut pas regarder tout le monde. Vous êtes plus nombreux qu'avec moi. Non, dit Anita (et elle était capable de sentir les affaires humaines), elle *veut* pas me voir. Montre-lui que tu connais des choses, raconte-lui les histoires que nous lisons, dit Esther. Anita ne disait rien. J'ai même pas envie de lui parler, marmonna-t-elle. Allez ! dit Esther, haut les cœurs ! fais un effort ! C'est pour toi, dit Esther, ce n'est pas pour elle. Anita grogna un acquiescement sombre. Allez va ! Et Esther la regarda courant pour rejoindre les autres.

Qu'est-ce qu'elle voulait ? demanda Michaël. Rien, dit Anita, laisse-moi tranquille. Oh ! fit-il, tu nous ennuies ! On s'en fout nous de ton école, on a trouvé cinq francs ce matin, dit-il en exhibant la pièce qui remplissait d'argent sa paume grise. Et toi, demanda-t-il à sa cousine, t'as trouvé combien ? Anita se mit à pleurer. Allez tiens ! dit Michaël en lui donnant une pièce de vingt centimes. Il la regarda avec prévenance[1] et curiosité. Qu'est-ce que t'apprends à cette école ? dit-il. Rien !

1. *Avec prévenance* : de manière attentionnée.

dit-elle. Elle en avait assez que l'on fût après elle à lui demander ce qu'elle apprenait. Est-ce qu'on leur demandait à eux ce qu'ils savaient ? Elle regarda autour d'elle avec un visage si tendu qu'il avait perdu son enfance. Un sourire à peine perceptible détendit ses traits. Misia venait de poser Djumbo par terre. Il appuyait sur un ballon à demi dégonflé. Anita courut jusqu'à son petit frère. Elle l'embrassa sur les cheveux. T'es mignon toi, t'es tout mignon, disait-elle d'une voix flûtée, et de nouveau elle se baissait pour l'embrasser, l'entourer avec ses bras. Il voulait marcher et se mit à crier. Laisse-le ! cria Misia de loin. Anita prit la main de Djumbo pour le faire marcher. Il n'était plus qu'un sourire. Tu ressembles à un lapin ! lui dit-elle, car il avait quatre dents en haut et quatre en bas qui paraissaient immenses dans sa figure. Elle s'arrêta. Mon petit Djumbo d'amour ! dit-elle en serrant sa tête ébouriffée contre lui. Fais un baiser à Anita, et il approcha sa tête contre celle de sa sœur. Avec la bouche ! disait-elle. Avec la bouche ! Mais il ne savait pas encore embrasser. Il aperçut un caillou, le saisit et le mit dans sa bouche. Crache ! disait Anita, et elle lui fourrait ses mains grises pour le rattraper. Il se remit à crier. Anita le prit dans ses bras pour le faire taire. Chut ! disait-elle en l'embrassant, arrête-toi un peu de crier, et comme il lui tirait les cheveux, elle poussait des piaillements pour jouer.

Sur les murs du bureau de la directrice, des poésies s'étaient ajoutées aux dessins des enfants. Je voulais justement vous voir, dit la directrice. Ça ne va pas du tout avec Anita, elle est absente presque un jour sur deux. Elle n'avait pas perdu le discernement[1] qu'elle avait eu pour accepter Anita dans son école, mais elle était intransigeante (comme on l'est lorsqu'on prête aux êtres une responsabilité de ce qu'ils sont). Elle parlait à Esther comme si Misia n'avait pas existé. Esther ignorait ce qui

1. *Discernement* : bon sens.

se passait chaque jour sur le terrain. Oui, répéta la directrice, Anita manque sans arrêt la classe. Dans ces conditions elle ne peut rien faire de bon, sa maîtresse me l'a confirmé. Je comprends, dit Esther, je vais parler à ses parents.

Elle fut d'abord en colère : ils ne saisissaient pas la chance quand elle se présentait. Misia ! appela Esther. Misia portait Djumbo sur sa hanche, et il riait parce que sa mère le secouait en marchant vite. Pourquoi t'es venue si tôt ? dit Misia, les enfants sont pas prêts. T'es chic dis donc ! Elle souriait. J'ai besoin de te parler, dit Esther. Je reviens de l'école, la directrice n'est pas contente, elle me dit qu'Anita n'arrête pas de manquer. Elle manque seulement le matin ! s'étonna Misia. Et elle était aussi ignorante qu'innocente, car les règles de conduite s'apprennent et ne s'inventent pas. Il faut qu'Anita aille à l'école tous les jours ! insista Esther. Elle ne doit être absente que si elle est malade. Misia hocha la tête. Tant de persévérance lui semblait impensable. L'école, dit Esther, il ne s'agit pas d'y aller seulement de temps en temps. Misia ne disait rien. Qu'est-ce qui se passe ? demanda Esther doucement. Tu ne le savais pas ? C'est ça ? dit Esther, tu ne le savais pas ? L'autre restait murée[1]. Parlez-moi ! cria Esther. Je ne peux pas vous aider si vous ne me dites rien ! On en veut pas de ton aide ! hurla Simon qui écoutait tout. Esther sursauta, elle ne le voyait jamais s'approcher, il marchait comme un fauve. Fous le camp ! cria Misia à son beau-frère. Elles s'en allèrent vers la caravane. Lulu bloquait l'entrée. Laisse-nous, dit Misia, faut qu'on parle toutes les deux. Elles étaient maintenant assises à la petite table de contreplaqué. Misia parlait. Anita le matin elle dort, disait-elle, j'ai pas le cœur de la réveiller. Et d'ailleurs moi je dors aussi. Et sans ça je tiendrais pas. Qu'est-ce que tu crois qu'on fait à quatre là-

1. *Murée* : enfermée dans son silence.

dedans ? demanda-t-elle. On gigote, on ronfle (et elle ne parlait pas du souvenir de l'enfant qui manquait et qui devait lui aussi, tout silencieux qu'il était, l'empêcher de s'endormir en paix). On peut pas dormir, dit-elle. C'est pour ça qu'elle manque. Esther laissa paraître son abattement. Alors, dit-elle, que fait-on ? Misia hocha la tête, elle n'en savait rien. On est pas des gadjé, dit Misia, oublie pas. Elles retournèrent dehors. Les petits Gitans ils se sont toujours couchés tard, conclut Misia. Le temps se couvrait. Il va pleuvoir, dit Misia, y aura encore de la boue. Vivement que ça sèche vraiment, dit-elle en enfonçant la pointe de sa chaussure dans le sol. Qu'est-ce que c'est là qui se passe ? demanda Angéline. On bavardait, dit Misia. De quoi vous bavardiez ? Comme vous êtes curieuse ! s'exclama Esther. Elle voyait que Misia ne voulait rien confier à sa belle-mère. Où il est mon fils ? demanda Angéline en promenant ses yeux sur les camions. Misia ne répondait pas. On l'a vu tout à l'heure mais pas depuis, dit Esther. Elle regardait Angéline, sa rotondité[1] dans le frémissement du vent. Quelque chose en elle avait changé, Esther le pensa sans s'y arrêter. Des rats se battaient sous la caravane, elle entendait leurs glapissements aigus. Tu viens plus bavarder, dit la vieille avec regret. C'est vous qui ne me racontez plus rien ! dit Esther. Anita arrivait portant Djumbo contre son ventre. Donne-le, dit Misia. L'enfant riait d'être suspendu et ballotté. Sa mère l'installa par terre avec une boîte de conserve remplie de petits cailloux. Il les suçait puis les remettait et tournait avec une fourchette tordue. Anita tira le chandail d'Esther. Je t'écoute, dit Esther. Non ! viens ! insista Anita. Esther suivit la petite fille. Tu pourrais me faire des couettes ? dit Anita. Bien sûr, dit Esther. Elle sortit de son sac un peigne. Tu as des élastiques ? demanda Esther en même temps qu'elle démêlait un

1. *Rotondité* : rondeur.

nœud en tenant à la racine les cheveux emmêlés. Anita n'avait rien. Il n'y avait nulle part trace de cordon, de ruban ou d'élastique. J'en apporterai mercredi prochain, dit Esther. Anita se mit à pleurer. Maintenant, pleurnichait la fillette. Misia se mit en colère : Anita, à force, devenait gâtée pourrie. Esther avait le cœur serré. Elle se pencha et défit ses lacets. Anita eut une moue de plaisir. On a même pas commencé la lecture ! criaient Michaël et Mélanie assis sur le rebord du trottoir. Ils attendaient. T'es chiante ! dit Michaël à Anita. Ouais, dit Mélanie, heureusement qu'on est pas comme toi à demander des coiffures ! Personne t'empêche d'en demander ! dit Anita. Si, dit Mélanie avec un air sérieux, j'aime pas demander. D'où elle sort ça ? ! s'exclama Anita méprisante. C'est ma mère qui le dit. C'est que des conneries, dit Anita, quand on demande rien on a rien. C'est pas des conneries et c'est toi qu'es une connerie, dit Mélanie. T'es conne ! Que t'es conne ! répétait Mélanie. La troisième fois Anita lui donna un coup de pied et détala avant de s'arrêter pour narguer sa cousine incapable de l'attraper. Oh les pestes ! cria Misia, vous arrêtez ! Elle avait tout vu.

Cette école d'Anita n'était pas une bonne chose pour les autres, et peut-être pour elle non plus, se mit à penser Misia. La petite est pas bien depuis qu'elle y va, répétait-elle à Lulu. Il avait plus de clairvoyance que son épouse. Ça passera, disait-il en caressant le dos de Misia, et après elle sera contente de savoir lire. Misia hochait la tête, elle n'en était pas certaine. Peut-être que faut l'enlever de là, répétait-elle en voyant les jambes bleues de sa fillette, et elle caressait les petits mollets maigres avec des yeux pleins de larmes. C'est vrai que c'est difficile pour vous et pour elle, dit Esther. Mais, dit-elle, ça vaut le mal, crois-moi. La gadjé a raison, disait Lulu à sa femme, y a plus rien de possible aujourd'hui quand tu sais pas lire. Et Misia ne répondait rien : c'était leur propre condamnation que signalait son époux.

Esther fit des couettes à Anita. Anita désigna Mélanie : Elle ose rien demander ! Allez, viens par là ! dit Esther et elle tressa une natte à Mélanie. Comme elles sont moches ! disait Michaël en ricanant. Lecture maintenant ! dit Esther en rangeant son peigne. Les filles touchaient leurs cheveux. Esther sortit une petite glace de son sac. Regardez-vous ! dit-elle. Elles riaient de se voir coiffées (et c'était vrai qu'elles étaient transformées). On peut dormir avec ? demanda Anita. Les autres étaient déjà sur le bord du trottoir. Il était une fois !... dit Michaël très enjoué. Il avait envie qu'Esther commençât de lire. Oui ! dit Esther, ça vient ! « Il était une fois un bûcheron et une bûcheronne qui avaient dix enfants. » Je sais ! cria Michaël, c'est *Le Petit Poucet.* Non, dit Esther, écoute la suite. « Lorsque la mère mit au monde un onzième enfant elle pleura. Le grand loup de la forêt surprit son désarroi. La nuit suivante il vint prendre le petit bébé [1]. » C'est pas du tout comme dans *Le Petit Poucet* ! dit Anita. Tu vois que tu connais des choses, dit Esther. Elle continua de lire. Comment le bébé pouvait téter le loup ? demanda Anita. La louve possède sous le ventre un collier de seins, expliquait Esther. Et comment le lait sort ? demanda Michaël. Le lait sort par un petit trou au bout du téton, dit Esther. Comme chez les femmes, dit-elle, mais les femmes n'ont que deux seins. Moi aussi on me tétera ! dit Anita résolument. Et moi aussi ! dit Mélanie. Et moi aussi, dit Michaël. Ils riaient en mettant leurs mains sur leur ventre et Esther riait aussi et le vent emportait tous ces rires. Tu sens toujours pas la mer ! ? disaient-ils ces jours de bourrasque. Esther secouait la tête. Pff ! faisait Michaël, *t'as* pas de nez !

Anita dit : Je vais savoir nager et pas vous ! Elle avait un ton de chipie mais les autres ne réagirent pas. Je vais

1. Il s'agit d'une œuvre de Marie-Hélène Delval, *Un petit loup de plus.*

nager comme un poisson, répéta-t-elle. On a compris ! dit Carla. Fiche-nous la paix ! dit Mélanie. Toi tu serais trop grosse pour te mettre en maillot, lui dit Anita. Mélanie la gifla. Tu vois comment ça fait ! dit Misia à Lulu. Elle n'en pouvait plus. Ils n'arrêtaient plus de se chamailler à cause d'Anita. Lulu s'en alla vers son camion, s'installa sur le siège du conducteur et se roula une cigarette. Oh ! non ! il ne voulait plus avoir cette discussion : Anita avait la chance d'aller à l'école, elle irait. Il allait parler aux petits. Ils comprendront pas ! disait Misia. Les enfants, disait-elle, c'est comme ça, ça veut les choses tout de suite. Bien sûr qu'ils comprendront ! disait Lulu, c'est pas des idiots. Elle haussait les épaules. Vous irez tous à l'école ! dit Lulu aux enfants. Vous ferez tous ce que fait Anita cette année ! Même la piscine ? demanda Mélanie inquiète. On se débrouillera, dit Lulu, comme pour Anita. Il avait pour leur parler une voix douce qui rompait avec ses manières habituelles. Les enfants se mirent à rire. Lulu les laissa à leurs bavardages.

II

Anita alla pour la première fois à la piscine. Misia avait d'abord refusé. Non seulement sa fille était sale, mais elle n'avait pas d'affaires. Esther donna un sac, une serviette, et un costume de bain qui avait appartenu à une de ses nièces. C'était un maillot à petites fleurs avec un volant à la hauteur des fesses. Oh le sac ! dit Anita. Elle devint toute rouge en découvrant le maillot. C'est pas ce qu'on appelle un body[1] ? demanda Misia. Elles étaient

1. *Body* : sous-vêtement féminin coupé comme un maillot de bain une pièce.

contentes avec le maillot et le sac, et Angéline dit comme dans un songe : Tu sauras écrire et nager. Elle ne savait ni l'un ni l'autre. Esther regardait Simon qui faisait danser ses jambes au-dessus du feu. Pauvre garçon, dit Angéline, sa femme est partie quand même. Elle a emporté les enfants, comme si elle les avait faits toute seule. Ah ! fit Angéline, c'est comme j'avais dit : on les voit plus les filles. Et le Simon, qu'est-ce qui lui restait maintenant ? demandait-elle. Il avait un paquet de dopes[1] et sa folie, disait-elle. Qu'est-ce qui pourrait bien l'atteindre maintenant que les gosses étaient parties ? Il est libre et pas vulnérable[2]. C'est ça qui nous fait peur. J'aime beaucoup vous écouter parler, dit Esther. La vieille eut une grimace : Je me demande pourquoi, dit-elle. Ce n'était pas une question, mais Esther dit : Vous avez votre manière de voir les choses. Pour ça oui ! dit Angéline (elle riait), mais quelquefois je me trompe ! Tu vois par exemple, cette ville (elle désignait du bras le ciel et la terre ensemble), je l'ai rêvée toute ma jeunesse. Elle dit : Rien que dire le nom, j'en tremblais comme un jeune bouleau. Et même que j'avais la chair de poule à y penser. Oui ! les poils de mes bras ils se dressaient ! Et mon mari il rigolait, mais c'était pas plus qu'il faisait. Il voulait pas bouger de la campagne. Je me demande bien pourquoi j'avais pris ce mari, dit-elle. Mais je m'en moquais à la fin de me coucher à côté de lui qui ronflait. J'écoutais le sommeil de mes petits (elle chercha des yeux ses garçons), ils étaient beaux. Elle fut un instant dans sa contrée de passé et de mémoire, froide comme la terre où reposait l'époux qui l'avait connue vigoureuse et belle. Ils étaient couverts de soie[3], dit-elle, je les mor-

---

1. *Dopes* : drogues auxquelles sont assimilés les médicaments que prend Simon.
2. *Vulnérable* : sensible.
3. *Soie* : le mot désigne les poils fins qui couvrent le corps des très jeunes bébés.

dillais, je les embrassais et je les battais. Qu'est-ce qu'on avait d'autre dans la vie que se caresser pour le plaisir, se disputer pour le soulagement et s'endormir pour l'oubli ? demandait-elle. Et comme Esther riait à sa question, la vieille confirma : Ouais ! dit-elle. Ils crurent qu'elle avait fini de parler et Misia sembla s'ébrouer. Mais Angéline reprit : S'aimer, comme il faut et de travers, puis se reposer de l'amour, y a rien d'autre à faire ici-bas. Faut trouver quelqu'un à aimer. Tant que j'ai eu mon homme, dit-elle, je l'ai pas quitté et j'ai jamais vu cette ville qui me faisait rêver. Et pourtant, dit-elle, j'aimais pas bien la campagne. Et maintenant cette ville vous l'avez, dit Esther. J'ai rien du tout, dit Angéline. Non, je suis pas folle, j'ai rien. Elle s'arrêta. Puis recommença, comme ébranlée à penser soudain son sort : J'ai rien et je veux rien, je demande plus. Ses joues luisaient tellement qu'on aurait pu les croire mouillées. On a toujours envie de quelque chose, dit Esther émue. Angéline secoua la tête : Non. Esther dit : Vous n'avez envie de rien ? L'autre secouait toujours la tête et cela ne ressemblait qu'à la vérité : ce qui se perdait dans la misère c'était aussi le désir et l'élan vers l'avenir. Nous chercherons de quoi vous avez envie en premier, déclara Esther. Ils eurent un sourire las. Oui, pensait-elle, ils trouveront ce qu'ils veulent, et je ne dirai rien, même si je trouve leurs désirs idiots.

Il vint que le plus important pour les femmes était d'avoir l'eau. Et aussi le RMI[1] pour ceux qui ne l'avaient pas. Mais ce fut long à dire. Elles avaient tout à coup un air stupide, avec leurs yeux figés et restant ainsi à ne rien dire. Nadia avait une expression étrange, comme si elle avait mal de se poser la question de ses rêves (elle était déchirée[2] mais c'était par autre chose). Vous avez bien

1. *RMI* : Revenu minimum d'insertion.
2. *Déchirée* : tourmentée.

envie de quelque chose tout de même ! disait Esther. Qu'est-ce qui vous fait rêver ? demanda-t-elle, essayant de présenter la question d'une manière simple. Elles se tortillaient dans leurs jupes qui froufroutaient, et c'était le seul bruit qu'on entendit pendant plus de cinq minutes : frr frr. Puis Misia dit : On a plus de réchaud. Oui, dit Milena, il est complètement fini, on en tirera plus rien de ce réchaud. Combien ça coûte un réchaud ? demanda Esther. Je sais pas, dit Misia, dans les trois cents. Bon, dit Esther, notons qu'il faudra racheter un réchaud. Elle écrivit sur la feuille entièrement blanche. On pourra jamais se le payer, dit Milena, sauf à l'acheter magouille[1] ou à le voler. Pour l'instant on fait la liste, dit Esther. Elles étaient retombées dans leur silence. Et encore ? dit Esther, quoi d'autre encore ? Ce n'est pas moi qui répondrai à votre place, dit-elle. Elle voulait bien animer la discussion mais elle se refusait à dire quoi que ce soit. Angéline dit qu'elle voudrait des bûches. De l'acacia, elle dit, c'est ça qui dure le plus longtemps. Y a pas que le feu, murmura Misia pour elle-même. Mais la vieille avait l'oreille fine. Elle dit : Si t'as le feu, ça va. Pour le reste faut pas rêver ma fille. Au contraire ! s'exclama Esther, moi je vous demande pour cette fois de rêver. Mais la vieille avait énervé Misia et le ton était brisé. Misia dit qu'elle était fatiguée. On marche pas ici, dit-elle. Et le RMI, dit-elle, c'est pour qui le RMI ? ! Elle dit : Les Gitans, on est là mais personne nous voit. Le RMI, c'est pas pour nous. Esther dit : Mais pourquoi les hommes n'essaient-ils pas de trouver des petits boulots ? Angéline lui jeta un regard d'or : elle n'aimait guère que l'on critiquât ses fils. Je n'attaque pas les hommes ! s'exclama Esther, je cherche des idées. Elle se retint de rire devant l'air courroucé de la vieille. Elle dit : Lulu et Angelo sont costauds,

1. « Magouille », employé ici comme adverbe, évoque une transaction suspecte.

ils pourraient se faire déménageurs. Non, dit Misia, ils peuvent plus. Comment ça ? dit Esther. Ils ont fait un cambriolage dans un immeuble où ils déménageaient un locataire… Esther ne disait rien. Milena termina l'explication : Ils ont été reconnus, virés, ils sont grillés partout. Elle s'arrêta ; Lulu arrivait. Et nous, dit-il, personne nous demande ce qu'on veut ! Si, dit Esther, justement dites-le-nous, on vous le demande. Elle était agressive : cette désinvolture[1] l'agaçait quand les enfants vivaient au milieu des rats et des tessons de bouteilles, attendant qu'on leur jetât leur ration, et toujours à risquer des accidents. Elle répéta : Oui ! dites ce que vous voulez. Lulu s'était tu : plus un mot. Et lui aussi avait trouvé son regard béat. Des maris comme ça ! s'exclama Esther, ça ne vaut pas tripette[2] ! Elle se moquait, mais elle vit que les femmes ne riaient pas. Ce qu'on voudrait c'est pouvoir travailler, dit Lulu, les mains d'Esther firent un geste qui signifiait : essayez au moins de chercher. Les boulots qu'on pourrait faire, tu crois que c'est quoi toi ? demanda Lulu. Elle n'avait pas répondu qu'il disait : Tu crois que ça me plairait de ramasser des papiers au bout d'une tige dans le parking du supermarché ? Il dit : De me balader avec mon sac en plastique et ma blouse marquée « nettoyage », pendant que les autres ils font leurs courses, posent leurs yeux sur moi comme si j'étais transparent, bon à mettre dans le sac avec les papiers gras. Tu crois pas que ça peut détruire ? Et pourquoi ça serait pas plus simple d'apprendre aux cons à pas jeter leurs papiers ? J'ai mon honneur ! dit-il, moi je suis ferrailleur[3]. Lulu conclut : Je voudrais de l'essence pour pouvoir travailler.

1. *Désinvolture* : ici, laisser-aller.
2. *Ça ne vaut pas tripette* : expression familière signifiant « ça ne vaut rien ».
3. *Ferrailleur* : personne qui fait le commerce des morceaux et objets de fer qu'il récupère.

Voilà ce que je voudrais ! Je te le dis ! cria-t-il énervé. Mais Esther s'emportait aussi. Et les jambes ! disait-elle, ça sert à quoi les jambes ? ! Et voilà que maintenant Lulu s'en allait. Il ne voulait ni entendre ni discuter. Ça sert à se barrer les jambes ! commenta Simon. Je me marre ! répétait-il. Ah ! je me marre ! Misia se leva aussi (impossible de savoir qui de Lulu ou de Simon la faisait partir).

Esther resta seule au bord du feu, à regarder les braises. C'était une matière informe que la lumière et la chaleur rendaient vivante, une créature rougeoyante qui semblait se tordre et ramper. On veut rien, dit Angéline, on a pas besoin de tant que vous. Y a que le sang qui est important, dit-elle, les enfants qu'on a faits. Oui, dit Esther, c'est sûr que ça compte plus que tout. Ouais, dit Angéline, pour le reste on comprend rien à rien, mais, tout le temps on essaie, on essaie de piger, ou de croire qu'on pige. C'est le lot qu'on a. Esther se levait. Tu pars déjà ? J'ai des courses à faire avant de rentrer, dit Esther. Ça me fait penser que nous aussi faut qu'on aille aux courses ! dit Angéline. Elles allaient fouiner dans les rebuts[1] de l'hypermarché, le même où Lulu aurait pu faire le nettoyage. La vieille appela : Milena ! Misia ! Nadia ! Voulez-vous que je vous dépose quelque part ? demanda Esther. Mais Angéline secoua la tête en faisant claquer sa langue contre ses dents : elles se débrouillaient. Vas-y ! vas-y ! disait-elle à Esther, lui faisant signe de déguerpir. Ouste la gadjé ! Rentre chez toi ma fille ! dit-elle en riant. Elle appela une nouvelle fois : Milena ! Misia ! Nadia ! Les belles-filles n'arrivaient pas. C'est quand même pas la vieille qui va s'occuper de ce qu'on a pour manger ! dit-elle à voix haute. Et elle se mit en peine de se lever. Où étaient-elles passées ? Des éclats de voix venaient de la caravane de Nadia et Antonio. Milena

1. Là aussi, il s'agit de faire de la récupération en fouillant dans ce qui est délaissé par le commerce officiel.

poussait des cris. Qu'est-ce qu'elle avait encore fait cette idiote ? pensa Angéline, mais elle se le disait gentiment, car cette petite était brave, une bonne épouse avec qui le Moustique était heureux. Peut-être même le plus heureux de ses garçons. Mieux valait une brave bécasse qui faisait la vie douce à son fils qu'une Héléna qui s'en allait avec les enfants ! pensa Angéline, et ce disant elle chercha des yeux son Simon.

Les trois belles-filles étaient dans la caravane d'Antonio. Cela faisait un gros paquet de jupons et de cheveux. Angéline trouva ce monde-là agité autour de Nadia, la seule à ne pas bouger, assise par terre au milieu de ses jupes remontées autour de sa taille, les cuisses couvertes de sang caillé[1]. Sa culotte qu'on avait descendue aux genoux sans la retirer, était grenat, gluante de caillots. Elle regardait ces joyaux de sang durci en pleurant[2]. Elle avait porté en elle le secret de ce trésor, ce n'était maintenant qu'une misère, elle hoquetait dans ses larmes. Ses joues, son cou, ses cheveux et sa blouse, tout cela était trempé et collant. Misia et Milena lui lavaient les jambes avec des chiffons mouillés et des mots[3]. Et de temps en temps, Milena passait le chiffon sur la figure de Nadia pour nettoyer le nez morveux que ses pleurs lui donnaient, comme on le fait aux jeunes enfants, en leur tenant la tête d'une main et en frottant de l'autre sans précaution. Nadia se laissait faire sans s'arrêter de pleurer. Angéline embrassa[4] ce spectacle sans un mot : elle savait de quoi il retournait. Elle s'occupa d'enlever la culotte pleine de l'enfant perdu. Nadia souleva ses jambes pour aider sa belle-mère. C'est pas humain, pen-

1. *Caillé* : coagulé, figé.
2. Nadia fait une fausse couche : elle perd l'enfant qu'elle porte.
3. La figure de style employée ici (le zeugme) souligne le fait que les soins concernent tout autant le corps que l'âme de celui qui souffre.
4. *Embrassa* : saisit d'un regard.

sait Angéline. Elle avait remis du sang sur les jambes, il faudrait les relaver. Il n'y avait plus qu'à faire chauffer un bidon pour Nadia, pensa Angéline. La vieille détourna les yeux. La douleur physique rendait impudique. Nadia sentait descendre une coagulation de sang et d'humeurs. Cela sortait malgré elle, lentement d'abord puis tout d'un seul coup, et quand les belles-sœurs eurent presque fini de nettoyer, il vint un noyau de sang en filaments qui éclaboussa le sol et les cuisses de rouge. Devant l'énorme tache et l'air découragé de Milena, Nadia se mit à pleurer plus fort. Son corps s'épandait et souillait tout ce qu'il touchait. Elle aurait voulu donner tout son ventre puisqu'elle ne portait aucun enfant. Et quand ça finissait ça vous manquait, disait la vieille. Nadia geignait en se balançant sur ses fesses. Mon Dieu faites qu'elle soit pas devenue folle ! priait Misia. Nadia se balançait. Il y avait du sang partout, des rivières de sang et de larmes. Nadia trempait dans le sang, mais il faudrait se mettre debout et recommencer. Se laver et se nourrir, s'habiller et se déshabiller, se nourrir et se laver à nouveau, et faire des courses pour manger, et sortir les assiettes, laver les assiettes, ranger les assiettes. Misia passait une serpillière entre les cuisses de sa belle-sœur. Nadia la regardait faire avec des yeux vides et rougis. Comme elle était fatiguée ! Il lui sembla que jamais elle ne relèverait de cette fatigue. Elle se laissa porter sur son lit, bien séchée maintenant. Pleure plus ma fille, dit Angéline, ça va finir, c'est rien que le mauvais sang qui doit s'expulser. Et elle sortit en emportant la culotte. Elle la tint au bout de ses yeux tout le temps qu'elle marcha vers le feu. Et quand les flammes se précipitèrent sur le morceau de tissu rouge et collant, son cœur se crispa. Elle jetait au feu une promesse minuscule, mais dans les flammes cela devenait un homme entier et une chair qu'on brûlait. On a jamais trop d'enfants, pensa-t-elle encore une fois, et tous ceux qu'on perd on les pleure, et ne plus en porter, c'était la fin insupportable des femmes. Et Nadia avait une grande malchance.

Ils ne comptaient plus les fausses couches de Nadia. Après Mélanie, la jeune femme n'avait plus jamais gardé un enfant. Son ventre les lâchait tous. À croire qu'elle vomissait les rejetons d'Antonio ! répétait Milena chaque fois que sa belle-sœur était pâle. Personne ne savait ce que pensait Antonio. Les circonstances privilégient d'abord la femme : ni ses frères, ni sa mère, ni ses belles-sœurs, ne s'étaient demandé ce qu'il ressentait. Les enfants ne veulent pas d'une famille comme la nôtre, lui disait Nadia (elle parlait d'un père volage et d'une mère qui l'attend). Antonio ne répondait rien. Quand Nadia pleurait trop, il s'en allait dormir dans son camion. Mari et femme, pensait-il, c'est pas le plus facile, toujours ensemble, à se respirer et s'entendre sans trêve. Mais il n'avait pas la bêtise de croire qu'une autre eût rendu cela plus aisé. Cette idée de mariage était étrange, seuls les enfants la justifiaient. Sa Mélanie et le garçon qu'ils n'avaient pas fait. Antonio attendait dans un mutisme absolu que sa femme se remît et, surtout, que l'on cessât de s'occuper d'elle. Quelle barbe ces affaires ! se disait-il. Car les autres lui reprochaient ses fredaines[1] quand Nadia se reposait de ses malheurs. Et pour cette fois la vieille s'en mêlait. Quant à toi, dit Angéline en se tournant vers Antonio, tu vas te tenir ! Que j'aie la fierté de mes fils ! Ils en avaient tous assez de la fierté de ses fils, mais aucun n'aurait osé le dire à la mère, Antonio pas plus que les autres. Il baissa les yeux. Elle lui prit le menton : Regarde ta mère quand elle te parle ! Antonio ne disait rien. Il était à courtiser ces temps-ci la patronne d'un petit bar, une grande femme blonde, qui était belle et avait mauvais genre. Sa poitrine le bouleversait. Si bien placée, c'était rare à ce point, songeait-il. Il attendait de voir ces seins libres et nus, de les tenir enfin dans ses mains. La femme était un peu rétive[2]. Elle avait

1. *Fredaines* : infidélités.
2. *Était un peu rétive* : refusait de se laisser faire.

envie de mordre mais quelque chose la retenait encore. Peut-être d'être mariée ça la gênait, se dit-il, il avait du mal à se l'imaginer, étant lui-même marié et sans être dérangé. (Il pensait tout cela pendant que sa mère parlait et c'est pourquoi il ne répondait pas.) Il hocha la tête. Qu'est-ce que t'as? demanda Angéline en le voyant faire. Mais il n'entendait rien. Il hochait la tête : Cette femme était faite pour l'amour et elle n'avait encore rien compris. Elle ignorait les remuements qu'il aurait pu jeter dans sa vie ordinaire. Antonio n'était plus que ce songe, ce credo[1] d'infidèle : Rien ne valait l'émotion d'un corps interdit. Après, pensait-il, quand tout le monde savait, quand c'était écrit, consigné, éternel et prédit, alors non ça ne l'intéressait plus assez. Sa femme. Sa. Sa. Sa. Comme si décidément il n'y en aurait jamais qu'une. Plus d'autre. À cette idée il eut un bref éclat de rire. Angéline avait parlé pendant tout le temps qu'il rêvait. Une bouffée de colère la prit en le voyant rire. Elle gifla son fils. Sa main était partie plus vite que sa pensée et elle regretta. Ça fait longtemps, dit-elle (elle voulait dire longtemps qu'elle ne l'avait pas giflé), mais là mon fils tu me fais la honte. Tu me fais la honte… répéta-t-elle en s'en allant (et c'était une excuse). Il resta muet, à peine ennuyé, et incapable de savoir ce qu'avait dit sa mère. Il faudra bien que tu cesses! lui cria Angéline en se retournant. Il se demandait pourquoi. Que pouvait bien faire qu'il fût infidèle, puisqu'il aimait Nadia, qu'elle restait avec lui et qu'elle l'aimait comme il était? Et maintenant qu'il était auprès d'elle à lui caresser les cheveux, il pouvait voir comment elle l'aimait : elle pleurait sur son torse, blottie contre lui, elle n'avait besoin de personne

1. *Credo* : mot latin qui signifie « je crois », premier terme d'un texte qui énonce les principes auxquels adhère un chrétien; par analogie, ensemble des principes qui régissent le comportement d'Antonio.

d'autre que lui. C'est fini, murmura-t-il pour l'apaiser, c'est fini. Mais elle sanglotait, les larmes mouillaient le pantalon d'Antonio, et par moments elle frappait de ses petits poings contre la poitrine de son mari. Il emprisonna les poings dans ses mains et les porta jusqu'à sa bouche, il les couvrait de baisers. Elle s'arrêta. Là, murmura-t-il, c'est fini. Elle se remit aussitôt à pleurer en l'entendant, sans qu'il comprît ce qu'il avait fait, se demandant si c'était sa voix qui la faisait pleurer. C'est fini, répétait-il plein de douceur. Il parlait de la douleur et du sang, tandis qu'elle pensait à l'enfant mort. Dans l'encadrement de la porte, Mélanie regardait sa mère en larmes. Ne reste pas là ! dit Antonio. Viens, dit Nadia. La fillette s'approcha. Nadia quitta les genoux d'Antonio et prit Mélanie dans ses bras. Ses mains massaient la chair trop grasse de sa fille. Ses mains disaient que l'on a besoin de se toucher, de se chauffer, de croire qu'on n'est pas seul au monde. Elle mit son nez dans le cou et les cheveux longs de Mélanie. Tu sens bon, dit-elle. La petite ne disait rien. Laisse-la aller, dit Antonio. Car il pressentait que les enfants ne doivent pas porter le besoin que l'on a d'eux.

Le lendemain Nadia resta couchée. Elle avait laissé la porte de sa caravane ouverte et les autres venaient la voir. Mais c'était son mari qu'elle aurait voulu. Où il est Antonio ? demanda-t-elle à Lulu qui repartait. Il ne le savait pas. Elle le demandait à tous ceux qui venaient. Tu as pas vu Antonio ? disait-elle. À Misia. À Moustique. À Milena. Ils secouaient la tête. Personne ne l'avait vu. Quand elle fut seule, elle se mit à pleurer. Le lendemain… murmurait-elle, le lendemain. Mélanie entra. Tu as vu ton père ? demanda Nadia. Va me le chercher si tu peux. Mais la petite fille revint seule. Il est pas là, dit-elle, et elle courut rejoindre les autres cousins. Les yeux de Nadia s'emplirent de larmes. Elle était épuisée. Antonio, dit-elle d'une toute petite voix. Elle répéta ce nom plusieurs fois, avec une douceur qui n'était que tristesse et lassitude (parce que l'on finit par comprendre que la colère n'illumine ni les êtres ni l'amour). Elle sanglota dans son drap.

Il était parti dès le matin et à sa manière de s'arranger, elle aurait pu deviner ce qu'il allait faire (et elle n'avait pu se le cacher qu'à ce moment). Elle avait eu le courage de tenir à la fois sa langue et ses larmes tant qu'il avait été près d'elle. Il avait coiffé sa chevelure noire en se penchant devant le petit rectangle de miroir qui pendait à un clou. Il pouvait voir en entier son visage découpé, précis, aride et mordoré. Il se caressa le menton à pleine main. Où tu vas? dit Nadia. Je sais pas encore, dit-il.

Il avait marché vers le petit bar, dans le matin blanc qui tombait du ciel. L'émotion de marcher seul vers le plaisir et la peau qui le donnerait balayait tout le reste. Son visage était distrait, tourné vers l'intérieur, comme s'il écoutait cette chose qui en lui ne cesserait jamais de l'étonner et de le mobiliser. Son sang chantait. Antonio faisait silence en lui pour mieux l'écouter.

Ils étaient montés dans l'appartement minuscule au-dessus du bar. Antonio avait gagné la femme en même temps qu'il avait perdu son fils (tous les enfants qu'attendaient Nadia étaient pour lui des fils). Il pleura sur cette étrangère comme Nadia avait pleuré sur lui, serré et blotti. Mais cela Nadia ne le savait pas. Il avait la voix que font les larmes, traînante, étirée dans sa plainte, et des soupirs entrecoupaient cette voix que sa femme jamais n'avait entendue : Je peux pas lui dire que je veux un petit gars, ça va pas, je peux pas pleurer sur elle, disait-il. Et pourquoi pas? demanda la femme, un père peut être triste lui aussi. Il continua de pleurnicher. Elle ne savait quoi dire encore. Tu l'aimes ta femme hein! dit-elle en laissant glisser sa main sur le dos brun d'Antonio. Il bredouilla une réponse qu'elle n'entendit pas. Pourquoi tu la trompes? demanda-t-elle brusquement. Elle s'essuyait les cuisses avec une serviette de toilette. Elle remit ses bas et le regarda. Pourquoi tu me réponds pas ? dit-elle. C'est trop long à expliquer, dit-il. Vas-y, commence toujours, dit-elle en riant. J'ai pas envie, dit-il. C'est une bonne raison, dit-elle. Il acquiesça. Tu ne fais jamais que ce que t'as envie ? dit-elle. Il fit oui avec sa tête, et son visage eut une expression de contentement et de provocation à la fois. Tu la trompes et elle le sait, dit-elle en hochant la tête. T'as jamais pensé que t'avais pas de fils à cause de ça ? Comment t'as une idée pareille ! s'exclama-t-il. C'est pas de rapport ! Je lui prends rien à Nadia. Si elle est pas capable de faire un enfant en entier, c'est pas ma faute. Elle haussa les épaules (incapable d'expliquer plus avant cette fulgurante clarté qu'elle avait eue de la vie d'un autre). Faut que je descende, dit-elle, sans quoi l'garçon va se demander ce que je fais en haut. Il sortit du lit et enfila son pantalon. À propos, dit-elle, t'as pas un frère qui s'appelle le Simon ? Simon, oui, dit-il, j'ai un frère de ce nom-là. Il est pas heureux celui-là, dit-elle, et il boit même un peu trop pour l'oublier. T'occupe pas ! dit-il. Il ajouta : Merci de me prévenir. Il l'embrassa sur le front. Merci, dit-il. Elle demanda : Tu reviendras ? Il dit : Je vais pas tricher. J'en sais trop rien. Elle eut l'air triste une fraction de seconde, mais sans se laisser aller dans ce mouvement du cœur. Bon j'y vais, dit-elle, tu descendras par l'autre escalier.

III

Elle ne sait pas bien prononcer les lettres, dit l'institutrice. Il y a beaucoup de travail encore, dit-elle. Les *t*, les *v*, les *p*, elle mélange tout. Quand elle parle, je ne comprends pas ce qu'elle dit. Misia gardait les yeux baissés. C'était trop dur d'entendre ça, pensait-elle. Le visage d'Esther était grave : on était loin d'avoir résolu le problème de l'école. Elle s'endort en classe, dit la maîtresse.

À quelle heure la couchez-vous? demanda-t-elle. Misia sursauta, c'était à elle qu'on s'adressait. Vers les dix heures, dit Misia. Toute la crainte du monde était dans ses yeux. Esther ne pouvait rien. On ne passait pas par-dessus la chair et l'espace pour être parfaitement dans l'autre. Même les corps les uns contre les autres ne suffisaient pas à consoler de ce que le monde inventait. Les yeux d'Esther cherchèrent ceux de Misia (mais Misia fixait le tissu fané de sa jupe). Comme elle regrettait maintenant de l'avoir obligée à venir! Mais non, se dit Esther, il fallait que Misia vît la maîtresse, au moins une fois. Dix heures! s'exclama la maîtresse, c'est bien trop tard pour une enfant de son âge. Elle était sûre de son fait. Ils grandissent, dit-elle, ils ont besoin de beaucoup dormir. Misia leva ses yeux de crainte et de chagrin. Elle haïssait cette femme. Quand les gosses ont pas de chambre, pensait-elle, ça sert à rien de les coucher tôt. Ils dorment pas, ou bien les autres sont obligés de vivre comme des poules. Mais elle resta silencieuse. Qu'est-ce qu'elle pouvait connaître de la vie des Gitans celle-là? Il faut coucher votre fille plus tôt, dit l'institutrice. Elle parlait fort, comme si l'autre était sourde. Elle le répéta une autre fois, Il faut coucher votre fille plus tôt, parce qu'elle ne savait plus quoi dire. Les trois femmes étaient assises sur les petites chaises des enfants. L'institutrice se leva en renversant la sienne. Je la déteste, dit Misia une fois dehors.

Elles étaient debout sur le trottoir. Ne t'inquiète pas, disait Esther. De toute façon on va partir, dit Misia, Anita elle restera pas longtemps dans cette école (et cela semblait une vengeance qui lui faisait plaisir). Pourquoi tu dis ça? dit Esther. On va être expulsés, dit Misia. Tu le sais donc pas? La vieille arrête pas de recevoir des lettres. Pourquoi ne me les donne-t-elle pas? s'exclama Esther. Elle les lit pas, dit Misia, elle les jette direct dans le feu. C'était vrai : Angéline brûlait les enveloppes fermées. T'as qu'à lui parler toi, dit Misia. Elle t'écoutera mieux que nous. Et elles se mirent en route en silence.

Les enfants attendaient Esther. T'es en retard, dit Michaël. Tu sais bien que j'allais voir la maîtresse d'Anita, dit Esther. Il soupira. Toujours Anita ! dit-il à mi-voix. J'ai tout entendu ! dit Esther en riant. Et si nous continuions les lettres ? Oh non ! pas les lettres ! supplia Mélanie. Des histoires ! Des histoires ! scandaient les enfants. Esther marchanda. Un peu de lettres, un peu d'histoires. Ils finirent par s'accorder. C'est encore à cause d'Anita, marmonna Michaël. Non, dit Esther, ça servira à tout le monde de connaître l'alphabet. Elle s'arrêta devant le pommier. A comme arbre, dit-elle en touchant l'écorce du tronc. A comme Anita, dit Anita. Tu vois que tu connais des choses ! dit Esther. Ils continuaient : F comme Feu, dit Esther. C comme Ciel. Elle leva la tête et il y avait au-dessus d'elle un grand drapé de bleu sans nuages, une pulpe couleur de ciel. Regardez comme il est beau aujourd'hui le ciel ! dit-elle aux enfants. Mais ils n'écoutaient plus. C'est bien pour aujourd'hui ! dit-elle. Venez vous asseoir. Et ils s'installèrent autour d'elle sur le rebord du trottoir. Elle commença : « Il faisait affreusement froid ; il neigeait, et il commençait à faire sombre ; c'était le dernier jour de l'année, la veille du jour de l'an. » Elle lut *La Petite Marchande d'allumettes* et quand il ne resta plus une seule allumette, Mélanie pleura[1]. Pleure pas ! disaient les autres, c'est qu'une histoire ! Ils avaient changé. Vous êtes de vieux lettrés bien réalistes ! dit Esther. C'est quoi des lettrés ? demanda Carla qui ne parlait jamais. Des gens qui connaissent trop les livres, dit Esther en riant de ce qu'elle leur disait. Je vais voir votre grand-mère, dit-elle en se levant.

C'est quoi toutes ces lettres que vous avez brûlées ? dit Esther. Qui t'a parlé de ça ? dit Angéline. Ça n'a pas d'im-

1. Comme l'héroïne du conte d'Andersen qu'Esther est en train de lire aux enfants : on passe ici sans transition de la fiction à la réalité.

portance, dit Esther. Celui qui me l'a dit a bien fait. La vieille haussa les épaules. Je sais pas ce que c'est dans ces lettres, je les ai jetées au feu ! Sans même les ouvrir ! s'exclama Esther comme si elle ne l'avait pas déjà su. Angéline opina avec un sourire triomphal. C'est idiot de votre part, dit Esther. À quoi vous serez avancés ensuite ? Mais la vieille continuait de sourire. Elle dit : Y a une chose que la vie m'a appris : on est jamais plus avancé à cause d'une lettre, dedans c'est des mauvaises choses. Le ciel s'était rempli de nuages. Ça tourne vite le temps, dit Angéline, il va pleuvoir. Des gouttes commencèrent à tomber. Celles qui arrivaient sur le feu faisaient un bruit d'allumette craquée et un tortillon de fumée. Esther aperçut Simon qui sortait de sa caravane, hébété. Elle pensa qu'il était ivre. Dès qu'il pleuvait le voilà qui sortait, expliquait maintenant Angéline. C'est plus fort que lui ! dit-elle à deux reprises. Et il restait debout sous la grenaille[1]. Comme un arbre, dit la vieille. Mon fils ! répéta-t-elle en le regardant aller et venir, les mains plaquées contre l'aine dans les poches plates de son pantalon. Je rentre, dit Esther, mais promettez-moi de me donner les lettres s'il y en a d'autres. Angéline ne répondait pas. Promettez ! dit Esther. L'autre ne disait rien. Si vous ne voulez pas m'en parler, parlez au moins avec vos fils, dit-elle. J'irai à la mairie demain. Où sont-ils vos fils ? dit Esther, je ne les vois plus. Angéline avait ce visage entaillé qui luisait aux joues et sur le bord des yeux. Elle était occupée à penser à son Angelo. Esther dit : Et Angelo, où il est passé ? On ne le voit jamais ! Si, dit Angéline, moi je le vois. Puis elle confia : Il a peine à vivre. Et disant cela elle regarda Esther d'une étrange manière. Il a pas de femme à lui, dit Angéline. Esther ne disait rien. Non, dit Angéline à regret, personne pour le dorloter mon petit, personne à lutiner. Des soirs je l'en-

1. *Sous la grenaille* : sous la pluie, comparée ici à du grain.

tends pendant une heure qui se retourne dans le lit, dit-elle. Personne est fait pour vivre seul, ça c'est sûr, et nous Gitans on l'a mieux compris que vous autres (elle désignait du menton Esther et tous les Blancs à travers elle). Mes deux fils qui ont pas de femme, ils vont pas bien, dit-elle. Et il semblait qu'elle trouvât là une explication complète. Angelo et Moustique surgirent d'une rue adjacente. En voilà des garçons, dit Angéline les apercevant, et il vint sur son visage une expression d'adoration extravagante. Ils sont partis tôt ce matin, dit-elle à Esther. À la pêche. Elle était fière. Les fils coururent vers le feu, leur mère et Esther, brandissant leurs trophées. On trouve des poissons comme ça par ici ? ! s'exclama Esther. Il faut savoir, dit Angelo sans la regarder. Et à ce regard qui faisait défaut, elle aurait pu comprendre une fois encore le désir qui couvait en lui au point d'émacier son visage[1]. Mais ce fut toujours au-dedans d'elle, dans une partie inaccessible, qu'elle le sut, et elle n'y avait pas accès. Les enfants accouraient pour voir les poissons, débraillés et essoufflés, venant on ne savait d'où.

IV

Dans un silence qui était comme une gaze autour d'eux, Esther lut le titre du livre. *Le Petit Prince.* Puis elle dit le nom de l'auteur : Antoine de Saint-Exupéry. Ils se penchaient pour voir la couverture. On ne pourra pas le lire en entier aujourd'hui, dit Esther. C'est lui le petit prince ? demanda Mélanie, en posant le doigt sur l'enfant aux cheveux couleur de blé. Oui, dit Esther, c'est lui tel que l'a dessiné l'auteur. C'est qui l'auteur ? demanda

1. *Émacier son visage* : creuser les traits de son visage.

Mélanie. Antoine de Saint-Exupéry, répéta Esther. Ils n'avaient jamais entendu ce nom. Elle se tourna vers les garçons. C'était un aviateur, leur dit-elle. Et il écrivait aussi des livres? s'étonna Michaël. Oui, on peut faire beaucoup de choses avec une vie. Elle riait pour dire cela. Tu te fous de not'gueule, lui dit Michaël. Non pas du tout, dit-elle. Il a écrit des livres et il a piloté les premiers avions. Et c'était très dangereux. On raconte qu'une fois monté là-haut, seul dans les nuées[1] et le bruit de son moteur, il rêvait. De quoi il rêvait? demanda Carla. Esther dit : Je crois qu'il rêvait des histoires qu'il voulait raconter, et aussi d'une femme qu'il a beaucoup aimée mais qui ne l'aimait pas. C'est moche ça! dit Michaël. Oui, dit Esther, c'est le plus triste. Il est mort? demanda Anita. Esther dit : Oui. Il a eu un accident d'avion, on ne l'a jamais retrouvé. Ils firent Oh! et Michaël répéta : On ne l'a jamais retrouvé... Il n'écrira plus jamais de livres, dit Carla. Et Michaël s'écria : Tu nous parles toujours de gens qui sont morts! Je vous parle de gens qui sont morts et que l'on n'oublie pas à cause des choses très belles qu'ils ont laissées, dit Esther. Et nous, dit Anita, est-ce qu'on nous oubliera? Ben oui, dit Michaël, qu'est-ce que t'as fait de très beau? Rien. Il avait parlé froidement, avec une sorte de lucidité terrible, et comme s'il avait su que l'avenir qui leur était échu était le présent de leurs parents. Mélanie réfléchissait : C'est pour ça que ma maman me dit toujours : Apprends bien ces chansons pour qu'il reste quelque chose de moi après ma mort. Esther aquiesça. Elle ouvrit le livre. «Lorsque j'avais six ans j'ai vu, une fois, une magnifique image, dans un livre sur la forêt vierge qui s'appelait *Histoires vécues*. Ça représentait un serpent boa qui avalait un fauve. Voilà la copie du dessin.» La pluie commençait et une goutte tomba sur la tête du serpent.

1. *Nuées* : nuages.

On continue, dit Anita. Esther essuya la page avec sa manche et regarda le ciel. Elle reprit sa lecture. Les enfants ne bougeaient pas. « Et c'est ainsi que je fis la connaissance du petit prince », dit Esther. Elle dit : On s'arrête là pour aujourd'hui. Vous vous souviendrez où on en est ? Ils firent oui de la tête et elle fit circuler le livre pour qu'ils voient les dessins. Si je savais lire, dit Michaël, ce livre j'le mangerais. Grand-mère ! criait Mélanie, on a vu un mouton ! Des moutons, dit la vieille, j'en ai vu plus que vous dans ma vie !

Venez manger ! cria Milena. Ils s'assirent par terre en tailleur et elle distribua les bols. Des morceaux de mouton gras baignaient dans une crème blanche mêlée de flageolets. Berk ! fit Michaël, et il baissa la tête sur son bol après que Milena lui eut claqué sèchement la nuque. Mélanie avait englouti la moitié de sa portion. Mange doucement ! dit Milena. Si ta mère te voit elle va encore te rouspéter. La petite obèse s'arrêta. Anita et Michaël finirent. Ils se levaient les uns après les autres et s'en allaient courir. Michaël poursuivit une poule. Mélanie termina la dernière. C'est bien ! dit Milena. Quand on mâche bien, dit-elle, on a pas mal à son ventre. Les cinq bols étaient posés par terre, l'un d'eux en équilibre sur un caillou. Simon vint donner un coup de pied dedans. Le bol se brisa, c'était celui de Mélanie, elle se mit à pleurer. Milena ramassa les débris de faïence, empila le reste des bols et s'en alla les tremper dans le bidon d'eau savonneuse. Simon se colla contre elle avec obscénité[1]. J'appelle Moustique ! dit-elle. Vas-y, dit-il, il est pas là. Elle s'essuya les mains sur sa jupe. Misia ! cria-t-elle. Mais Misia dormait. Fais ta vaisselle ! dit-il. T'es bonne qu'à ça. Idiot, dit-elle. Il ricana : C'est le chaudron qui traite la poêle de cul noir ! Il vit qu'elle ne comprenait pas. Va t'acheter un cerveau ! dit-il. Et il se mit à rire en lui tendant une pièce.

1. *Avec obscénité* : de façon indécente.

Un franc calé dans sa main nerveuse. Il dit : T'es complètement vérolée[1] là-haut ! Il souriait, l'index posé sur sa tempe. Méchant fou ! murmura-t-elle pour elle-même. Méchant fou, répéta-t-elle. Ça vous fait tous plaisir de le croire, dit-il (et sa clarté d'esprit pour dire cela eût troublé n'importe qui d'autre). Vous me donnez des médicaments qui assommeraient un mammouth. Mais je suis pas une lavette, dit-il, j'existe encore. Il fit un pas vers elle (le mouvement spontané qui exprimait ce qu'il y avait en lui d'envie de la convaincre). T'approche pas, dit-elle, t'approche pas. Il continuait de parler sans prendre garde à ce qu'elle disait. Je sais crier ce que vous dites tout bas, dit-il. Par exemple, que ma femme est une salope. Milena sembla songeuse (ce qui ne lui était pas habituel). Oui, pensait-elle sans savoir le formuler, c'était peut-être bien sa folie : croire que les mots ne sont rien et qu'on peut tout hurler dans le vent. Croire qu'on peut dire salope et le penser. Tu ne fais que du mal, dit-elle. Car les mots font autant de mal que les actions, fit-elle en avançant ses mains. Quand même qu'on les voit pas. En même temps qu'elle parlait ses yeux s'ouvrirent d'étonnement. Elle parlait comme elle n'avait jamais parlé, avec ses grands yeux stupéfaits qui transformaient son visage entier (parce que les yeux sont presque tout). Il composa pour la regarder une expression de simple d'esprit. Oh ! elle vit bien qu'il se moquait, mais elle était soudain prise d'une rage qui trouvait des mots, les prenait, les sortait d'elle. Elle remit en place une grosse mèche de cheveux collés qui tombait devant ses yeux. Le regard de Simon suivit la main de Milena. Quand t'abats un arbre, dit-elle, à la fin il est couché par terre et la sève coule comme un sang. Quand t'abats une femme, elle reste debout. Il

1. *T'es complètement vérolée* : expression familière signifiant « tu es complètement malade » (la vérole est l'ancien nom de la syphilis, grave maladie sexuellement transmissible).

éclata d'un rire géant. Il ne s'arrêtait plus. Elle sembla désemparée, aussi dépourvue de mots qu'elle en avait été pleine l'instant d'avant. On peut pas parler avec les fous, dit-elle. Il trembla comme un feuillage. Elle vit qu'elle avait visé juste. Avant qu'il eût fait le moindre geste et sans savoir par quel miracle des sens elle avait deviné, elle comprit qu'il allait la frapper au visage. Moustique ! Moustique ! hurla-t-elle en se sauvant. Elle courait de toute son âme, car on fuit la folie plus que n'importe quoi d'autre. Simon se tenait les cuisses pour rire. Elle appelait : Moustique ! Misia ! Où étaient-ils tous passés ? Elle manqua se mettre à pleurer, mais une douleur bas dans le ventre lui coupa le souffle et l'apaisa dans la même fraction de seconde.

J'attends un enfant ! pensa-t-elle émerveillée. C'était une évidence, elle en sentait le poids (elle n'avait plus son sang[1] depuis trois mois mais cela n'avait jamais été chez elle le signe que c'est pour les autres). Sa frayeur tomba. Simon riait encore. Quand t'abats une femme !… répétait-il entre ses quintes[2]. Moustique était accouru. Pourquoi tu cries comme ça ? demandait-il à sa femme. Elle dit : Je te trouvais pas. Et elle raconta pêle-mêle le bol cassé, Simon, les mots qu'elle avait trouvés, sa peur, sa course, leur bébé. Il la souleva de terre en la contemplant avec ravissement. Milena, dit-il. Quoi ? dit-elle. Il dit : Rien, j'aime dire ton nom. Je voudrais dire la nouvelle à Misia, dit Milena. Elle doit dormir avec son Djumbo ! dit Moustique.

Milena s'arrêta dans l'encadrement du seuil, avec son visage illuminé. Qu'est-ce que tu veux ? dit Misia qui avait été réveillée. Milena dit : Moustique et moi on va avoir un bébé. Moi aussi je suis enceinte, dit Misia. Sa voix n'était

1. L'absence de menstruation est l'une des manifestations de la grossesse.
2. *Ses quintes* : ici, ses accès de rire.

pas différente pour dire cela. Pourquoi tu le disais pas ? dit Milena. Pour pas faire de peine à Nadia, dit Misia. Les naissances ça fait toujours mal à ceux qui peuvent pas avoir d'enfant, dit-elle. Vrai, dit Milena. Elle avait retrouvé son visage habituel : un front mangé par les cheveux. Misia reposa sa tête sur son oreiller. T'es contente ? demanda Milena. C'est pas ma nature, dit Misia. Elle pencha la tête. Je l'ai pas dit à Lulu, il en veut pas d'un autre gosse. Elles se turent. L'une et l'autre pensaient à Sandro, mais sans le dire, et c'était doux que le silence fût possible. Djumbo couina dans sa nacelle. Et celui-là qui vient juste de passer ses un an ! se plaignit Misia. Elle fredonna une berceuse en balançant le couffin suspendu. Il est pas encore tombé de là ! s'étonna Milena. Non, dit Misia, il est comme sa mère : il aime son lit. Elle s'étirait. Ses deux bras ronds, en couronne autour des cheveux noirs, étaient dorés comme des pains. Milena ne disait rien. Misia se mit à pleurer. Dieu sait que les femmes ont de l'ouvrage et que les enfants, elles sont seules pour les élever. À croire par moments qu'ils n'ont pas de père. Elle eut un hoquet. Les grossesses lui donnaient la nausée, elle aurait voulu être un homme : un seul morceau plein et fort. Quelle peine ! Heureusement qu'il y avait les autres. Qui étaient là pour boire le café. Qui faisaient un peu de bruit. Non, pensait-elle, elle ne savait pas quoi faire de sa vie. Il manquait du sens, mais elle ne savait pas le dire, elle le souffrait. Personne ne pouvait l'aider quand elle sentait cette détresse. D'ailleurs elle avait tant pleuré pour des riens que les autres n'y prenaient plus garde. Elle avait versé des torrents pour des bêtises, dans tous les bras, ceux de Milena et de Lulu surtout, et maintenant qu'elle avait une vraie raison elle se cachait. Comme si c'était honteux de pleurer un enfant perdu. C'était trop profond pour ne pas être impudique. Elle pleurait seule sur le trajet de l'école, en soufflant le nom de Sandro. Anita voyait bien le visage rouge et gonflé de sa mère. Elle ne disait rien. Et quand elles arrivaient au terrain vague, en se donnant la main, les traces avaient disparu. Les autres disaient : Misia a eu tellement de courage. Misia s'étonnait qu'ils confondent à ce point le courage et la courtoisie[1], ce qui est et ce qui se voit.

V

Ils sont pas là les hommes ? demanda Esther. Ils travaillent, dit Misia. Esther rejoignit les enfants. Ils étaient déjà assis sur le rebord du trottoir. Un vent frais soufflait ce matin et ils étaient tout recroquevillés de froid. Vous n'êtes pas assez couverts, dit Esther, allez mettre des chandails. On en a pas, dit Anita. Lis ! Lis ! s'écria Michaël. Oui, lis, dit Carla, on a pas froid. Où en étions-nous ? demanda Esther. C'est moi qui le dis ! s'écria Mélanie étendant un bras devant les autres. Elle parla en s'empourprant : On en était quand il pleure parce que sa rose est pas unique. C'est bien cela, dit Esther avec un sourire. J'aime voir comme vous suivez bien. Évidemment qu'on suit ! fit Michaël dans un haussement d'épaules. Elle ouvrit le livre[2], déplaça le marque-page vers la fin. Ils s'étaient tus. « C'est alors qu'apparut le renard. Bonjour, dit le renard. » Angéline les observait de loin. Misia, Milena et Nadia semblaient paralysées autour du feu. Pressée par les enfants, Esther n'avait rien remarqué d'insolite.

Esther se doutait que les hommes volaient. Parfois les femmes étaient inquiètes. Mais le plus souvent ils leur mentaient et elles faisaient mine de croire leurs maris. On vend des trucs qu'on ramasse, disait Lulu. Quels

---

1. *La courtoisie* : la politesse envers les membres de la famille, qui consiste ici à taire ce qu'on éprouve au fond de soi.
2. Il s'agit toujours du *Petit Prince* de Saint-Exupéry (1900-1944).

trucs ? disait Esther. Des trucs, disait-il. Et elle abandonnait. Ils volaient de la façon la plus naturelle qui soit. Comment on se procurait l'argent avait peu d'importance du moment qu'on s'en procurait, et voler était moins misérable que faire la quête.

Mais ce jour-là ils ne volaient pas. Ils étaient partis régler leur compte aux Roumains de la cité. Car ceux-là faisaient porter aux Gitans toutes leurs crapuleries. Les femmes étaient dans le secret. Avant de partir, Lulu avait embrassé Misia derrière l'oreille. Elle s'était dégagée. Qu'est-ce que t'as ? Tu m'embrasseras quand vous serez revenus. Te fais pas tant de souci ma Miss ! s'était exclamé Lulu. Elle avait haussé les épaules. Simon vient avec vous ? Il avait dit : Ouais, on sera pas trop de cinq. Et il s'en était allé rejoindre les autres.

Le Simon était ivre. Il avait passé la nuit à boire. Les quatre frères ne s'en aperçurent qu'une fois rendus. Ils le laissèrent dans le camion. Attends-nous et ne bouge pas de là, disaient-ils. Ne bouge pas ! répéta Moustique. C'est un ordre ! hurla Lulu. On rigole pas (et le visage de Simon était hilare). Ils s'en allèrent chercher les Roumains, ignorant que ceux-là avaient prévenu la police, car jamais un Gitan ne fait venir la police (et l'on ne soupçonne facilement que ce dont on est capable). Quand ils revinrent sans avoir trouvé personne, Simon était au milieu de la rue, les clefs du camion dans la main, criant des insultes en levant ses bras. Il joua avec Lulu qui essayait de lui reprendre les clefs. Sa folie lui donnait une agilité anormale. Allez ! dit Lulu, arrête de faire le con ! Il avait à peine fini de dire le mot, qu'ils entendaient la sirène de la voiture de police. Donne les clefs ! hurla Lulu à son frère. Mais Simon, sautillant sur ses jambes comme pour un combat de boxe, secouait la tête en souriant. Non mon vieux tu les auras pas les clefs, disait le sourire. Ils se mirent à courir. Simon continuait de gueuler au milieu de la chaussée. Les quatre couraient et au milieu de leurs souffles l'entendaient de moins en moins distinctement.

Ils l'appelèrent sans cesser de courir, se retournant l'un après l'autre. Simon laissa les policiers le tenir aux bras, le plier en deux et le palper. Et il était si maigre, si invisible dans le pantalon et la chemise, c'était pitié de le voir entre leurs mains. Une seule fois il se redressa pour crier : Mes frères ! Mes frères ! d'une voix brisée. Le con ! grommela Moustique (broyé par ce cri) en accélérant sa foulée. Lulu s'arrêta de courir en se lamentant. On peut pas l'abandonner, dit-il. Viens ! suppliait Antonio. Je peux pas ! dit Lulu. Ça sert à rien qu'on reste ! hurla Moustique. Antonio saisit Lulu par le bras, il tirait pour le remettre en marche, mais l'autre était soudain un cheval rétif[1]. Pense à Misia ! cria Angelo. Et c'était comme si les mots (ou une femme, ou l'idée d'une femme) avaient ce pouvoir de déplacer un homme : Lulu se remit à courir. Et maintenant ils fuyaient leur frère. Ils l'entendirent une fois encore. Il hurlait le nom de sa femme, Héléna ! avec sa voix de folie, la voix de l'autre qui habitait en lui, qui sortait tel un pantin d'une boîte.

Ils coururent jusque chez eux, dans l'écho intérieur des cris et de la vie perdue du frère. Ils tombèrent essoufflés autour du feu, à la façon des enfants qui ont trop joué, mais ils étaient sombres. Putain ! s'écria Moustique, c'est sûr qu'on a perdu le camion ! Quelle merde ! dit Antonio. Les deux autres pensaient à Simon. J'aurais jamais pensé que je pourrais faire ça un jour, dit Angelo, abandonner mon frère aux flics. Il fit ainsi le silence. Il a appelé Héléna, dit Lulu. Antonio dit : Il a toujours cru qu'elle reviendrait. Il sembla réfléchir à cela : que les hommes acceptent si mal d'être délaissés et n'y croient jamais tout à fait. Angéline avait les yeux pleins de larmes.

Dans l'après-midi vint une voiture de police qui transportait deux hommes en uniforme et le Simon, les mains croisées devant son ventre dans une paire de menottes

1. *Rétif* : ici, qui refuse d'avancer.

qui brillaient au soleil. Angéline remuait son bâton dans le feu. Elle entendit qu'on lui parlait, une voix qu'elle ne connaissait pas. C'est votre fils madame ? demandait la voix. Elle leva les yeux, aperçut les menottes, reconnut les mains de son fils. Non, c'est pas mon fils, dit-elle sans le regarder. Un des policiers hocha la tête (cette femme avait un sacré culot). Ce garçon est accusé de vol, dit-il. Elle dit : J'ai pas de fils voleur. Où sont vos fils ? demanda le plus jeune des policiers. Ils travaillent, dit Angéline. Comme elle le voyait sourire, elle dit : Ils font de la ferraille. Vous avez des papiers madame ? s'enquit[1] l'autre homme. Elle soupira. Ils la regardèrent s'en aller lentement vers une des caravanes. Qu'est-ce qu'elle va nous ramener ? dit le jeune. Tais-toi, dit l'autre. Elle revint avec un carnet jauni. Qu'est-ce que c'est ce truc ? dit le plus jeune. Tais-toi ! dit l'autre. Rien ne vous autorise à loger sur ce terrain, dit-il. Je le sais que bien, dit-elle. Puis elle ramassa son bâton sans s'occuper d'eux davantage. Quand elle se pencha, sa jupe remontée découvrit par-derrière ses mollets variqueux[2], au-dessus des chaussettes tombantes. Simon n'avait rien dit, cherchant des yeux les frères et les femmes. Ses gardiens le poussèrent dans la voiture en appuyant de la main sur la nuque, sans parler, comme on fait rentrer un chien dans une camionnette. Quand le bruit du moteur cessa de se faire entendre, Angéline se mit à pleurer. Pas pouvoir embrasser son fils ! répétait-elle. Et les larmes coulées sur ses joues dorées roulaient dans les rides. Quand les autres furent autour d'elle, elle répétait : Je l'ai renié ! Je l'ai renié ! Angelo la prit dans ses bras. Elle s'apaisa un instant. Mon Angelo, murmura-t-elle. Mais le fils tendre ne ramenait pas celui qui s'était donné tout seul, et le désespoir la reprit : Je l'ai

1. *S'enquit* : demanda.
2. *Variqueux* : qui présentent des varices, c'est-à-dire des veines saillantes dues à une dilatation.

renié ! Je l'ai renié. C'est peut-être un bien, dit Moustique, ils le soigneront. Un bien ! s'exclama Angéline. Un bien ! Elle le disait avec mépris. Mais elle s'étouffait de larmes et de fureur, Angelo l'entraîna doucement vers sa caravane. Ils sauront pas quoi en faire, dit-il, tu verras qu'ils le relâcheront. J'y ai pas donné sa médication[1], pleura-t-elle. Et sa médication, répétait-elle.

Les belles-sœurs n'avaient rien dit. Misia murmura : Faut prévenir Héléna. Les autres s'interrogeaient. Si, insista Misia, il faut au moins lui dire, elle fera ce qu'elle voudra. Elle ira pas le voir, dit Milena. Ça nous regarde pas ce qu'elle fera, dit Misia. Nadia dit : C'est quand même son mari. Pour le mari que c'était ! dit Milena. La vieille sera pas contente, dit Nadia. Elle est pas obligée de le savoir, dit Misia.

Ainsi les femmes rendirent visite à Héléna. Elles avaient téléphoné sans le dire à la vieille. Dans la cabine glacée dont les vitres étaient couvertes de graffitis obscènes, Misia trouva à Héléna une voix gaie comme jamais elle n'avait eue. Pour le Simon, Héléna n'eut pas un seul mot. Le silence. Misia faisait une mimique de doute à l'intention de Nadia et Milena. Héléna avait parlé d'autre chose : elle invitait ses belles-sœurs. Viens toi plutôt ! dit Misia. Non ! disait Héléna. Je veux pas voir la vieille. D'accord, dit Misia, on viendra.

Misia, Milena, Nadia et Anita prirent le train vers le sud. Angelo insista pour venir aussi. On pourrait pas rester entre femmes ! soupirait Misia. Non, vous ne pouvez pas ! dit-il sans céder. Il les accompagna. C'est sûr qu'elle l'aime plus, disait Misia (assise à côté de sa fille), sans quoi elle aurait dit quelque chose. Elle a vraiment rien dit ? demanda Milena. Rien, dit Misia. Angelo resta silencieux. Il écoutait comme un chat.

1. « Sa médication » désigne ici les médicaments qu'il doit prendre avec régularité pour ne pas souffrir ni être hors de soi.

Héléna avait changé. Elle était habillée dans un tailleur court. Elle avait coupé ses cheveux. Angelo l'enveloppa dans un seul regard. C'est plus une Gitane! pensa Milena. Elle regardait les mollets et les genoux de sa belle-sœur avec les yeux effarés de qui ne les voit jamais. Héléna fit le café, elle s'était offert une cafetière électrique, expliquait-elle en plaçant le filtre dans l'entonnoir. Elles avaient moins de choses à se dire qu'autrefois. Moins on se parle moins on a besoin de se parler, pensait Nadia. Les filles jouaient avec des poupées Barbie. Hana et Priscilla mettaient dans les mains d'Anita les minuscules accessoires. Mais les mains d'Anita restaient inertes. Tu veux pas jouer? demanda Hana. Si, disait Anita, je veux bien. Laquelle tu veux? dit Priscilla qui tendait deux poupées. Anita prit une poupée. Elle la tenait sans savoir jouer. Quand un silence durait, les mères regardaient leurs fillettes. Elles ont grandi, dit Misia. Elle posa une main sur la cuisse de Milena : On est
180 les deux enceintes, dit-elle fièrement. Mais Héléna n'écoutait pas vraiment. Ses yeux regardaient Angelo avec une expression attentive. Il comprenait tout ce qu'elle disait. Il se rappelait le baiser sur la bouche et l'odeur de ses cheveux quand elle était partie. Comme elle était belle (et comme il avait besoin d'une femme) ! Il faudrait pas qu'on tarde, fit remarquer Milena, c'est un chemin pour rentrer. Et Angelo s'entendit à peine murmurer : Je vais rester un peu. Et quand elles se retrouvèrent dans la cage de l'escalier où la lumière était cassée, les femmes chuchotaient dans le noir qu'entre ces deux-là… et que c'était étrange tout de même la vie, et elles avaient des petits rires qui auraient bien agacé leurs maris. La vieille sera pas contente, dit Nadia. Faut rien lui dire, dit Misia. Pour ça non! fit Milena, il s'arrangera comme il peut avec sa mère, le grand fils!

Le mercredi suivant, il pleuvait. C'était de la neige fondue. La Renault projeta une gerbe d'eau boueuse en roulant dans une ornière. Montez! dit Esther, on ne va pas lire dehors par ce temps. Misia s'approchait enroulée dans un châle de tricot noir. Viens dans la caravane, dit-elle, vous serez mieux. C'était la première fois qu'elle le proposait. Les enfants coururent, Anita en tête. La fillette était fière de sa mère et de sa maison. C'est là que je dors, dit-elle à Esther en montrant un endroit par terre. On met un matelas, dit-elle. Je vais dire à Milena de te faire le café, dit Misia. Laisse, dit Esther, je suis très contente comme ça, on le prendra ensemble après. Elle avait quelques livres dans les bras. Ils s'installèrent sur le grand lit. C'est là qu'on fait presque tout, expliqua Misia. Il restait encore la serviette de toilette sur laquelle elle avait changé Djumbo. Elle assit Djumbo. Toi aussi tu vas écouter l'histoire ! lui dit Esther. Il battait des mains. « Il était une fois une reine qui accoucha d'un fils, si laid et si mal fait qu'on douta longtemps s'il avait forme humaine. » Misia resta avec les enfants. « Tout est beau dans ce que l'on aime, tout ce que l'on aime a de l'esprit[1] », termina Esther. Tu sais pas, dit Misia qui pensait alors à Héléna et Angelo, le Simon a été arrêté par la police. Qu'a-t-il fait ? demanda Esther. Je sais pas bien, dit Misia, mais la vieille elle en est malade. La pauvre, dit Esther. Elles sortirent. C'est prêt un café ! cria Milena. La pluie avait cessé. Comment ça s'appelle l'histoire que t'as lue ? demanda Misia. *Riquet à la houppe*, dit Esther. Mais, dit Misia, c'est pas vrai que tout est beau dans ce qu'on aime. Ah ? fit Esther intéressée. Non, dit la jeune femme, moi je les vois bien les défauts de Lulu. En plus, dit-elle, il est pas très beau ! Elles riaient. Je dois rentrer plus tôt aujourd'hui, dit Esther. Angelo l'avait guettée. Je veux te dire un truc, dit-il en s'approchant d'elle. Elle était à sa voiture. Je t'écoute. Il restait muet. Je sais pas comment te dire, fit-il en passant une main dans ses cheveux. Dis comme tu

1. Ces citations sont tirées du conte de Perrault, *Riquet à la houppe*.

sens, conseilla Esther. J'aime Héléna, dit-il, je l'ai toujours aimée, mais c'était la femme de Simon. Il n'avait pas fini d'expliquer ce qu'il voulait et Esther attendit. On prend pas la femme de son frère, dit-il, mais comme elle est partie ça compte plus. Je veux qu'elle revienne comme ma femme, dit-il avec détermination. On est seul à savoir ce que l'on veut, lui dit Esther, fais comme tu crois bien de faire. Un pieu[1] de désir dans les reins fit frémir Angelo. Tu sais, commença-t-il plus bas, dès que je te vois... Elle avait baissé la tête (si nettement qu'il comprit qu'elle lui disait de se taire) et il coupa net cet aveu qu'il apprêtait. Bon, fit-il embarrassé, je te dis bien merci. Je ferai comme t'as dit, murmura-t-il. Fais seulement comme tu crois bon, répéta-t-elle. Elle baissa sa vitre et lui fit un signe tandis qu'elle roulait. Il resta absolument immobile : abasourdi. Il lui en voulait, elle n'avait rien fait, et le désespoir l'embrasait. Car on n'arrête jamais un amour dans la gaieté. C'est pas vrai, c'est pas vrai, pleura-t-il doucement. Oui, c'était bien fini de rêver. Un songe qui avait effacé pour lui le monde et le temps se terminait là. Il fallait maintenant s'y résoudre. Il se concentra sur Héléna : son visage sauvage et sa peau dorée, ses fesses hautes et son dos cambré, ce qu'elle lui avait dit, le baiser qu'il avait volé. Mais il était troublé par cette idée qu'une femme peut en remplacer une autre : on aimait successivement, mais est-ce que c'était de la même façon ?

1. *Un pieu* : un piquet. L'image rend compte de l'intensité de ce qu'il éprouve.

VI

Ils crurent passer l'hiver sans dommage (car ils ne voyaient pas que la vieille s'en allait doucement). Ils avaient déjà eu leur lot. La part mauvaise sur laquelle on doit compter était passée. D'ailleurs les choses s'arrangeaient bien. Misia et Milena se portaient comme des charmes. L'absence de Simon se mesurait en apaisement. Anita ne manquait plus l'école. Lulu s'extasiait : elle saura lire ! Il disait à sa femme : Tu vois, je te l'avais dit. Elle haussait les épaules. Mais sa fille lui donnait de la fierté. Car des mères maintenant bavardaient avec Misia. Elle dit à Esther : Y a des gadjé qui me parlent à la sortie de l'école. Elle avait le sourire et son visage était lavé de quelque chose. Et Anita, demanda Esther, elle est contente ? Faudrait lui demander, dit Misia, elle aime pas qu'on la questionne.

L'école gâchait la vie d'Anita. Le matin, au moment de se mettre en rang pour entrer dans la classe, personne ne voulait lui donner la main. La maîtresse disait devant elle : Anita a des difficultés. Quand elle était interrogée, les autres la harcelaient à la récréation : Tu lis robot ! Tu lis robot ! C'était exact. Elle avait fini par connaître par cœur le livre de lecture. Des pans de phrase lui revenaient par salves[1] qu'elle ânonnait en rougissant. Tout le monde croyait qu'il suffisait d'aller à l'école, mais elle savait que ce n'était pas vrai. Elle savait que quand on ne comprend pas une chose, personne ne peut la comprendre à votre place. Même pas les parents qu'on a. Ils étaient tous des analphabètes (elle avait entendu le mot à l'école) et sa mère aussi en était une, et il n'y avait pas un seul livre chez eux. Quand elle avait du travail à

1. *Par salves* : par rafales, blocs de texte qu'elle a retenus.

faire le soir, Anita n'en disait rien. Sa mère de toute façon ne pourrait jamais l'aider à faire ses devoirs. Parce que quand sa mère essayait de lire, elle comprenait chaque mot mais pas la phrase entière : voilà ce que c'était d'être analphabète. Pourquoi tu sais pas lire grand-mère? demandait Anita. La vieille elle a jamais su lire, disait Angéline, son père il voulait pas qu'elle aille à l'école pour qu'elle devienne comme les gadjé. Esther disait : Les hommes ont une langue, une écriture, une culture. Anita aimait Esther et elle aimait Angéline et elle ne comprenait plus rien. Lis-moi une histoire, disait-elle à Esther. Il était une fois un roi sadique et méchant, lisait Esther. C'est quoi sadique? dit Anita. Sadique est celui qui aime faire du mal aux autres, dit Esther. Continue de lire, demanda Anita. Esther lut, ferma le livre et le donna à Anita. J'aime les histoires, dit Anita en embrassant le carton de la couverture. Esther la serra contre sa poitrine et lui recoiffa les cheveux avec sa main.

Un autre Noël passa, le même moment de vin et d'oublieuse gaieté. En janvier deux poules restaient à picorer dans la boue. Le feu crépitait plus fort qu'à l'ordinaire et Angéline ne se lassait pas de l'entendre : ils brûlaient les carcasses des sapins que les enfants rapportaient. Chaque famille jetait le sien dans la rue. Noël, c'est le mauvais moment pour les sapins! rigola Michaël. Et pour les poules! dit Anita.

Puis Nadia fut enceinte à son tour et cette fois elle ne s'arrêtait plus de gonfler. Antonio ne la quittait pas. Il riait pour un rien. Un fils! songeait-il. Ce sera peut-être une fille! disait Nadia. Il secouait la tête : On l'aimera quand même! Il collait son oreille contre le ventre de sa femme. J'entends, disait-il. Les autres se moquaient. Angéline était heureuse : elle avait retrouvé son fils. Nadia resplendissait. Angéline pensait que les choses étaient faites à l'envers : voilà une femme qui était belle maintenant que son homme était reconquis. Elle regardait sa belle-fille préférée, celle qui avait porté sa propre robe de mariée. Et elle se disait : Le bonheur nous rend la beauté et notre âme éclaire notre corps. Et voilà pourquoi elle était quant à elle ployée et ridée : elle avait vu trop de choses et n'attendait que la mort.

Des esprits tutélaires[1] continuaient de lui parler. Elle écoutait ces mots du ciel et de l'avenir. Ysoris avait écrit : d, e, h, o, r, s. Nadia ne voulait pas lire le mot, elle avait fait mine de buter, mais Angéline avait réussi à comprendre : ils seraient chassés une fois de plus.

Elle décida d'arrêter sa route à ce bord de la ville. Elle reposerait là. Son corps diffuserait chacune de ses parcelles[2] dans cette boue qui avait été le rêve de sa vie. Son âme volerait avec ses enfants, ses petits-enfants, puis les enfants de ses petits-enfants. Elle pensait à Simon et Sandro, car on ne laisse pas un fils en prison et un enfant en terre. Quant aux autres fils, pensait-elle, tout était en ordre. Même Angelo reviendrait bientôt avec cette Héléna. C'était encore un secret, mais elle l'avait deviné en parlant avec Anita. Ils seraient expulsés tous ensemble et, pensa-t-elle, ce n'était pas grave de reprendre la route, cette ville n'était pas une cocagne[3]. La terre de cocagne, se disait-elle, c'est celle qui vous fait travailler.

Et en effet la procédure d'expulsion s'achevait. La commune était parvenue à ses fins. Elle avait racheté le terrain aux enfants de l'institutrice. Les plaintes s'étaient accumulées contre les Gitans. On expliqua cela à Esther dans un bureau de la mairie. Le soir elle pleura. Quatre millions de francs venaient d'être débloqués par le maire de la ville pour murer les logements inoccupés et éviter les squatters. Mais les communes sont obligées de don-

1. *Tutélaires* : protecteurs.
2. L'image signifie qu'elle retourne à la terre dont elle est, en quelque sorte, constituée.
3. Le « pays de cocagne » est un pays imaginaire qui donne tout ce que l'on souhaite en abondance.

ner un terrain aux nomades, répétait Esther. Si le maire décidait cela, il perdrait le quart de son électorat, lui répondaient les autres. Les Gitans seraient bel et bien repoussés, n'importe où pourvu que ce fût ailleurs.

Angéline sut par les lettres que ce serait le premier jour du printemps. Ils seraient refoulés comme un troupeau par des chiens. Une lassitude entra en elle. Elle ne voulait plus appartenir à un monde qui les chassait après les avoir persécutés ou ignorés. Elle se garda de le dire à quiconque. Même, elle continuait de faire le feu, de rire et de parler. Mais si les autres avaient été attentifs, ils auraient vu qu'elle ne mangeait plus et ne buvait que quelques gouttes. Quand son corps se mit à fondre si vite qu'il trahissait son secret, elle bourra de chiffons son soutien-gorge. Le soir, lorsque Angelo venait l'embrasser dans son lit, elle serrait sous la couverture un gros coussin. T'as grossi maman, dit-il un jour. Crois-tu ? lui répondit-elle. Elle souriait. On se regarde si peu et si mal les uns les autres, pensait-elle, il n'y avait que la convoitise[1] pour aiguiser les yeux. Elle se rappela les regards de son mari avant qu'il l'eût prise, quand il ne lui avait vu que le visage, le cou et les mains, et que le plus blanc, il n'avait fait que le rêver. Il avait des regards brûlants qui auraient su la dessiner dans ses jupes. Et quand il la découvrit en entier, les beaux seins blancs qu'elle portait alors, les cuisses pâles autour de la toison noire, ses grosses mains de benêt en rut étaient restées paralysées un instant. Cette peau-là n'avait jamais vu le soleil ni les yeux d'un homme, avait dit Angéline en le regardant sans effroi, et alors elle avait vu clairement sur le visage si proche du sien ce que c'est le désir d'un homme, comment ça peut être irrépressible, et brutal quand il est trop pressé ou même maladroit, et comment ce regard vous poursuit pendant un temps, et comment ensuite il se fatigue. Plus

1. *Convoitise* : désir.

personne ne la désirait maintenant (elle avait même oublié l'effet que ça faisait) : personne ne s'aperçut qu'elle laissait perdre sa chair. Elle se cacha d'Esther parce qu'elle la croyait perspicace. Le matin, Angéline serrait une ficelle autour de sa jupe. Ça sera une assomption[1], pensait-elle. Elle parlait à voix haute, Sainte Marie, mère de Dieu, priez pour nous pauvres pécheurs, et elle avait l'impression de pouvoir monter au ciel. Elle était si légère, une jeune fille qui s'envolait. Oui elle se sentait comme une aile. Jamais depuis longtemps elle ne s'était sentie aussi bien. On aurait dit que ce qu'elle ne mangeait pas lui faisait du bien. Elle essayait de se rappeler : Je n'ai pas mangé depuis..., et elle comptait, éblouie du miracle qu'elle réussissait. Elle allait s'asseoir devant le feu et n'en bougeait plus jusqu'à la nuit, étalant ses jupons autour d'elle pour masquer sa silhouette de mourante. Milena lui apportait un café. Merci ma fille, disait Angéline. Il est bon ce café, disait-elle, mais elle ne faisait qu'y tremper les lèvres et le jetait dans le feu dès qu'on ne la voyait pas.

Un matin elle tomba dans la boue en allant s'accroupir dehors. Misia la trouva évanouie, sous les nuages noirs qui menaçaient, mais la pluie restait suspendue et c'était de son urine que la vieille était mouillée. Sa pâleur était effrayante. Misia en fut saisie. Pour la première fois elle voyait le visage sans chair, la peau plissée autour d'un vide. Elle porta sa belle-mère dans son lit et appela les autres. Ils eurent des plaintes et des larmes, pour essayer ensemble de comprendre ce qui s'était passé, ce qui allait venir et ce qu'ils devaient faire pour elle. Tout, dit Angelo, on doit faire tout. Évidemment, dit Antonio, mais c'est quoi tout? L'hôpital? suggéra Moustique. Non, pas l'hôpital, dit Lulu. Ils en convinrent. Est-ce qu'elle va mourir

1. *Assomption* : allusion à l'enlèvement miraculeux de la Sainte Vierge au ciel par les anges.

grand-mère ? demanda Anita qui s'était mêlée aux parents. Non, dit Misia, grand-mère ne va pas mourir. Et puisque sa mère avait les yeux pleins de larmes pour dire cela, Anita courut rejoindre les autres et dit : Grand-mère va mourir. C'est elle qui verra Sandro la première, dit Mélanie. Il sera bien content de la trouver là, dit Anita. Mais nous on l'aura plus, dit Michaël. Et à cette idée ils restèrent silencieux.

VII

Angéline ne se leva plus jamais et elle commença de parler. Elle parlait comme on ne le fait pas quand la vie entière est à venir. Elle ne s'arrêtait plus. Elle qui avait aimé à la fois les êtres et les conversations, voulait mourir dans ce que les mots peuvent laisser de doux et de profond. Ils surent qu'elle s'en allait. Qu'elle l'avait décidé. Elle l'a choisi comme ça, disait Lulu. C'est la chose qui lui ressemblera le plus, répétait Angelo. C'est sa mort, disait Moustique. Mais ils se refusaient à y croire. Elle continua de leur parler. Que chacun donnât le meilleur de lui-même, voilà un monde réussi, pensait-elle, elle voulait les y aider.

Esther vint. Elle s'agenouilla et son visage était si près de celui d'Angéline qu'elle pouvait sentir l'odeur de la vieille, un mélange indéfinissable. Qu'avez-vous fait ? murmura Esther, c'était un tendre reproche. Je t'attendais, dit Angéline. Ma fille ! dit-elle, prenant les mains d'Esther dans les siennes, et la peau des mains d'Esther était douce et blanche, celle des mains d'Angéline brune et rêche. Angéline dit : Je voulais te dire merci. Il y a un proverbe chez nous, dit-elle, ça dit comme ça, Celui qui donne le respect reçoit le respect. Tu as mon cœur en plus, dit-elle. Elle regarda Esther. Jamais j'aurais cru ça, dit-elle, avoir une fille gadjé. Esther sentit venir ses larmes, elle se concentrait pour les contenir. Tu as donné beaucoup de temps, dit Angéline. Elle se redressa contre l'oreiller, et comme Esther avançait son bras pour l'aider, la vieille dit : Laisse ! Je suis pas si faible (mais Esther vit bien qu'elle l'était). La vieille reprit ce fil de mots qu'elle ne lâchait plus. Le temps, dit-elle, c'est le plus précieux, et à côté le reste c'est presque rien. Elle dit : La seule chose qui manque, qui est comptée et cruelle, c'est le temps. Esther ne pouvait pas parler. Aucun mot n'aurait su traverser sa gorge. Angéline dit : Ne pleure pas. Esther secoua sa tête pour signifier oui, mais simplement ce mouvement pour dire quelque chose la fit pleurer. Elle essuya la larme qui était tombée. Angéline dit : Toute ma vie j'ai été pauvre et maudite, et tout ce temps j'ai aimé ma vie. Elle dit : Et maintenant je vais aimer le ciel. Elle répéta : Ne pleure pas. Puis avec un air désolé : Tu es trop tourmentée. Quel dommage, dit-elle, tu es belle, tu es jeune, tu as un bon mari, ne sois pas dans le tourment. Esther eut un sourire minuscule. Angéline dit : Si tu avais été autrement faite, tu ne serais pas venue vers nous. Mais souviens-toi de ce que je te dis là : Donner aussi est une maladie. Et maintenant va me chercher Milena. Esther se leva. Un peu plus tard Milena entra. Assois-toi sur le lit ma fille, dit Angéline. La jeune femme obéit. Elle ne disait rien. Elle parlait peu et n'écoutait jamais longtemps les conversations. Les mots qu'on brasse ne l'intéressaient pas. Elle repartait passer son café-caillou, étendre son linge, chauffer la soupe, perdue dans ses gestes, le visage concentré dans cette expression étrange de contentement qu'ont les femmes de maison quand l'ouvrage est bien fait. Tu es forte, dit Angéline, je te l'ai jamais dit. Non, dit-elle, j'ai jamais pensé à t'en faire compliment. Milena baissa la tête. Angéline dit : Moi aussi j'étais une grande nature, renâclant pas à la besogne et aucun travail venait à bout de moi. Je sais que mon Moustique est heureux avec toi, tu es une bonne femme pour lui. Je le sais bien, dit Milena. Angéline se mit à rire. Tu as raison, dit-elle, ça sert à rien de faire la modeste. Milena se tortilla sur le lit. Tu dis jamais mot, dit Angéline, es-tu heureuse au moins? Milena opina sans parler. Tu me donnes la paix, dit Angéline, je veux que vous soyez tous heureux. Milena gigotait à nouveau. Va ma fille, dit Angéline, tu as des choses à faire. Mais repose-toi! dit-elle. Oui, répéta Angéline, il faut te reposer pour faire un bébé calme. Et Milena s'en alla sans avoir rien dit. Qu'est-ce qu'elle t'a dit? lui demanda Moustique. Ça te regarde pas, dit Milena. Comme elle le voyait hocher la tête, elle se mit à rire. Elle a dit que t'avais de la chance de m'avoir! dit Milena. Moustique dit : Ouais c'est vrai, n'importe quel homme voudrait ma chance. Et il l'embrassa.

Misia apportait des repas que la vieille ne regardait que pour les refuser. Vous me faites peine à vous laisser partir comme ça, dit Misia. Tu dois pas me dire ça ma fille, dit Angéline. Je vous ai accompagnés longtemps mais mon voyage est fini. On est comme les animaux, dit-elle, si on fait attention, on peut sentir quand c'est le moment de partir. Elle fit un geste vague avec son bras. Ce monde-là me plaît plus, dit-elle. Misia posa une tasse de café et un morceau de pain sur le ventre d'Angéline. Angéline secoua la tête : Non elle ne voulait rien. Elle se figea tout le temps que le café resta sur elle. Et son visage était terrifiant quand elle ne parlait pas, elle ne se dessinait plus les sourcils, on aurait dit une momie blanche. Misia reprit la tasse et le pain. Reste un moment, dit Angéline. Elle avait cette voix plus basse que l'on a quand on parle allongé, cette voix de lit et de matin. Toi aussi tu me fais peine tu sais, dit-elle. Misia baissa la tête, debout au bord du lit à la manière d'une fillette qui se fait sermonner, avec ses mains occupées à tenir la tasse et le pain. Je sais que tu pleures ton fils en cachette, tu crois peut-être que je le sais pas? dit Angéline. Le corps de Misia était comme un arbre, elle tangua imperceptiblement, son poids passa d'un pied sur l'autre par un déplacement infime de masse. La vieille ne se souciait pas du silence, elle dit : Tu as perdu ton fils. C'est le plus dur qu'on peut vivre. Les enfants, c'est le bonheur et la faiblesse des femmes. C'est par là seulement qu'on peut les abattre. Et c'est le miracle du bon Dieu, tu as résisté. Tu es courageuse et c'est bon pour tes enfants et ton homme, car ils ont besoin de toi. Et l'enfant dans ton ventre aussi a besoin de toi. Misia se mit à pleurer doucement dans le café. Angéline dit : Pleure. Elle resta silencieuse tant que Misia pleurait, et l'on eût dit qu'elle accompagnait les larmes avec son silence. Cela fit trois ou quatre minutes, puis la jeune femme s'arrêta et la vieille reprit. Elle dit : Ma fille, tu as toujours eu la tristesse en toi. Je l'ai vu le premier jour où tu es venue vers moi. Derrière ton sourire, je l'ai vu. C'est bien vrai que la vie est pleine de nuages. Et nous sommes à l'intérieur des nuages. Et parfois c'est si noir que le noir vient en nous. Mais à quoi ça peut-il servir de se gâcher le temps ? Tu as deux enfants et mon fils est tout fou de toi. Profite, dit-elle. C'est de la douleur d'aimer, ça c'est bien sûr, mais c'est tout pire de ne pas aimer. Elle dit : On est fait pour ça. Et les femmes encore plus que les garçons. Une femme, dit-elle, c'est pour se donner en entier. Ne te garde pas. Ce qu'on garde pour soi meurt, ce qu'on donne prend racine et se développe. Misia écoutait. La vieille dit : L'amour c'est le plus difficile. Ça vous prend, ça vous malmène, ça vous agite. Et puis quand on croit que c'est gagné, qu'on a dans sa vie celui qu'on voulait, ça se lasse, ça se fatigue, ça se remplit de doute. Mais c'est que dans ce manège qu'on a l'impression de vivre. Ses yeux entrèrent dans ceux de sa belle-fille, elle retrouva une fraction de seconde sa brûlante vivacité. Tu es d'accord ? demanda Angéline. Tu es d'accord avec ce que je dis là ? Misia fit signe que oui. Crois-moi, dit Angéline, c'est une vieille qui te parle. Elle sourit de toutes ses dents noires. Allez va ranger ce café, dit-elle. Et dis pas aux autres que j'ai rien pris.

Misia ne disait rien aux autres. Elle mange un peu? demandait Nadia qui faisait la toilette d'Angéline et voyait comment elle continuait de maigrir. Elle a plus de chair, dit Nadia. Misia se taisait, Nadia soupira. Vous ne mangez rien! dit-elle en relevant le drap qui couvrait sa belle-mère. Le corps était terrible à voir, quelque chose qui ne ressemblait pas à ce que l'on connaît d'ordinaire : une peau qui tient sur une chair gonflée. Non, c'était là des milliers de plis, une sorte de tussor[1] couleur de sable clair, taché de plaques violines[2], un peu délavées. Nadia commença de laver les pieds de la vieille. Ils ont bien dégonflé, dit-elle. Angéline acquiesça. C'est parce que je reste allongée, dit-elle. Au moins vous vous reposez, dit Nadia, mais il faudrait aussi vous remettre à manger. Angéline secoua la tête. Vous allez faire tant de peine à vos fils! dit Nadia, ils ont encore besoin de vous. Non! dit Angéline, ils croient qu'ils ont le besoin, mais c'est non. Elle avait l'air butée et sûre d'elle-même pour dire cela. On a toujours besoin de sa mère sur la terre, dit Nadia. Tu dis ça parce que t'as pas eu la tienne, dit Angéline. Moi je crois le contraire : il faut qu'à un moment les yeux des parents se ferment. Que les enfants ils aient plus ce regard sur eux. Elle dit : C'est ton regard qui doit compter pour Antonio. Nadia baissa les yeux. Elle continuait de laver les jambes. Pardonne toujours, dit Angéline. Le pardon ça grandit, ça embellit. Elle dit : Ma fille. Ma fille préférée. Nadia sembla embarrassée. Je peux bien le dire à toi maintenant, dit Angéline. Tu te souviens? demanda-t-elle. Quoi? dit Nadia (et elle s'arrêta de laver le corps allongé qui s'était mis à murmurer). Quand je t'ai donné ma robe, dit Angéline. Oui, dit Nadia, je me souviens. Elle sembla remonter le temps, revenir à l'instant exact où elle avait ouvert le carton sous les yeux amusés

1. *Tussor* : tissu de soie.
2. *Violines* : de couleur violet pourpre.

d'Angéline. Elle dit : Je me souviens de la blancheur et des plis parfaits. Angéline dit : Dieu sait comme je faisais bien les choses quand j'étais jeune ! Nadia dit : Je me souviens que j'étais heureuse. Pour une noce ! (Elle se moquait.) Je ne savais pas que c'était si peu. L'expression de son visage s'assombrit. Angéline dit : J'ai su que tu étais bonne dès que j'ai regardé dans tes yeux. Et je savais qu'Antonio te ferait souffrir. Mais j'ai rien dit. Je voulais pour lui cette fille douce que je voyais sourire devant ma robe de mariée. Nadia se mit à rire et il y avait un peu d'amertume dans ce rire. Ne sois pas triste, dit Angéline, tu l'as regagné. Pour combien de temps ? dit Nadia avec une voix amenuisée[1] par la détresse. Elle essuya le vieux visage qui s'incrustait dans l'oreiller. Voilà, dit-elle, vous êtes toute propre. Tu es bien gentille avec ta mère, dit Angéline. Nadia baisa le front de la vieille. Ne veux-tu pas installer les lettres et le verre ? dit Angéline. Ah ! Non ! dit Nadia, vous vous faites assez d'idées noires. Et voilà ce que c'est d'être vieille et ignoreuse[2] ! s'exclama Angéline, on est obligé d'attendre après les autres. Elle ferma les yeux et cessa de parler. Son âme, sa personne entière s'absentaient, il ne restait que ce corps terrible et vain, ce visage nu et clos. C'était insupportable et interminable. Nadia sursauta d'effroi. C'est fini, pensait-elle. Oh mon Dieu ! c'est fini. Elle fut prise d'un sanglot. Je dors ! dit Angéline avec sa voix basse, celle qui avait des petits graviers dans la gorge. La porte de la caravane se referma doucement sur Nadia. Angéline rouvrit les yeux. Dieu ! appela-t-elle. Viens me prendre. Maintenant ! dit-elle. Et elle pensa : Voilà bien comme je suis, je donne des ordres à Dieu ! Elle était fière d'elle-même.

Et la vieille continua de parler pendant tout février. Il pleuvait sans arrêt, et cette fois elle aima la pluie qui sau-

1. *Amenuisée* : affaiblie.
2. *Ignoreuse* : néologisme, pour « ignorante ».

tillait sur son toit. Esther vint lire dans sa caravane. « Loin en mer, l'eau est bleue comme les pétales du plus beau bleuet, et claire comme le verre le plus pur[1]... » Je comprends pourquoi ils sont sages avec toi ! disait Angéline. Chut grand-mère ! lui disaient les enfants. Elle écoutait, avec ce nouveau visage qui avait perdu sa largeur et son regard battu par l'épuisement. Mais elle interrompait la lecture avec ses commentaires. La mer, faisait-elle, je l'ai vue deux fois. J'suis restée des heures à la regarder qui bougeait. Elle eut une longue inspiration. On peut pas la penser la mer si on l'a pas vue. Hein qu'on peut pas la penser la mer ? dit-elle à Esther. Esther acquiesçait avant de reprendre. Quelquefois la vieille s'endormait dans son lit. Elle ronflait et cela faisait rire les enfants. C'est pas drôle, disait Anita, plus frappée que les autres par l'aspect étrange de sa grand-mère. Les vieux ça ronfle, disait Michaël, on peut bien rigoler. J'ai pas envie d'être vieille, disait Mélanie. Tu dis tout le temps ça, lui répondaient les autres. Elle haussait ses épaules rondes. La vieille ouvrait un œil. Tu lis plus ? disait-elle à Esther. C'est fini, disait Esther. Oh ! faisait Angéline, j'ai manqué la fin. Voulez-vous que je la relise ? demandait Esther. Pff ! faisait Angéline. Laisse ! Je m'en passe bien.

Elle prit ses garçons, un à un. Ils écoutaient, désemparés. Plus tard peut-être, quand elle ne serait plus, ils prendraient le temps de penser à ce qu'elle avait dit. Pour l'instant ils ne voyaient qu'elle. Et quand elle cessa de les reconnaître et perdit connaissance, ils l'emmenèrent à l'hôpital. Elle avait dit : Jamais l'hôpital ! Promettez ! Les fils avaient promis. Mais ils ne tenaient plus. On peut pas la regarder mourir sans rien faire, dit Moustique, ils sauront l'alimenter au moins. Elle sera furieuse ! dit Angelo au moment de partir. Si elle est furieuse c'est qu'elle est guérie ! dit Antonio. Ils voulaient croire qu'ils la sauve-

1. Citation tirée du conte d'Andersen, *La Petite Sirène*.

raient malgré elle. Et comment auraient-ils pu en effet se résigner à la perdre, quand jamais ils n'avaient fait leur vie sans elle ? Comment accepter de n'être plus en ce monde l'enfant de quelqu'un ? Pour la première fois ils désobéirent.

Ils conduisirent dans la nuit, et aussi dans le souvenir de Sandro qui venait en eux de plus en plus vif au fur et à mesure du chemin qui se répétait. Lulu se mit à pleurer et Antonio qui conduisait cria Merde ! parce qu'il venait de se tromper. Tourne à droite à la prochaine, dit Moustique. Lulu sentait son cœur comme un animal fou dans sa cage. Ses enfants le rouaient[1], Djumbo et Sandro, l'un né et l'autre mort ici. Il ferma les yeux, pensa : On traîne sans relâche ses souvenirs ses blessures, et regarda sa mère, grise de son agonie, qui serait la prochaine balafre[2] dans le bonheur.

Tu crois qu'elle sent où elle est ? demanda Angelo. L'infirmière entendit. On ne sait rien de ce qu'elle sent, dit-elle, on ne sait rien. Elle voulait dire que tout était possible, et qu'il venait peut-être dans ce silence et ce recroquevillement une acuité plus immense de la perception, une manière de relation au monde qui nous dépasse. Rentrons ! dit Lulu qui n'y tenait plus. Ils marchaient tête basse, les quatre, dans le silence jaune du couloir. De toute façon, dit Angelo en se retrouvant dehors, c'est pas pour longtemps.

Non, il ne lui prit pas longtemps pour mourir à l'hôpital. La première nuit. Toute seule. Elle était dans le noir et il faisait une bonne chaleur et elle avait l'impression d'être nue (et elle l'était en effet sous un drap). Elle pensait à sa naissance dans le couloir sombre tiède et soyeux. Quelque chose la propulsait. C'était la même difficulté de quitter la terre, d'y venir, le même mouvement

1. *Le rouaient* : le mettaient au supplice.
2. *Balafre* : entaille.

qui vous échappait. Aucun moment n'atteignait cette intensité. La naissance et la mort valaient la peine. Elle eut dans ses yeux fermés ses cinq nouveau-nés. Angelo. Lulu. Simon. Antonio. Moustique. Son pouls s'accéléra en même temps qu'elle pensait leurs noms et leurs visages. Elle les laissait à la terre. Sainte Marie, mère de Dieu, protégez mes enfants. Une flèche de lumière traversa ses paupières. Son corps lui sembla une limite qu'elle repoussait de ses deux mains comme une porte battante. Elle sentit une douleur violente. Elle s'arrachait enfin de la chair close qui la tenait. Elle extirpait son âme de l'enveloppe de peau fine et fripée. Elle vit son corps inerte et vieux, épouvantable qui gisait sous le drap, avec ses yeux ouverts et perdus. Elle pensa Mon Dieu, et ce fut tout ce qu'elle pensa avec des mots de la terre et des hommes.

Le lendemain ils étaient là, quatre fils à pleurer. Elle savait que c'était l'hôpital, dit Angelo. Elle a cru qu'on l'abandonnait, dit Lulu. Non, dit Antonio, elle savait qu'on l'aimait mais ça suffisait pas. Elle voulait plus vivre. Qu'est-ce que c'est l'amour des garçons pour une mère ? C'est pas l'amour d'un homme. Et elle voulait jamais rien demander, dit-il. C'est pour le Simon qu'elle a voulu mourir, dit Lulu, elle supportait pas un fils en prison. Tu te rends compte, dit-il à Antonio, un Gitan enfermé ! Ouais ! fit Antonio. Moustique regardait sa mère. Elle a déjà changé, dit-il à voix basse. Oui, dit Angelo, elle est toute jaune. Ils vont la préparer, dit Lulu. Le mot lui était venu tout seul et le faisait frémir. Il se rappelait le petit corps de Sandro. Moi je reste pas, dit-il aussitôt. Moi non plus, dit Moustique, Milena est pas bien. Angelo dit : Je resterai. Il était l'aîné en disant cela, responsable, et ils voyaient qu'il voulait jouer ce rôle. Antonio hocha la tête : Je peux rester aussi si tu veux. C'est égal, dit Angelo, chacun fait comme il peut. Moi j'ai pas de femme, c'était celle que j'aimais le plus sur terre. Alors il pensa à Héléna et pleura d'un coup : on pouvait donc pas avoir deux bonheurs ensemble.

VIII

Milena, Misia, Nadia. Les trois belles-sœurs étaient enceintes. Mais cela ne suffirait pas à leur donner le droit d'être là. On sera expulsés le jour du printemps, dit Nadia. Je sais, dit Esther, on me l'a dit à la mairie. Esther s'en alla vers les enfants. C'était le dernier mercredi. Ils savaient. Elle le vit aussitôt. Ce sera la dernière histoire, dit Anita. Non, dit Esther, je vous trouverai et je reviendrai. Si vous n'êtes pas trop loin. Ses yeux s'emplirent de larmes. Elle distinguait à peine les visages des enfants. Un jour vous saurez lire seuls, dit Esther. Ça m'étonnerait ! dit Mélanie. Bon ! dit Anita (elle avait reçu d'Angéline le courage et l'inlassable énergie qu'il faut pour ne pas renoncer), on lit. Mais Esther ne commençait pas. On lit maintenant, dit Anita résolument. Tu vas pas pleurer puisque tu nous trouveras, dit Mélanie. Tu as raison, dit Esther. Elle essuya ses yeux d'un geste rapide. Elle dit : J'ai choisi une fable que j'aime beaucoup. Qu'est-ce que c'est ? dit Carla. Vous allez voir, dit Esther, vous allez voir comme c'est beau. Et si on comprend pas ? dit Carla. Esther dit : Je sais que vous comprendrez. Elle ajouta avec un sourire malicieux : Parce que vous êtes intelligents. Ils étaient contents. Elle lut le titre : *Le Savetier et le Financier*. C'est quoi le savetier ? dit Michaël. C'est un autre mot pour dire cordonnier, dit Esther, un savetier est un homme qui répare les souliers. Cette histoire est écrite d'après une fable de Jean de La Fontaine. Le même qui a écrit *Le Lion et le Rat* ! s'écria Anita. Exactement, dit Esther. Et elle commença de lire. « Un savetier chantait du matin jusqu'au soir. » Elle lut jusqu'au bout dans un silence terrible car c'étaient ensemble de l'attention, du chagrin, et de l'abattement. Sa gorge était sèche. Deux ou trois fois elle perdit sa voix. Les enfants la regardaient tousser. L'histoire se terminait.

« Rendez-moi, lui dit-il, mes chansons et mon somme, et reprenez vos cent écus[1]. » Ouah ! fit Michaël. C'est beau, confirma Anita. Et Nadia, qui passait devant le groupe, chantonna : Reprenez vos cent écus, reprenez vos cent écus...

La vieille avait dit : Parlez-leur d'Angéline. Dites qu'elle n'a pas eu la force d'attendre mais qu'elle aime tous ses petits-enfants, et que du paradis des Gitans elle les protège. Je le promets. Et peut-être a-t-elle commencé de tenir sa promesse, puisque les mères enflent dans le même élan. Et pas une fois elles ne verront un médecin, et de même que les autres enfants, ceux-ci probablement naîtront et vivront. Elles sont trois fruits du printemps, une réponse au sort contraire, à la folie, aux amours malheureuses, à la mort, une audace et une grâce. Et maintenant elles se tiennent debout face aux policiers, le ventre en avant, cambrées, comme s'il y avait en elles quelque chose de flamboyant et de victorieux, quelque chose de fatal et d'irrémédiable, contre quoi ils ne peuvent rien avec leurs lois, leur mépris, leurs poursuites et leurs procédures. Au milieu des uniformes raides et propres, leurs jupes, que l'arrondi du ventre fait remonter par-devant, semblent des chiffons usagés que la poussière aurait blanchis. Enveloppée dans ces couleurs passées, leur beauté farouche est un peu perdue. Les policiers sont venus procéder à l'expulsion. Il y a parmi eux une femme. Expulser des mères, cela doit lui être impossible : elle reste en retrait, à regarder ses pieds, la chose la plus neutre en ce lieu extravagant. Les hommes portent sur la cuisse l'étui de leur revolver, de l'autre côté la matraque, et sur le visage l'obéissance qui assure qu'ils se serviraient de tout, si tout devenait nécessaire. Ils poussent les Gitans vers les camions. Les femmes traînent

1. Citation tirée de la fable de La Fontaine, *Le Savetier et le Financier.*

et se lamentent, une plainte continue qui devient un fond sonore naturel. Ils les harcèlent pour les faire avancer. Chaque fois que l'un d'eux touche l'une d'elles, elle se dégage avec un de ces gestes outragés qu'elles ont, parce que rien ne leur appartient que l'orgueil de ne pas mêler leur cœur aux autres. Parfois l'une ou l'autre pousse un cri immense qui arrête la marche, un sursaut de colère contre les actions viles, contre celle qu'ils sont occupés à mener, au nom de la ville qui n'a jamais connu les Gitans. Les enfants sont dans les jupes et les ventres. De temps à autre elles passent une main sur leurs cheveux. Lorsqu'un policier vient à sourire à un enfant (ce qui se produit plusieurs fois), la mère écarte aussitôt l'enfant de ce regard, le tire plus près d'elle. Et alors ce qu'elle pense est clair pour tout le monde.

Les hommes à côté de leurs épouses n'ont pas cette splendeur. Il y a en eux plus d'abattement et moins de révolte. Ils sont brisés par l'insulte. Comme s'il était encore temps de les aider, ils soutiennent leurs femmes par la taille au moment de monter sur le marchepied du camion. Antonio attrape Nadia et la soulève à bout de bras jusqu'à la banquette râpée. Elle a des larmes plein les yeux qu'elle cache dans ses cheveux. Et ses poignets sont si fins que lorsqu'elle tend la main à Mélanie, Antonio soulève sa fille jusqu'à Nadia. Laisse-moi ! dit Milena à Moustique.

C'est ainsi qu'ils quittèrent la ville, dans la colère des femmes, le silence abruti des maris et les pleurs des enfants. Non pas que cela changeât beaucoup de l'ordinaire des humeurs, mais ils étaient expulsés tels des cafards indésirables, c'était une offense autant qu'une blessure. Ils reprenaient la route. Ils abandonnaient deux caravanes défoncées, le corps d'une vieille et celui d'un enfant. Nadia ne cessait de penser à Angéline qui lui avait tellement parlé. Elle reposerait seule, sans hommage et sans fleurs, à côté du petit-fils, dans cette terre étrangère qui les refoulait. Ils avaient toujours abandonné leurs morts, pensa Nadia. Si elle n'avait eu le bébé, cette intensité de bonheur promis qui enflait en même temps que son ventre, elle aurait sombré. Misia pleurait dans ses mains. En quittant le vieux potager elle perdait Sandro une seconde fois et le bébé ne suffisait pas. Hou hou, faisaient ses sanglots et Djumbo la regardait avec des yeux étonnés : ce n'était pas le bruit que faisait sa mère d'habitude. Où on ira ? disait-elle à Lulu, et ce n'était pas une voix qu'elle avait pour le demander, c'était un gémissement aigu. Il hochait la tête. On a toujours trouvé où se poser, répondait-il. La seule chose qu'il regrettait c'était l'école. Il ne le disait pas, mais l'idée lui assombrit le visage un instant et alors il ne vit plus ni Misia, ni Djumbo, ni personne, il vit Esther. Et Misia se remit à pleurer de plus belle en devinant que Lulu était malheureux.

Pour le premier jour du printemps le soleil était encore en hiver. C'était un soleil bas et blanc qui argentait le gris du ciel. Et le jour était pâle, et dans ce blanc de clair de lune tressaillait la chevelure noire et profuse de Misia, se mouvait l'ombre des uniformes, clignotaient les lumières des voitures. La police travaillait. Quelques badauds enracinés dans le bitume regardaient ce spectacle[1] : la caravane à demi éventrée de Simon, les autres, sales, semblables à des insectes gris sur leurs pattes fines. Les ficelles qu'on leur accrochait partout. Le toit de tôle de ce qui avait été la cuisine était tombé. Les bidons rouillés dans lesquels ils s'étaient baignés avaient été renversés. L'eau de vaisselle savonnait la boue. L'ensemble avait un air de misère. Et cela était si vrai que les larmes de Misia redoublaient chaque fois qu'elle sortait ses yeux de ses mains, et que Lulu dit : C'est pas un palais qu'on abandonne. Mais il pensait à l'école et ne parla pas davantage. Il grimpa sur le marchepied de son camion,

1. L'immobilité des passants traduit leur passivité.

balaya le décor d'un dernier regard. Une mélancolie le broya à l'idée de sa mère et du temps révolu qu'ils laissaient ici. Et pourtant, si énorme sur le fond pur du ciel, il semblait puissant, invincible. Il s'installa au volant avec une rapidité qui était de la rage, et tourna la clef de contact. On a jamais eu tant d'essence ! dit-il (et il était plein d'amertume) en voyant monter l'aiguille du réservoir. Car la mairie avait donné de quoi rouler.

Épilogue

Esther ne perdit pas leur trace. Ils s'étaient arrêtés plus loin vers le sud. Les belles-sœurs avaient accouché. L'enfant de Milena avait des cheveux jusqu'aux sourcils. Nadia avait eu un fils. Misia ne voulut pas donner à sa fille d'autre prénom qu'Angéline. Les autres surnommaient déjà le nourrisson la Vieille. Ils en riaient pour adoucir le souvenir. Simon était soigné dans un hôpital psychiatrique de province. On disait à ses frères qu'il n'en sortirait probablement pas. Héléna n'était pas revenue à la vie des Gitans. Angelo avait quitté le camp pour vivre avec elle dans la banlieue sud. Il attendait qu'elle fût enceinte et elle prenait sans le lui dire une pilule contraceptive. Elle l'avait confié à ses belles-sœurs un de ces dimanches qu'ils passaient tous ensemble. Lulu il me tuerait si je faisais un truc pareil, disait Misia, très agitée par cette question car elle avait constamment peur d'attendre un enfant. Ça, j'oserais jamais la prendre la pilule, disait-elle en mettant sa bouche dans ses mains. Moi non plus, disait Milena.

Les femmes avaient changé d'avis sur l'école. Carla, Michaël et Mélanie avaient été scolarisés à leur tour. Anita lisait et écrivait. Une amie d'Esther venait le mardi pour une heure de soutien scolaire. Les belles-sœurs lui parlaient d'Esther. Tu le connais son mari ? Non, disait l'amie. À toi aussi elle t'le cache ! disait Milena. Il doit être beau ! disait Misia. Et elles riaient comme des gamines.

Esther faisait la lecture le premier mercredi du mois. Ils regrettaient de la voir moins souvent (parce qu'elle habitait très loin). Quand elle lisait, baignée dans le miracle du papier, cet entre-deux, le calme venait sur les enfants, leurs épaules tombaient, un délassement les emportait. Parfois les yeux de la lectrice se remplissaient d'eau, derrière quoi les lettres devenaient de petits pâtés noirs. Elle pensait à la grand-mère Angéline. Le visage luisant et le rire noir lui manquaient. Alors elle se moquait des mots. Il leur arrivait de danser et d'entraîner les rêves, mais ils ne suffisaient pas. Les jours venaient dans le même rythme inexorable, et la douleur qu'on portait en soi se renouvelait indéfiniment. Esther écoutait cette douleur. Viens voir, disait Misia. Elle tenait le bras d'Esther. Tu crois qu'ils me prendront Djumbo à la maternelle ? Elle était inquiète. Quelle idée ça avait été de l'appeler de ce nom-là. Esther la rassurait. Il pleut, disait Misia, venez lire dans la caravane. Milena faisait le café. Les hommes surveillaient la gadjé. Ils bavardaient. Ça va pas fort dans ce pays, disait Moustique, faudrait p't-être voir à aller ailleurs. Milena fronçait ses gros sourcils. Esther donnait une opinion. Comment tu sais tout ça si t'as pas la télé ? lui demandait Lulu. Je lis les journaux, disait Esther, j'écoute la radio. Nadia la regardait fixement. Et t'as déjà lu un… Comment c'est déjà ? Je le sais le mot, disait Nadia. Un roman ! Elle disait roman comme on dit rôti. T'as déjà lu un roman ? Je veux lire un roman. C'est bien un roman ? Tu vas m'apprendre et je lirai un roman, répétait-elle à Esther. Nadia lui tendait son bébé. Elle fouillait dans la caisse de livres. *Petit-Bond en hiver.* C'était son préféré. Je te lis, disait Nadia. Elle se courbait en deux sur la page. Et Petit-Bond marchait dans la neige et Nadia était émue.

Dossier

Les Gitans : entre mythe et réalité

La réalité des « Gitans »

Les Tsiganes, un peuple aux noms multiples

Les Tsiganes sont originaires du nord de l'Inde, d'où ils ont émigré à partir de la fin du Xe siècle, sans que l'on ait pu établir les circonstances de ces déplacements, certainement étalés dans le temps. Ils se sont dispersés un peu partout en Europe, se dirigeant aussi vers d'autres continents. La diversité des noms qui les désignent tient à ces pérégrinations mais aussi à la langue des pays traversés et aux préjugés dont ils ont été la cible. L'étymologie du mot « Gitan » est ainsi à rechercher dans le nom du pays dont ces voyageurs prétendaient provenir, l'Égypte (*gitano* dériverait de *egyptano*) ; « Tsigane », lui, est issu de l'allemand *Zigeuner* (« celui qui erre çà et là ») et « Calé », qui signifie « pas blanc », fait référence, chez les Gitans d'Espagne, à la couleur de la peau. « Bohémiens », « Manouches », « Romanichels », « Sintis », « Gringos »..., toutes ces appellations, employées de façon plus ou moins péjorative, n'altèrent pas le sentiment puissant d'appartenance à un seul peuple qui les habite et se manifeste lors de grandes concentrations (comme le pèlerinage des Saintes-Maries-de-la-Mer, en Camargue, au mois de mai). Les Gitans s'entendent tous pour désigner sous le terme générique de « gadjo » quiconque n'est pas gitan. Lors de leur premier congrès fédérateur, en 1971, ils ont adopté le terme « Roms » pour désigner leur peuple.

La langue tsigane, issue du sanskrit, une ancienne langue indienne, s'est fragmentée en de nombreux dialectes, au fil du temps et des déformations occasionnées par l'influence linguistique des pays traversés. Essentiellement parlé, le romani a été doté d'un alphabet et a fait l'objet d'une standardisation, qui permet à tous les Roms, qui ont par ailleurs adopté chacun la langue du pays où ils stationnent, de se reconnaître en elle.

Le nomadisme

Aujourd'hui, les Roms comptent environ douze millions d'individus, dont les deux tiers en Europe, y constituant ainsi la plus grande minorité. Depuis des siècles, ils voyagent sans esprit de conquête, en suivant le mouvement du soleil. Ainsi les Roms n'ont-il pas d'Histoire officielle, pas de religion qui leur soit propre, pas de texte : ils sont les Voyageurs. Ils s'appellent eux-mêmes « peuple du long chemin ». Ils ont toujours fasciné par leur mode de vie – autrefois, ils campaient dans des grottes ou se déplaçaient dans des roulottes sculptées et peintes avec art, les verdines –, exerçant des petits métiers tels la vannerie, le rétamage… Ils ne possèdent que ce qu'ils portent et transportent : leur pauvreté n'exclut pas l'ostentation. Les biens doivent sembler « aisément » acquis : le dur labeur et la parcimonie ne sont pas des valeurs gitanes [1]. Leur singularité émerveille parfois, comme Jean Cocteau en témoigne lorsqu'il écrit : « L'aristocratie gitane conserve la tradition du vrai luxe qui consiste à ne pas se mésallier et à vivre sans esclavages [2]. » Victimes du même sort que les Juifs pendant la Seconde Guerre mondiale, les Roms ont été arrêtés par les nazis, internés et exterminés dans les camps de concentration : des centaines de milliers d'entre eux ont trouvé la mort entre 1933 et 1945.

Recherchez le passage du roman où Esther et Angéline communient dans la même appartenance aux peuples victimes du nazisme. Quelle est la fonction de ce passage ?

Commentez le drapeau rom reproduit ci-contre. Quels symboles y découvrez-vous ?

1. Voir Isabel Fonseca, *Enterrez-moi debout*, Albin Michel, 2003, p. 42.
2. Préface de Lucien Clergue, *Les Gitans*, Marval, 1996.

Sur le drapeau rom, la roue est rouge et le fond bleu en haut et vert en bas. Cet emblème a été adopté en 1971, lors du premier congrès mondial tsigane.

La loi et les conditions d'existence réelles

En France, les Gitans tendent à se fixer en un lieu déterminé, de façon durable. Leur sédentarisation est favorisée par la législation.

La loi Besson du 31 mai 1990 oblige les communes de plus de 5 000 habitants à créer une aire de stationnement à proximité des écoles et des commerces pour les voyageurs de passage ; son application en région parisienne a été médiocre : il faudrait trois fois plus de places que celles déjà conçues.

Cette loi a été complétée par la loi Gayssot du 13 décembre 2000 sur la solidarité et le renouvellement urbain, qui lutte contre les exclusions par la création de logements sociaux : les communes de plus de 50 000 habitants devraient, d'ici vingt ans, voir 20 % de leur habitat consacré au logement social, dont les Gitans pourraient bénéficier de manière plus ou moins temporaire. Mais les craintes ancestrales qui opposent les sédentaires aux nomades rendent l'application de la loi lente ou impossible. Entre la « contrainte » d'accueillir les gens du voyage de façon décente et la pression de leurs électeurs qui craignent pour la sécurité de leur commune, les maires ont du mal à maintenir une ligne politique juste.

En outre, ces lois sont également contrecarrées par des mesures qui privilégient la sécurité intérieure; contrairement à la conception républicaine de la citoyenneté, les « nomades » restent appréhendés comme une minorité dans l'État : à la différence des Français depuis longtemps sédentaires, ils doivent détenir un livret de circulation, porteur de renseignements spécifiques.

On voit combien la scolarisation des enfants, qui réclame durée et régularité de fréquentation, peut être rendue difficile : certaines communes ou des associations religieuses envoient des travailleurs sociaux et des instituteurs auprès des familles lorsqu'elles s'installent durablement, plutôt que d'admettre les enfants dans les écoles; s'ils risquent d'y être méprisés comme venant d'un « autre monde », ils y pâtissent aussi de leur propre instabilité, et de la difficulté de se conformer aux rythmes réguliers qui y sont imposés.

On remarque la nécessité de lutter contre une certaine ignorance et un désœuvrement, mais on note aussi les souffrances qu'endurent les enfants lors de leur intégration. La situation des Gitans est demeurée précaire, comme le roman s'en fait l'écho dans les scènes où la famille d'Angéline est confrontée aux institutions de la société sédentaire : l'école, l'hôpital, la police.

Recherchez dans le roman les scènes de confrontation entre Angéline et les siens et les institutions sociales : qu'ont-elles en commun ? Quelle explication en donnez-vous ?

Prosper Mérimée, *Carmen* (1845)

Dans la seconde moitié du XIXe siècle, se développe un oût pour l'exotisme, favorisé par l'expansion coloniale et le 'éveloppement des voyages d'agrément. En littérature, il se raduit notamment par l'intérêt porté aux « Bohémiens », à la ɔis objets de douces rêveries – symboles de liberté – et ujets de curiosité – ils intriguent par leur étrangeté.

Nouvelliste, Prosper Mérimée (1803-1870) est aussi un :rudit d'histoire : en 1834, il est nommé inspecteur des 1onuments historiques. Ses descriptions pittoresques sont le ·uit de recherches documentées.

Dans *Carmen*, il raconte une terrible passion : un officier le l'armée espagnole déserte et se fait contrebandier par mour pour une belle et envoûtante Gitane, Carmen, qui aime puis le quitte pour un autre. La nouvelle s'achève sur la ıort de la jeune femme, tuée par son ancien amant, qui n'a essé de l'adorer : histoire brève et dénouement tragique, *:armen* est égalcment un « document » sur la vie des Gitans spagnols. En effet, le dernier chapitre se présente comme un reportage »…

[…] Les caractères physiques des Bohémiens sont lus faciles à distinguer qu'à décrire, et lorsqu'on en a vu n seul, on reconnaîtrait entre mille un individu de cette ace. La physionomie, l'expression, voilà surtout ce qui es sépare des peuples qui habitent le même pays. Leur eint est basané, toujours plus foncé que celui des popuations parmi lesquelles ils vivent. De là le nom de *Calé*, es noirs, par lequel ils se désignent souvent[1]. Leurs yeux ensiblement obliques, bien fendus, très noirs, sont mbragés par des cils longs et épais. On ne peut compa-

. Il m'a semblé que les Bohémiens allemands, bien qu'ils comrennent parfaitement le mot « Calé », n'aimaient point à être ppelés de la sorte. Ils s'appellent entre eux *Romané tchavé* (note e Mérimée).

rer leur regard qu'à celui d'une bête fauve. L'audace et la timidité s'y peignent tout à la fois, et sous ce rapport leurs yeux révèlent assez bien le caractère de la nation rusée, hardie, mais craignant *naturellement les coups* comme Panurge. [...] Un des noms que se donnent les Bohémiens, *Romé* ou les *époux*, me paraît attester le respect de la race pour l'état de mariage. En général on peut dire que leur principale vertu est le patriotisme, si l'on peut ainsi appeler la fidélité qu'ils observent dans leurs relations avec les individus de même origine qu'eux, leur empressement à s'entraider, le secret inviolable qu'ils se gardent dans les affaires compromettantes. Au reste dans toutes les associations mystérieuses et en dehors des lois, on observe quelque chose de semblable.

J'ai visité, il y a quelques mois, une horde de Bohémiens établis dans les Vosges. Dans la hutte d'une vieille femme, l'ancienne de sa tribu, il y avait un Bohémien étranger à sa famille, attaqué d'une maladie mortelle. Cet homme avait quitté un hôpital où il était bien soigné, pour aller mourir au milieu de ses compatriotes. Depuis treize semaines il était alité chez ses hôtes, et beaucoup mieux traité que les fils et les gendres qui vivaient dans la même maison. Il avait un bon lit de paille et de mousse avec des draps assez blancs, tandis que le reste de la famille au nombre de onze personnes, couchaient sur des planches longues de trois pieds. Voilà pour leur hospitalité. [...] Un trait remarquable du caractère des Bohémiens, c'est leur indifférence en matière de religion ; non qu'ils soient esprits forts ou sceptiques. Jamais ils n'ont fait profession d'athéisme. Loin de là, la religion du pays qu'ils habitent est la leur mais ils en changent en changeant de patrie. Les superstitions qui, chez les peuples grossiers remplacent les sentiments religieux, leur sont également étrangères. Le moyen, en effet, que des superstitions existent chez des gens qui vivent le plus souvent de la crédulité des autres. Cependant, j'ai remarqué chez les Bohémiens espagnols une horreur singulière pour le contact d'un cadavre. Il y en a peu qui consentiraient pour de l'argent à porter un mort au cimetière.

J'ai dit que la plupart des Bohémiennes se mêlaient de dire la bonne aventure. Elles s'en acquittent fort bien. Mais ce qui est pour elles une source de grands profits, c'est la vente des charmes et des philtres amoureux. Non seulement elles tiennent des pattes de crapauds pour fixer les cœurs volages, ou de la poudre de pierre d'aimant pour se faire aimer des insensibles ; mais elles font au besoin des conjurations puissantes qui obligent le diable à leur prêter son secours. [...]

L'histoire des Bohémiens est encore un problème. On sait à la vérité que leurs premières bandes, fort peu nombreuses, se montrèrent dans l'est de l'Europe, vers le commencement du quinzième siècle ; mais on ne peut dire ni d'où ils viennent, ni pourquoi ils sont venus en Europe, et, ce qui est plus extraordinaire, on ignore comment ils se sont multipliés en peu de temps d'une façon si prodigieuse dans plusieurs contrées fort éloignées les unes des autres. Les Bohémiens eux-mêmes n'ont conservé aucune tradition sur leur origine, et si la plupart d'entre eux parlent de l'Égypte comme de leur patrie primitive, c'est qu'ils ont adopté une fable très anciennement répandue sur leur compte.

La plupart des orientalistes qui ont étudié la langue des Bohémiens, croient qu'ils sont originaires de l'Inde. En effet, il paraît qu'un grand nombre de racines et beaucoup de formes grammaticales du romani se retrouvent dans des idiomes dérivés du sanscrit. On conçoit que dans leurs longues pérégrinations, les Bohémiens ont adopté beaucoup de mots étrangers. Dans tous les dialectes du romani, on retrouve quantité de mots grecs. Par exemple : *cocal*, os, de coccalon ; *petalli*, fer de cheval, de petalon ; *cafi*, clou, de carji, etc. Aujourd'hui les Bohémiens ont presque autant de dialectes différents qu'il existe de hordes de leur race séparées les unes des autres. Partout ils parlent la langue du pays qu'ils habitent plus facilement que leur propre idiome, dont ils ne font guère usage que pour pouvoir s'entretenir librement devant les étrangers. [...]

Les Bohémiens en marche, gravure de Jacques Callot (1592-1635).

Cette composition appartient à une série de quatre pièces appelée *Les Bohémiens*, une des œuvres les plus connues du graveur. Elle est inspirée d'un épisode autobiographique : lorsque, enfant, Jacques Callot a fui la maison paternelle pour se rendre en Italie, le « pays de l'Art », il a été adopté par des Bohémiens. Cette aventure romanesque a été rapportée et développée avec délectation

Baudelaire,
***Les Fleurs du mal* (1857)**

Pour Baudelaire (1821-1867), les Bohémiens sont l'image de l'artiste isolé, incompris, qu'il est; ils bénéficient de la liberté à laquelle il aspire. Dans ce sonnet inspiré d'une gravure de Jacques Callot (voir ci-contre), il les décrit en chemin, eux qui sont fils de la terre, représentée par la divinité Cybèle, riches de leurs enfants et sans espoir dans le Ciel…

Bohémiens en voyage

La tribu prophétique aux prunelles ardentes
Hier s'est mise en route, emportant ses petits
Sur son dos, ou livrant à leurs fiers appétits
Le trésor toujours prêt des mamelles pendantes.

Les hommes vont à pied sous leurs armes luisantes
Le long des chariots où les leurs sont blottis,
Promenant sur le ciel des yeux appesantis
Par le morne regret des chimères absentes.

Du fond de son réduit sablonneux le grillon,
Les regardant passer, redouble sa chanson;
Cybèle, qui les aime, augmente ses verdures,

Fait couler le rocher et fleurir le désert
Devant ces voyageurs, pour lesquels est ouvert
L'empire familier des ténèbres futures.

C'est aussi, dit-on, d'un épisode de la vie du graveur Jacques Callot que Baudelaire s'inspire pour écrire le poème en prose intitulé « Les Vocations » : un enfant raconte qu'il a failli suivre le groupe de Gitans qui l'avaient fasciné par leur singulière indépendance…

Les Vocations

[…] Enfin le quatrième dit : « Vous savez que je ne m'amuse guère à la maison ; on ne me mène jamais au spectacle ; mon tuteur est trop avare ; Dieu ne s'occupe pas de moi et de mon ennui, et je n'ai pas une belle bonne pour me dorloter. Il m'a souvent semblé que mon plaisir serait d'aller toujours droit devant moi, sans savoir où, sans que personne s'en inquiète, et de voir toujours des pays nouveaux. Je ne suis jamais bien nulle part, et je crois toujours que je serais mieux ailleurs que là où je suis. Eh bien ! j'ai vu, à la dernière foire du village voisin, trois hommes qui vivent comme je voudrais vivre. Vous n'y avez pas fait attention, vous autres. Ils étaient grands, presque noirs et très-fiers, quoique en guenilles, avec l'air de n'avoir besoin de personne. Leurs grands yeux sombres sont devenus tout à fait brillants pendant qu'ils faisaient de la musique ; une musique si surprenante qu'elle donne envie tantôt de danser, tantôt de pleurer, ou de faire les deux à la fois, et qu'on deviendrait comme fou si on les écoutait trop longtemps. L'un, en traînant son archet sur son violon, semblait raconter un chagrin, et l'autre, en faisant sautiller son petit marteau sur les cordes d'un petit piano suspendu à son cou par une courroie, avait l'air de se moquer de la plainte de son voisin, tandis que le troisième choquait, de temps à autre, ses cymbales avec une violence extraordinaire. Ils étaient si contents d'eux-mêmes, qu'ils ont continué à jouer leur musique de sauvages, même après que la foule s'est dispersée. Enfin ils ont ramassé leurs sous, ont chargé leur bagage sur leur dos, et sont partis. Moi, voulant savoir où ils demeuraient, je les ai suivis de loin, jusqu'au bord de la forêt, où j'ai compris seulement alors, qu'ils ne demeuraient nulle part. [...]

Apollinaire,
***Alcools* (1913)**

Enfin, le motif du Tsigane incarnant la liberté traverse tout le recueil d'Apollinaire (1880-1918), *Alcools*. Le poète fréquente les Bohémiens qui longent le Rhin avec leurs ours apprivoisés, mais c'est aussi lui, le voyageur : « Une dame penchée à sa fenêtre m'a regardé longtemps/ M'éloigner en chantant » (« Les Fiançailles »). Comme chez Baudelaire, le Tsigane est mythifié, il n'est plus un sujet d'étude.

Saltimbanques

Dans la plaine les baladins
S'éloignent au long des jardins
Devant l'huis des auberges grises
Par les villages sans églises

Et les enfants s'en vont devant
Les autres suivent en rêvant
Chaque arbre fruitier se résigne
Quand de très loin ils lui font signe

Ils ont des poids ronds ou carrés
Des tambours des cerceaux dorés
L'ours et le singe animaux sages
Quêtent des sous sur leur passage

La Tzigane

La Tzigane savait d'avance
Nos deux vies barrées par les nuits
Nous lui dîmes adieu et puis
De ce puits sortit l'Espérance

L'amour lourd comme un ours privé
Dansa debout quand nous voulûmes
Et l'oiseau bleu perdit ses plumes
Et les mendiants leurs *Ave*

On sait très bien que l'on se damne
Mais l'espoir d'aimer en chemin
Nous fait penser main dans la main
À ce qu'a prédit la tzigane

Les Cloches

Mon beau tzigane mon amant
Écoute les cloches qui sonnent
Nous nous aimions éperdument
Croyant n'être vus de personne

Mais nous étions bien mal cachés
Toutes les cloches à la ronde
Nous ont vus du haut des clochers
Et le disent à tout le monde

Demain Cyprien et Henri
Marie Ursule et Catherine
La boulangère et son mari
Et puis Gertrude ma cousine

Souriront quand je passerai
Je ne saurai plus où me mettre
Tu seras loin Je pleurerai
        J'en mourrai peut-être

Parcours dans le roman

Étudier le titre

Sur quelle figure de style est-il construit ? Montrez qu'on la retrouve dans les champs lexicaux dominants du premier chapitre (première partie).

Citez des auteurs qui ont usé du même procédé dans le titre de leurs œuvres. L'effet recherché est-il analogue ?

Étudier l'*incipit* du roman

Relisez le début du roman (jusque « un peu de bois pourri », p. 26). Quel est le point de vue adopté par le narrateur ?

En vous reportant au premier paragraphe, précisez quelles valeurs des Gitans il souligne.

Indiquez sur quoi se pose successivement le regard du narrateur : quel est l'effet produit ? Quel est le mouvement de caméra qui pourrait être utilisé au cinéma ?

Étudier une description : le portrait d'Angéline

De « Et ce qu'elle-même avait donné » à « accaparée par les enfants et le mari », p. 61-62, déterminez ce qui relève du monologue intérieur d'Angéline et ce qui ressort de l'intervention du narrateur. Relevez le champ lexical de l'abondance et celui de la perte et montrez que ce monologue s'apparente à une réflexion sur l'existence considérée comme à la fois riche et fugace.

Étudier l'espace et le temps dans le roman

La structure du roman est-elle strictement chronologique ?

En quoi la composition du récit est-elle révélatrice des progrès effectués par Esther dans la connaissance du clan ? et de ceux du clan dans l'acquisition des mécanismes d'intégration ?

Inventoriez les lieux où stationne la famille d'Angéline.

Pour prolonger sa lecture

Œuvres d'Alice Ferney

Le Ventre de la fée, Actes Sud, 1993.
L'Élégance des veuves [1995], J'ai lu, 2001.
La Conversation amoureuse, Actes Sud, 2000.
Dans la guerre, Actes Sud, 2003.

Ouvrages consacrés aux Tsiganes

Henriette ASSÉO, *Les Tziganes*, Gallimard, « Découvertes », 1994.

François COUPRY, *Les Gitans*, Milan, « Les essentiels », 1999.

Isabel FONSECA, *Enterrez-moi debout*, Albin Michel, 2003.

Filmographie

Emir KUSTURICA, *Le Temps des Gitans*, 1989 [dans ce conte lumineux, situé en ex-Yougoslavie, Perhan, jeune Gitan plein de vie, est séduit par l'argent facile dans un monde de petites tractations douteuses, qui menace pourtant de lui nuire, ainsi qu'à ceux qu'il aime].

Mike NEWELL, *Le Cheval venu de la mer*, 1992 [deux jeunes Gitans irlandais se rebellent contre l'autorité locale. Leurs péripéties reflètent l'éternel besoin de liberté qui habite les Gitans confrontés à une société inhospitalière].

Tony GALTIF, *Gadjo Dilo*, 1997 [un jeune Français part à la recherche d'une chanteuse tsigane sur les routes de Roumanie. C'est un voyage initiatique au cœur des racines de la musique tsigane].

Emir KUSTURICA, *Chat noir, chat blanc*, 1998 [sur fond de mariage arrangé, de trafics et de dettes, le réalisateur développe des situations très cocasses et pose un regard empreint de douce folie sur des Gitans extravagants].

GF Flammarion

04/03/106212-III-2004 – Impr. MAURY Eurolivres, 45300 Manchecourt.
N° d'édition FG219701. – Avril 2004. – Printed in France.